La abuela que encontró una pistola y disparó

NEFELIBATA

BENOÎT PHILIPPON

La abuela que encontró una pistola y disparó

Duomo ediciones
Barcelona, 2024

Título original: *Mamie Luger*

© 2018, © Les Arènes, París
Esta edición se ha publicado gracias al acuerdo con Éditions Les Arènes en colaboración con The Ella Sher Literary Agency
© de la traducción, 2024, Núria Viver
Todos los derechos reservados

Primera edición: septiembre de 2024

Duomo ediciones es un sello de Antonio Vallardi Editore S.u.r.l.
Pl. Urquinaona, 10 3.º izq. Barcelona, 08010 (España)
www.duomoediciones.com

Gruppo Editoriale Mauri Spagnol S.p.A.
www.maurispagnol.it

ISBN: 978-84-19521-99-6
Código IBIC: FA
DL: B 12297-2024

Diseño de interiores:
Agustí Estruga

Composición:
Grafime S. L.
www.grafime.com

Impresión:
Grafica Veneta S.p.A. di Trebaseleghe (PD)

Impreso en Italia

¡Bang! ¡Bang!

Berthe recarga. Le tiemblan los miembros. Muchas emociones para una anciana de ciento dos años. Piensa en su manzanilla, que se llena de polvo en la repisa de la cocina, y se dice que estaría bien prepararse una taza. Las sirenas que retumban a lo lejos quizá todavía no anuncian el fin, pero retrasan inevitablemente la perspectiva de una reconfortante agüita.

De Gore yace a unos pasos de la caseta del perro. Hay sangre a su alrededor. Tiene un agujero en la espalda y otro en el culo, además del que ha dado en la diana. Mierda, quizá se ha pasado un poco. A Berthe nunca le ha gustado De Gore. El digno descendiente de su escoria de padre. Aun así, no pensaba que acabaría como objetivo de su cañón. Aunque a menudo le rondaba la idea por la cabeza.

Nada de lo que ocurrió aquella mañana estaba premeditado. Roy y Guillemette necesitaban tiempo y un medio de locomoción, y Berthe se disponía a proporcionarles las dos cosas. A su edad, ya no se puede hablar realmente de sacrificio. Berthe diría más bien «un regalo de su persona». Si los chicos podían ganar unos días de paraíso, para ellos solos, en la fiebre de su huida hacia una quimera de libertad, Berthe se alegraba de ofrecérselos. Se sentía útil, palpitante de nuevo, como a los cuarenta, pero de todos modos su corazón tenía que dejar de bailar a la auvernesa, de lo contrario, aunque no estuviera gorda, no habría suficiente lugar en la camilla para cargar su vieja carcasa, además de la carroña del vecino.

Las sirenas se acercan. Buena noticia. Porque Roy y Guillemette se alejan. La estratagema de Berthe funciona. Siente que este día va a ser largo. Tanto mejor. Cuanto más lo alargue Berthe, más aumentará Roy la distancia entre ellos y los polis. Para alargarlo, Berthe piensa dar todavía mucha guerra a los quepis.

La abuela, doblada en ocho por su artrosis galopante, se apoya en la carabina y consigue cojear hasta la puerta abierta para atrincherarse en su choza.

Clic, clac. Los dos cerrojos oxidados encajan en la cerradura. Berthe se pega a la puerta, con la carabinucha contra ella, y se apodera de la caja de cartuchos que la esperaban sobre la cómoda de la entrada.

Zumbido de motores, chirrido de neumáticos, rugido de sirenas. En directo, Derrick en su jardín. Berthe arma la carabina, lista para la emboscada.

—¡Policía, salga de la casa! Las manos arriba —grita un megáfono.

El audífono de Berthe se satura en sus oídos. ¡Retírate, Derrick! Le toca a Harry el Sucio, esta mañana. Berthe siempre ha sentido debilidad por Clint Eastwood. Le fascinaba su gran Python Magnum. Placer culpable.

El decorado está listo, pero es necesario que Berthe siga en el escenario, debe mantener su credibilidad hasta el final. Se aclara la garganta y arenga con un temblor vocal perfectamente controlado:

—¡Volved a casa, malditos gitanos! ¡Estoy armada y no me dejaré atrapar!

El poli del megáfono vacila, reflexiona y añade:

—Señora, es la policía. Salga de la casa, no tiene nada que temer.

—¡No voy a dejarme engañar! ¡Conozco los trucos de la policía! ¡Queréis hacerme salir para violarme! ¡Soy una vieja abuela que no tiene más que la piel sobre los huesos, pandilla de chalados!

Delante de la casa se despliega una decena de policías tan armados como intrigados. Un camión de bomberos está aparcado delante del cuerpo del vecino, al que los camilleros prestan ya los primeros auxilios.

El poli del megáfono indica con un gesto a su equipo que se distribuya alrededor de la puerta de la choza.

—Señora, aquí no hay gitanos. Salga con calma y con las manos levantadas o tendré que entrar al asalto.

—¿Qué embuste me estás contando, bellaco? ¡Sé muy bien que vas detrás de mis ahorros!

Los dos policías al frente del equipo se lo pasan bomba, poco en guardia. Deberían desconfiar.

¡Cling! ¡Clong! La baldosa de la cocina se rompe. Berthe acaba de hacer sitio para su carabina, cuyo cañón emerge de repente.

¡Bang! ¡Bang! Y los maderos salen pitando como conejos.

Berthe, en la oscuridad de la cocina, se divierte como no le había pasado desde hacía un cuarto de siglo y reza para que su marcapasos aguante hasta el final de esta locura.

—Ahora somos menos gallitos, ¿eh?

Y el megáfono insiste con más autoridad:

—Señora, en nombre de la ley, suelte el arma. Es la última advertencia.

Berthe siente que el tono ha cambiado. Los segundos de su reloj petrificado ya no rechistan, pero Berthe sabe que los tiene contados.

«La cómoda», se dice. Movida por una inspiración alimentada por demasiados *thrillers* malos vistos en la tele durante sus noches de viuda solitaria, Berthe se imagina que empuja la cómoda para bloquear la puerta de entrada y así aguantar el asedio.

Se lanza, arrastrada por esta loca esperanza, y sus treinta y ocho kilos se estrellan débilmente contra el pesado roble lastrado con media tonelada de polvorienta porcelana de Limoges. La cómoda no se inmuta, contrariamente a Berthe, que lanza un bufido de cámara de aire reventada cuando sus zapatillas resbalan por el parqué apolillado.

«Buen intento, tía...», se anima.

—¡Aléjese de la puerta, vamos a entrar!

Berthe no ha distinguido con claridad las palabras del agente a través de su audífono también demasiado viejo, pero el tono parecía más agresivo y le gustaría asegurarse del contenido de la amenaza. Berthe pone las manos a modo de altavoz delante de la abertura de la baldosa rota.

—¿Puedes repetirlo, bellaco? Las pilas de mi audífono acaban de pasar a mejor vida y no lo he oído tod...

Un follón de mil diablos detrás de ella. La puerta sale disparada contra la nevera en perfecto estado de funcionamiento desde 1952. En aquella época se fabricaban cosas sólidas, y he aquí que ahora un grupo de maderos la va a obligar a comprar un electrodoméstico chino para guardar su ternera congelada. Estos pensamientos incoherentes cruzan por la mente de Berthe cuando unos agentes de uniforme, con casco y las armas preparadas, embisten su antro auvernés como si aquí viviera un grupo de terroristas.

Golpe de acelerador cardiaco para Berthe, que evita el infarto por poco, demasiado ocupada por la úlcera que le puede provocar la falta de tacto de los intrusos.

—¡Podríais limpiaros los pies antes de entrar!

El inspector levanta los ojos de *bulldog* hastiado hacia la abuela, en absoluto interesada por la lectura de su informe.

—Y ha recibido a las fuerzas de la policía con estas palabras: «¡Podríais limpiaros los pies antes de entrar!».

—¿Y qué pasa? Arrestar a una viejecita al alba no es que sea muy cortés, pero entrar en su casa con los zapatones enfangados es una falta seria de buenas maneras por parte de sus guripas.

—Usted les estaba disparando. Es comprensible que olvidaran las bases de la urbanidad.

—Oh, bueno, si se mosquean por unos disparos al aire...

—Señora Gavignol, ¿sabe por qué está aquí?

—¿Por haber disparado una carabinucha? —declara Berthe con total inocencia fingida.

—Más exactamente disparos del 22 y en una zona habitada. A las fuerzas de la policía. Y, para ser más precisos, a las nalgas del vecino, además un notario.

—Eres muy puntilloso. No me fijo tanto en los detalles, yo —masculla Berthe entre sus encías despobladas.

—Ya lo veo —constata el inspector con la fría mente analítica que requiere su profesión—. Me parece muy tranquila en lo referente a esos disparos. Debe comprender que no se dispara a la gente.

—Se nota que no has estado en la guerra, tú.

El inspector se traga su café aguachirle. Una mueca le deforma la cara. Lleva treinta años en el oficio, pero no se acostumbra a ese café infecto. El mismo sabor de bayeta mohosa que uno se encuentra en todas las comisarías.

En cambio, la vieja desdentada, armada con una carabina y con una labia poco común, es una novedad. Aunque sean las ocho de la mañana, el inspector ya ha hecho chirriar los neumáticos en el asfalto, ha esquivado varios disparos, ha asaltado una choza más protegida que Fort Knox y ha soportado una tormenta de tacos anacrónicos salidos de la boca arrugada, aunque fecunda, de esta vieja no más alta que su arma, pero igual de hiriente cuando la abre para atacar.

—Bien, continuemos: tiene derecho a un abogado. Si no tiene ninguno o no dispone de los medios para pagarlo, le podemos proporcionar uno de oficio.

Mientras el inspector le lee sus derechos, Berthe golpea la caja de golosinas Tic Tac con la mano surcada de arrugas para endulzar su café.

—No me líes con tus zalamerías administrativas. Los abogados solo tienen interés cortados por la mitad con una pizca de limón.

—Como quiera.

—¿Puedo irme ahora? Pronto será la media y tengo mi juego en la radio. Ya me he perdido la ronda del panadero, esta mañana, por vuestra culpa.

—Señora Gavignol, creo que no ha comprendido bien la situación. Está aquí detenida. Creo que hoy tendrá que perderse su juego de la radio, lo siento mucho.

—No parece que lo sientas mucho, con tu jeta de pollo demasiado adobado en vinagre.

—Señora Gavignol, su elevada edad requiere un respeto que

no he dejado de mostrarle desde su arresto, pero no se pase demasiado de la raya.

—No me hables de respeto porque estoy arrugada, quepis. Si quisieras respetarme, no me habrías enviado a tu batería de maderos que me han desgoznado la puerta y me han confiscado la carabina cuando dos gitanos me acababan de robar el 4L. Son ellos los que deberían estar sentados en mi lugar, en vez de estas viejas nalgas.

—Se olvida de que ha disparado varias veces a su vecino, el señor De Gore. Dos de estas veces en la espalda.

—Es que se me ha resbalado el dedo.

—No estoy seguro de que su excusa sea válida ante el juez...

—Apuntaba al culo.

—¿Así que lo estaba apuntando?

El inspector avanza con método sus peones por el tablero de su interrogatorio.

—Lo he tomado por uno de los gitanos.

—¿A Jean-Baptiste de Gore? ¿Con su bata de satén? Es difícil confundirlo con un gitano, ¿no?

—Chico, te lo explico: tengo una visión del veinte por ciento en cada ojo, es un milagro que pueda conducir, porque no veo más que en plena niebla de diciembre, así que no distingo los matices entre un ricachón y un gitano. Si veo que va a por lo poco que poseo, disparo.

—Señora Gavignol...

—Llámame Berthe, hombre. Ya que parece que estaremos aquí un rato, mejor que no seamos tan formales con la cortesía, ¿vale, quepis?

—Muy bien, Berthe. En este caso, le propongo que me llame inspector Ventura. «Quepis» es un término familiar que pronto tendrá tendencia a irritarme.

—¿Te digo que me llames Berthe y tú me sales con eso de «inspector»?

—Puedo quedarme con «señora Gavignol», si lo prefiere.

—Déjate de rollos, quepis, he comprendido. Te llamaré Ventura.

—Inspector Ventura.

—¿Tienes familia en el cine?

El inspector no puede reprimir una sonrisa. La vieja muerde desde que la ha detenido, pero no por ello deja de ser conmovedora. Y misteriosa. Ventura se ha encontrado con casos sociales, mentales o criminales en su carrera, pero una abuela centenaria, más frágil que una ramita reseca por una canícula demasiado larga, armada hasta los dientes postizos y más venenosa que una víbora, es la primera. Siente ternura por ella, a la vez que se dice que lo va a continuar jodiendo.

—Te lo advierto, no vas a tenerme mucho tiempo por aquí, tengo incontinencia. Te lo digo tanto por mí como por ti, no me odies por eso, pero a partir de los noventa tacos, todo se va al carajo y, al revés que mi 4L, no puedes mandarme a hacer la revisión de los cien mil; ya no se me valora en los mercados de segunda mano desde 1986.

—Berthe, tiene que comprender la gravedad de su caso. El señor De Gore está en este momento en el quirófano, donde se le está practicando una intervención quirúrgica grave. Si interpone una denuncia, y es más que probable que lo haga, tendrá usted que responder por sus actos delante de la justicia.

—¿Yo? Pero son los gitanos los que me han robado el 4L —se ofende Berthe.

—Su 4L no se ha movido. Sigue aparcado delante de su casa. Lo que han robado es el Audi TT del señor De Gore.

—¿En serio? ¿No era mi 4L? —se sorprende Berthe, con una ingenuidad falsificada.

—No.

—Entonces he debido de confundirme. Hacen el mismo ruido.

—¿Un 4L y un Audi TT?

Ventura no se traga esta mentira. El agente de policía sentado en su escritorio detrás de ellos sacude la cabeza, muerto de risa, algo que no divierte demasiado a su superior, que se lo hace saber.

—¿Quiere compartir con nosotros su reflexión, Pujol?

Ventura es el tipo de hombre que no necesita forzar la voz para desencadenar un escalofrío siberiano en su interlocutor. Su mirada directa y franca tiene el efecto de una tromba de granizo del tamaño de puños en la jeta que te hace correr a buscar un refugio. Así que su destinatario se traga el sarcasmo y se centra en el teclado del ordenador, en el que escribe la declaración, después de una vaga excusa mutilada:

—No, jefe.

—Entonces, cierre el pico y vaya a buscarme otro café. Esta vez caliente —ordena Ventura.

—Muy bien, jefe.

—Te acaban de dar una azotaina en el culo, ¿eh, novato? —lo pincha la abuela—. Hay que reconocer que te conviene que te pongan en tu lugar, taquígrafo de una comisaría de provincias.

—Es usted muy poco respetuosa —se interpone el inspector.

—Ya no tengo que rendir cuentas a nadie. Han intentado cerrarme la boca más a menudo de lo habitual. Al principio, hacía como tu guardián, me miraba los zapatos. Después aprendí a levantar la barbilla.

—¿De ahí la carabina?

—Lo has comprendido todo, Lino.

—Me llamo André.

—¿No era Lino Ventura?

Ventura exhala un suspiro. Toda la vida le han hecho la gracieta del parecido con el actor. Ironías del destino, además de compartir el apellido, André y Lino Ventura se parecen como dos gotas de aguardiente. La misma complexión, el mismo timbre de voz y el mismo aspecto de *bulldog* irritable. La comparación se detiene aquí. Lino hizo la gran carrera de actor que todo francés nacido antes de la década de los ochenta conoce. André destinó la suya a las fuerzas de policía, en el anonimato de unas investigaciones que, aunque regularmente resueltas, nunca recibieron el aplauso del gran público. Un oficio ingrato, marcado por una falta de reconocimiento, doloroso en los primeros tiempos, después aceptado con fatalismo y con la ayuda de unas pintas de Kronenbourg. Uno se acostumbra a todo: al café rancio, a los sospechosos irrespetuosos, a los casos que se extienden como furúnculos. Pero nunca se acostumbrará a tener un apellido de estrella y verse obligado a justificarse por ello cada vez que detiene a alguien.

—Sí, pero yo soy el inspector, no el actor. Así que me gustaría que se olvidara de mi filmografía y que volviéramos a su caso.

—Soy toda oídos. Pero te lo advierto: en mi caso, esto no significa gran cosa, porque estoy sorda como una tapia.

—Bueno, empecemos por las formalidades habituales. Apellido, nombre, fecha y lugar de nacimiento.

—¿Me tomas el pelo, Lino?

—Inspector Ventura.

—Ah, sí... —se corrige Berthe—. No me lo tengas en cuenta, estoy un poco chocha.

—No sé por qué, pero, sobre este punto, no la creo.

—¿Por qué te interesa tanto todo esto?

—Usted me interesa mucho, Berthe.

—Hacía unos buenos cuarenta y tres años que no oía algo así.

—Muy bien, ya lo ve, no será una mañana perdida para usted. Así que continuemos: apellido, nombre, fecha y lugar de nacimiento.

Berthe se llamaba Gavignol. El primer apellido que figura en su libro de familia. Fecha de nacimiento: 11 de julio de 1914. En un pueblecito auvernés de las inmediaciones de Saint-Flour.

Acababa de estallar la mal llamada «última de las últimas guerras», así que el nacimiento de una niña, por más bonita que fuera, no era en absoluto un acontecimiento. Todavía menos una celebración. La gente ya empezaba a hacer acopio de azúcar, así que el champán... Berthe creció con un carácter salvaje. Un auténtico perro vagabundo. No mordía, pero gruñía y se rascaba durante todo el santo día. Los piojos habían lanzado una ofensiva en su melena enredada. Se habría necesitado un ejército para sacarlos de allí. O un buen champú con jabón negro. Pero el ejército estaba ocupado en el frente, y el jabón, en la vida cotidiana de Berthe, era un producto tan escaso como la alegría en su madre. Recesión y mercado negro. Berthe pasaba de la higiene. No quería que la tocaran, no le gustaba que se acercaran a ella. Un perro vagabundo, eso era.

Su padre se había marchado para defender a la patria y la abandonó al nacer. Acabaría partido en dos por un obús en las trincheras de Verdún menos de dos años después. Muerto por servir a Francia. Bueno, sobre todo para servirle de carne de cañón. Porque su muerte no cambió gran cosa en la historia.

Al menos no en la de su país. Pero sí en la de Berthe. La madre y la abuela tuvieron que criar solas a la chiquilla. Un mundo de mujeres privadas de hombres.

Su madre se ocupó del hogar como buen número de mujeres de la época, sin un hombre y sin una pizca de amor. Cuando la mitad de Francia muere en las trincheras, resulta difícil dibujar el arcoíris en la habitación de la pequeña que acaba de nacer. Y cuando se acaba de perder al hombre que se ama, aunque la pequeña no tenga nada que ver, de todos modos se le echa la culpa. Porque se culpabiliza a todo el mundo. A los alemanes, a la vida y a la ingrata a la que hay que alimentar aunque nunca suelta una sonrisa y todavía menos un gracias. La madre no era una mala mujer, solo una joven viuda. Demasiado joven para gestionar lo que acababa de caerle encima: una chiquilla y una guerra. ¿Qué se le podía reprochar? Ni siquiera Berthe le reprochó nada. Pero eso no la volvió más amable.

La carnicería diezmaba a las tropas por miles y a los civiles por pueblos enteros. Berthe era demasiado pequeña para comprender lo que ocurría, pero sentía la vibración de las bombas bajo los pies. No en su puerta, no en el campo vecino, sino en todo el país. En el mundo entero. Una guerra mundial. Estaba en el título. El suelo temblaba como cada habitante en su choza, y cada habitante se preguntaba si aquella carnicería acabaría algún día.

Cuando se nace en tiempos de conflicto, la paz no se conoce. Así que ese temblor parece natural, forma parte del paquete entregado en el parto. Como la ausencia de un padre. Cuando no se ha tenido, uno no se da cuenta del vacío que provoca la falta del amor paterno. Berthe buscó, más tarde, en los brazos de otros hombres, el calor de su padre, que había preferido desparramar sus tripas en las frías trincheras de una triste región de Francia en lugar de ocuparse de su hija. ¡Y con tanto pelo como tenía! No solo un obús lo partió en dos, además su hija le guarda rencor.

Berthe nunca fue de las que se doblegan. Ya de pequeña, no se parecía a un junco, sino más bien a un puñado de zarzas. Con sus espinas anchas y puntiagudas. Había que adivinar que ahí, en el centro, estaba el capullo de rosa que encerraban. Berthe prefería mostrar las espinas. Advertencia amistosa: «No te acerques, pincho. Y soy venenosa. Estás avisado».

La madre ya lo comprendió durante el parto. Un desgarro de quince puntos de sutura; en términos de pinchazo, el mensaje estaba claro. La comadrona la había cosido sin anestesia ni empatía. Una mujer que da a luz a principios del siglo xx, si no ha dejado en ello la vida o los riñones, no se desmayará porque tenga una parte de la intimidad desgarrada. Que lo considere una prueba de buena salud. Ah, no la mimaban a una en la maternidad, en aquellos tiempos se paría en casa. Y si el proceso degeneraba en septicemia y acababa en el hospital, convenía recuperarse deprisa y sin quejarse demasiado. Necesitamos la cama, es la guerra, señora. ¿Qué podías responder a esto? «Es la guerra». Nada. Y nada se respondía. Así que dejabas la cama y te volvías a casa a cicatrizar, limpiabas el culo del bebé con una mano y preparabas el petate de tu peludo marido con la otra. Muy divertida, esa época. Pero a Berthe no le hacía ninguna gracia. Con las cejas fruncidas y el puño levantado ante la menor contrariedad, el perro vagabundo pasó por sus años infantiles como por un terreno baldío. Sin sospechar que la Primera Guerra Mundial tenía bien puesto el nombre y anunciaba que habría una continuación de los festejos.

La madre se marchitaba, los ojos errantes, pero un esfuerzo en los labios. Un laberinto de inacción en el que no había que aventurarse para no dejarse aspirar. El vacío es contagioso, te pide que te acerques, junto al borde. Y que saltes.

Berthe se mantenía alejada del despeñadero, prefería su gran roble. Aquel roble, de tronco recto hacia el cielo y raíces imponentes extendidas a su alrededor, metidas en la profundidad de la tierra, contra vientos y mareas, no se movía. Berthe se acurrucaba bajo este refugio, sólido y tranquilizador. Aquel roble se llamaba Nana. Su abuela.

Nana había sobrevivido a la gripe española, a los inviernos helados del Macizo Central y al aturdidor que se servía por las noches a modo de bebedizo. Algunos aplacan la sed con moléculas de H2O. Otros necesitan una química más experimental y una buena herramienta llamada alambique. Nana, desde hacía un cuarto de siglo, se fabricaba el aguardiente ella misma. Bío antes de tiempo, no le gustaba el tintorro que esos ladrones de tenderos vendían a precio elevado. Mientras que, con su viejo alambique, veinte sacos de patatas, quince kilos de trigo, ocho cajas de manzanas y una pizca de remolacha, estaba equipada para el invierno. Caliente por dentro, quemada, dirían algunos. Hay que decir que aquello no era para debiluchos, un perro había muerto por haber lamido el fondo de la cuba, pero era buena mercancía.

Los lugareños, de allí y de las provincias vecinas, que habían oído hablar de la marmita mágica de la abuela habían adquirido una tarjeta de cliente después de probar la poción vigorizante. Y todavía más durante la guerra, cuando esos cabrones de tenderos, no contentos con disparar los precios, te endosaban el vino cortado con agua. Eso si lo conseguías. Los estantes de los comerciantes estaban vacíos e iban acompañados de encogimientos de hombros desconsolados; entonces uno iba discretamente a ver a Nana, cuyo sótano encerraba una maquinaria de guerra mucho más embriagadora que la que bombardeaba a nuestros valientes soldados en el frío de sus trincheras.

El alambique de Nana proporcionó bálsamo al corazón y calor a las tripas de los soldados, tanto de los que partían al frente a convertirlas en morcilla como de los que tenían la suerte de volver de una pieza. Incluso mellada. Cuanto más trozo de carne habían dejado en las trincheras, más pasaban después por la charcutería y más les arreglaba el precio Nana. Daba pena ver a los que recibían descuentos del cincuenta por ciento. Pero, aunque solo fueras la mitad de un hombre, Nana te calentaba esa mitad con un buen vaso lleno de aguardiente, acompañado de su hospitalidad de oro macizo. Entonces el soldado, por más mutilado que estuviera, se sentía en casa. ¡Joder, qué bien se estaba en el sótano de Nana!

A Berthe no le permitían bajar. Nana le explicaba que era su lugar de trabajo, por lo tanto, no era para los niños. Sin embargo, cuando Nana recibía a sus clientes, no siempre pimpantes, ascendían risas y cantos del subterráneo, y Berthe pataleaba de celos.

Y cuando los hombres subían bamboleantes, arrimados mal que bien a esa floja barandilla y después titubeaban hasta su casa, Berthe se imaginaba los tejemanejes que debían de traerse aquellos niños grandes que no sabían compartir, igual que esos chicos egoístas que jugaban a las canicas delante de la escuela y no la dejaban unirse a ellos.

Berthe se sentaba en lo alto de la escalera, con la muñeca de trapo llamada Lili en la mano, y escuchaba a los mancos y sin piernas reír alegremente con Nana. Gracias al aguardiente de la abuela, las chicas pudieron pasar una guerra más bien cómoda. La prueba es que sobrevivieron.

Al llegar la noche, Nana subía por la escalera, tiesa como un roble —aguantaba bien, la abuela, probablemente gracias a algún antepasado polaco lejano—, y se reunía con su pequeña Berthe, dejando tras de sí a unos grandullones desmadejados por el suelo del sótano. En el juego de la resistencia, Nana era invencible y se había ganado el respeto de todos los batallones de paso.

Cuando llegaba hasta su nieta querida, Nana se inclinaba, la levantaba y se la apoyaba en el hombro, como el saco de patatas que utilizaba para confeccionar la receta secreta de su aguardiente devastador. La abuela la transportaba sobre el mullido hombro y la llevaba a la cocina para elaborar su buena sopa cotidiana, otro gran momento sagrado de la jornada.

Todas las noches, Nana enseñaba a Berthe la receta especial de su sopa. La de su aguardiente de contrabando vendría más tarde. Y, mes tras mes, año tras año, se repetía la encantadora coreografía. Nana levantaba a su jinete y la hacía bailar hasta la cocina para alimentarla con su delicioso brebaje, al son de la melopea de las zanahorias cortadas, los nabos troceados y las cebollas doradas por su mano experta, aunque estropeada a fuerza de cavar en los campos de patatas.

—Nana, a Lili le gustaría mucho reír con vosotros en el sótano —tanteaba regularmente Berthe, con la insistencia repetitiva de los niños que tienen una voluntad inagotable.

—Cómete la sopa —zanjaba Nana, con la firmeza de una abuela igual de inflexible.

—No eres divertida.

—No estoy aquí para ser divertida, estoy aquí para que no te mueras de hambre y, si no me equivoco, estoy haciendo un buen trabajo, ya que sigues sobre las dos piernas y, aunque no estás muy gordita, tienes la cara bien rosadita.

—Es bonito cuando hablas, Nana. Parece una canción.

Ahora le tocaba a la abuela enrojecer. Y depositar un besito en la mejilla de su nieta, que, con su poesía infantil, sabía ofrecerle ramos de flores como ningún galán, sobre todo después de los últimos decenios, muy pobres en muestras de afecto masculino.

El apellido de soltera de Georgette, llamada Nana, era Téliot. Y en la familia Téliot habían tenido tan mala suerte en el amor como en casa de los Gavignol, que tenían el sentido de la fiesta y reventaban como confetis a los veintidós años. Viudas de madre a hija. La tuberculosis había tomado al marido de Nana como amante y no se lo había devuelto. Aquella golfa tenía unas armas con las que Nana no podía rivalizar. Fabricar aguardiente de sesenta y cinco grados es una cosa; hacer bajar la temperatura de un marido que está a cuarenta y dos grados de fiebre durante toda la noche, es otra.

El destino de Nana se reducía a mantener la vista en el termómetro. Gestionó mejor el de su alambique. Una fabricación artesanal más sólida que su marido Alphonse, cuyas tuberías se aflojaron un día de sobrecalentamiento. Imposible reforzarlas con el cobre de primera calidad que utilizaba Nana para las conexiones de su máquina infernal. Así que Alphonse tuvo que entregar el alma, no a Nana, que no habría sabido qué hacer con ella, sino a su amante.

En cambio, de las deudas tuvo que encargarse ella. Para empezar, levantándose la falda. Nana no tenía ni educación ni diplomas, pero sí un lecho lo suficientemente cómodo para ofrecer una corta estancia al viajero cansado, por una remuneración. No podía permitirse el lujo de cuestionarse la ética de la situación, una viuda que tiene que alimentar a su chiquilla utiliza el culo antes que la cabeza si es necesario.

Cansada de alquilar el fondo de sus enaguas, Nana prefirió poner en acción sus conocimientos mecánicos y comerciar en el sótano de su casa. Formada por su abuelo en la ingeniería de los pernos y los émbolos, Nana era conocida por reparar los tractores condenados al desguace. Su adorado abuelo le había legado su manual técnico secreto antes de soltar la llave del ocho, pues sospechaba que una mujer sola a principios del siglo xx necesitaría municiones sólidas para defenderse y salir adelante. Armada con estas valiosas instrucciones de uso, Nana se dedicó al montaje de la Gran Frida, el alambique que le iba a salvar la vida más de una vez.

—No pedía tanto.

El inspector Ventura inhala una bocanada de su vapeador. Berthe, a falta de su carabina confiscada, se arma de una paciencia ancestral.

—Si mis respuestas te parecen demasiado largas, me voy a mi casa a escuchar el juego en la radio.

—Me temo que su juego ya habrá terminado.

—¡Ah, qué malo eres! ¿Y por qué quieres saber todo esto, para empezar? —se irrita la abuela.

—Es el protocolo.

—Y a mí qué me importa que te duela el agujero del culo.

—¿Cómo dice, perdone? —masculla Ventura con voz quebrada.

—Eres tú el que me habla del proctólogo.

—Protocolo, Berthe.

Risa ahogada de Pujol. Ventura le sugiere con una mirada reprobadora que mejor se concentre en su corrector ortográfico.

—Te había dicho que estoy sorda como una tapia. Y senil. Espero que no hayas previsto tomarte tus días de descanso esta noche, porque a este ritmo pasaremos aquí toda la semana.

—No hay días de descanso en mi oficio.

—No me cuentes historias. Cuando empecé a trabajar, ni

siquiera teníamos las vacaciones pagadas, así que tu queja de zángano sindicalista no me impresiona más que las felicitaciones de Mireille Mathieu.

Ventura golpetea con la punta de sus grandes dedos peludos la fórmica de la mesa pulida por años de interrogatorios, vuelve a mirar los ojos vidriosos de Berthe, ocultos detrás de sus trifocales mugrientas, y aspira otra bocanada del vapeador.

—¿Quiere un café, Berthe?

—¿Con cruasanes de mantequilla?

Una esperanza infantil acaba de apuntar en la voz de la centenaria y perfora la protección del inspector, que vacila antes de ponerse de nuevo en guardia. Años de oficio para no dejarse ablandar durante los interrogatorios no te preparan para el encuentro con una abuelita como esta.

Ventura transmite el encargo.

—Pujol, ¿nos trae esto?

El agente obedece sin hacerse rogar. Prefiere hacer de criado que ser humillado por su superior.

Ventura guarda el vapeador —un regalo descabellado de su mujer, sensible a su buena salud, o quizá mejor a su mal aliento, pero no importa, puesto que no estará en casa esta noche para olerlo, se sorprende pensando el inspector— y saca un paquete de Gauloises sin filtro.

—¿Fuma, Berthe?

—No. Estas guarradas solo sirven para pillar un cáncer.

Ventura le señala uno de sus pitillos.

—¿Y le molesta?

—No me molesta, no...

Así que Ventura enciende el mechero y lo acerca al cigarrillo, con la mano frente a la llama.

—Me desagrada —se queja Berthe.

Ventura detiene su acción y levanta los ojos ojerosos hacia

la vieja, que lo mira con desdén desde la seguridad de su elevada edad. Suspiro de aire puro en lugar de las volutas de nicotina esperadas.

—Decididamente, es usted un fastidio, señora Gavignol.

—Me has preguntado, así que respondo.

Llaman a la puerta. Ventura contesta, sin dejar de mirar a Berthe a los ojos:

—¡Entre!

Es lo que hace un tipo, con la camisa apretada en el vientre hinchado por los años de cerveza y de asperezas mal digeridas, las mangas arremangadas, cercos que tiñen de un tono más oscuro el beis de su camisa tristona, calvicie conquistadora y espeso bigote que oculta unos labios ausentes. Bernier se acerca al oído de Ventura.

El audífono de Berthe no capta nada. Una mosca vuela. Berthe la aplasta con la mano plana... veinte segundos demasiado tarde. La centenaria maldice sus reflejos atrofiados mientras la mosca se posa en su nariz.

Bernier entrega a Ventura un sobre y una Luger en una bolsa precintada. El inspector examina el arma nazi y la deja sobre el escritorio. Después examina el contenido del sobre y asiente. Bernier se endereza y desaparece con el mismo silencio que lo ha acompañado hasta allí.

Ventura hace una nueva inspiración cansada que ya se ha vuelto familiar para Berthe.

—Guillemette Desmoulins, ¿le dice algo?

La vieja hace como que se ajusta el audífono.

—¿Quién dice?

La argucia no funciona. Por más que la abuela se muestre tan enternecedora como un pajarito tembloroso al pie de su nido, la espera demasiado larga de un café digno de este nombre ha debilitado la paciencia de Ventura. Está a dos pasos de mandar una lluvia de bofetadas a esta abuelita que no deja de burlarse de él en su jeta.

—Guillemette. Desmoulins. Un metro sesenta y tres. Treinta y dos años —enumera Ventura—. Fugada desde hace dos días. Acompañada de un individuo de complexión imponente, que supuestamente es Raymond Truchaud, más conocido por el apodo de «Roy» y sospechoso del asesinato de Xavier Desmoulins, marido de la susodicha Guillemette.

Berthe se estremece por dentro. Quizá no tenga talento para el póquer, pero antaño dominaba muy bien el Scrabble y, cuando la cosa se ponía fea, sabía ocultar su desconcierto ante una mala ficha. Los quepis están siguiendo el rastro de Roy y Guillemette; por lo tanto, todo depende de su sutileza para confundir las pistas e intentar ayudar a sus protegidos.

—No miré la tele ayer, ¿en qué cadena era?

—Un camionero los ha visto al volante de un Audi TT en la departamental 906. Un Audi TT gris.

—No veo la relación, yo tengo un 4L azul.

—A su vecino, el señor De Gore, esta mañana le han robado su Audi TT, cuando usted le disparaba pensando que se trataba de su 4L, ¿lo recuerda?

—¿Y?

Berthe se hace la inocente como una mala actriz. Ventura saca del sobre que le ha traído Bernier una foto de fotomatón que empuja con la punta de su grueso dedo sobre la mesa abollada. Los abombados dedos por la artrosis de Berthe se apoderan de la foto y la levantan a la altura de los culos de botella, que actúan como una lupa para sus ojos nacarados por las cataratas. La foto muestra a un hombre joven, de unos treinta años, más bien agraciado, con barba de tres días, aspecto socarrón y poco simpático.

—Nunca he visto esta cabeza. Pero no me inspira confianza.

—No se preocupe, no le hará ningún daño, lo han encontrado con la cabeza en un charco, la mandíbula rota, los pulmones perforados y el corazón reventado. Si un buldócer le hubiera pasado por encima, no le habría causado más daños.

—¿Y qué tengo yo que ver con todo esto?

—Esta foto es la de Xavier Desmoulins. La hemos encontrado debajo de la cama de su cuarto de invitados.

La muchacha debió de perderla durante sus retozos dignos de la «Cabalgata de las valquirias», piensa Berthe, ardiendo en deseos de sermonear a esa cabeza de chorlito de Guillemette. Están huyendo, pero no van a dejar de amarse por eso, así que siembran pruebas por todas partes detrás de ellos. Ah, la despreocupación de la juventud...

—Le repito la pregunta: ¿conoce a Guillemette Desmoulins y Raymond Truchaud?

—¿Sabe?, a mi edad, la memoria flaquea.

—Estos dos sospechosos se buscan por asesinato. Si han estado en su casa, es usted un testigo potencial para esta investigación. Si los encubre, se convertirá en su cómplice. Pero, si la han obligado a albergarlos, usted es la víctima. ¿Comprende la diferencia?

—No me hables como si fuera idiota, podría ser tu bisabuela.

—Berthe, la resolución sobre usted puede tomar un giro muy distinto según la versión de los hechos que me cuente. Así que se lo repito: ¿conoce a Guillemette Desmoulins y Raymond Truchaud?

La víspera. Hacia el final de una mala película policíaca de la tele, el audífono de Berthe expiró con un efecto Larsen en su tímpano tres cuartos sordo.

—Baratija.

Se levantó para buscar unas pilas de recambio cuando un movimiento en la ventana atrajo su atención. En los pueblos desiertos de Auvernia, no muy a menudo hay movimiento, sobre todo a esa hora intempestiva.

—¿Qué es lo que me hacen esos dos ahí?

Un chaval alto, más macizo que un toro de concurso de Aubrac, forzaba su 4L. A la pequeña que lo acompañaba, Berthe no la vio en un primer momento. Estaba concentrada en el animal que le estaba robando un viejo recuerdo que apreciaba mucho. Berthe empuñó su carabina, comprobó la culata, metió dos cartuchos y abrió la ventana.

—¡No te muevas! No te pases de listo, bribón, es de calibre 22.

Después de unas explicaciones explosivas en el porche, Berthe conoció mucho mejor a sus visitantes nocturnos. La primera impresión había jugado contra ellos, la segunda abogaba en su favor. Sus malhechores resultaron ser dos tortolitos en fuga. No le robaban el coche con mala intención, lo necesitaban para que los polis no los encontraran y pudieran continuar su huida infernal. Berthe sintió un afecto inmediato por aquellos Bonnie *and* Clyde de Cantal. Ella, que tenía un sentido agudo de la injusticia, les ofreció sus alas protectoras, así como la puerta de su casa. Un escondite inesperado pero bienvenido para los dos fugitivos, que no escatimaron su gratitud. Berthe no había recibido ninguna visita desde hacía un cuarto de siglo, así que no iba a dar con la puerta en las narices a aquella oleada de generosidad.

Mierda, qué feo era aquel muchacho, se decía Berthe mientras preparaba la sopa. ¡Pero algo desprendía! Parecía un minotauro.

Berthe pelaba las zanahorias con la ayuda de la bonita joven de sonrisa en forma de sol. Aquellos dos encantos despedían torrentes de amor, tenía que agarrarse a la cocina para no verse arrastrada. Berthe había conocido bien la energía que unía a aquella pareja. Hacía tiempo. Observarlos intercambiar guiños en medio de su cocina le recordó lo que había perdido, pero se sentía feliz por ellos. Tenían la suerte de vivir un amor mitológico. Ella había vivido el suyo, ahora saboreaba el de ellos, aunque fuera por una noche, y esa sensación le sentaba bien.

—Tomad un poco más de sopa.

El bribón, con su gálibo de tractor, tenía un buen apetito. Hacía decenios que Berthe se tomaba la sopa sola en la mesa, y verlo repetir la llenó de alegría. Se sentía útil. Incluso se sentía amada. De eso también hacía mucho tiempo.

La historia de los fugitivos la conmovió. Roy y Guillemette se habían enamorado unos días antes. Locamente. La Bella y la Bestia, esa era la imagen que ofrecían. Con su amor apenas naciente, la Bestia tuvo que proteger a su Bella. El exmarido había encontrado a la que lo había abandonado. No aceptaba el rechazo, no aceptaba el divorcio, dejó que lo dominara la cólera y la tomó con Guillemette. Entonces la Bestia se interpuso. Ese Xavier que le había descrito Guillemette era un cerdo. Violento. Una basura ordinaria. Berthe aprobaba la finalidad. Xavier acabó con la cabeza reventada en un charco. Como consecuencia, Roy y Guillemette tuvieron que salir por la tangente. Todo los acusaba. Los prejuicios, las apariencias e incluso los hechos, en realidad. Roy había solucionado el problema con cierto salvajismo. Las autoridades no habrían comprendido las razones que explicaban su acción. Berthe, sí.

Sin embargo, no estaba preocupada por ellos. El mastodonte que acababa con su pollo asado y atacaba sin piedad su reserva de calvados los sacaría de allí. Ese tipo de animal era invulnerable. Protegería a la pequeña hasta el infierno. Berthe lo sentía, todos los poros del minotauro lo transpiraban.

Eso no impedía que la abuela les echara una mano.

Al día siguiente, cuando preparaba una cesta llena de tortas y botes de mantequilla, Berthe metió tres fajos de billetes grandes que guardaba debajo del colchón. Sus ahorros no servirían como pasaporte para México, pero les evitarían perder tiempo atracando bancos por el camino. Y, ¿quién sabe?, quizá les permitirían pagarse una chabola allí donde llegaran. A alguna parte lejos de los curiosos. Pero ahora les tocaba a ellos escribir su historia. Berthe casi había terminado la suya, que había sido rica, llena de cambios repentinos. Berthe ya estaba un poco cansada.

Le tendió las llaves de su 4L a Roy, pero el muchacho rechazó la oferta. Hay que decir que no se equivocaba, no irían demasiado lejos con su mierdecita. Cuando habló de forzar el Audi TT de su vecino, Berthe se rio por dentro mientras iba a buscar su carabinucha. De Gore hijo había comprado la granja del padre Tavenel. Ese arrogante gilipollas era tan insoportable como el notario que había tenido de padre. Apuntar a De Gore hijo le hacía gracia. Le traería recuerdos.

Al contemplar a los dos tortolitos devorando la carretera al volante del Audi TT recién forzado, Berthe resplandecía, animada por esa última visita llena de amor. «Eran encantadores, esos dos».

Cuando el vecino salió de su casa profiriendo una salva de injurias, Berthe replicó con disparos del 22. El hijo del notario se tiró a la caseta para protegerse de la lluvia de postas.

—Oh, De Gore, ¿es usted? Perdón, no lo había reconocido —dijo, mientras recargaba la carabina—. La vista, que flaquea, ¡ya sabe qué es eso! ¡Tengo más de noventa años!

¡Bang! ¡Bang!

—Eran encantadores, aquellos dos —dice Berthe, esta vez en voz alta.

La verdad sobre la noche de la víspera por ahora se la guarda para ella. Tendrá que envolverla con ambigüedades para no comprometer a sus protegidos.

—¿Así que confiesa los hechos?

El inspector interroga a la centenaria, esperando que cante antes de que se enfríe la pista de los fugados.

—¿Que eran encantadores? Sí, lo confieso. Lo eran. Mogollón de encantadores. Parecían muy enamorados.

—¿La violentaron? ¿La secuestraron?

—Te he dicho que eran encantadores. Si necesitas que te comprueben el audífono, tengo un buen otorrino.

Hastío del inspector. Crujido de vértebras. Después, vuelta a la palestra.

—Explíqueme cómo se produjeron los acontecimientos, ayer. ¿Cómo entraron en su casa?

—Pues yo los invité, ¿qué te crees? No se lo habría permitido, si no.

—¿Usted los invitó?

—Pues sí. Estaban intentando forzar mi 4L, parecía que tenían hambre y...

—¿Le estaban intentando robar el coche? Así que no se trataba de gitanos, como nos había dicho antes.

Berthe se calla, enredada en sus mentiras.

—¿Sabe a lo que se arriesga si nos miente? ¿Y, sobre todo, si encubre a unos asesinos?

—Muchacho, tienes que comprender que, a mi edad, no me arriesgo a nada.

Ventura clava la mirada en los ojos de la centenaria, que lo mira sin pestañear, y reconoce que tiene razón. ¿Cómo doblegar a una abuela que ya está doblada en ocho? Esta detención se prevé muy tortuosa.

—No tengo nada suculento que contarte. A los tortolitos, les di cobijo una noche. Les preparé una sopa porque en mis tiempos te enseñaban a ser hospitalario, no como hoy, que cierran las fronteras y construyen muros incluso entre los países. Y esta mañana se han marchado después de darme las gracias, porque quizá son fugitivos, como me parece que tú dices, pero eran educados.

—¿Así que fueron ellos los que robaron el Audi TT de su vecino, el señor De Gore?

—Es posible que sí.

—¿Así que, cuando usted le disparó a De Gore, sabía que no se trataba de gitanos?

—Es posible que sí.

—¿Puede explicar este acto?

—Ese hombre nunca me ha gustado.

—Eso no justifica que le disparara.

—¿Quién me lo impide?

—La ley, Berthe. La ley —dice el inspector, flemático.

—¡Oye, empiezas a tocarme las narices, con tu ley! —explota la abuela—. ¿Así que ya no somos libres para nada, en este país? Yo creía que estaba escrito «Libertad, Igualdad, Fraternidad» bajo nuestra bandera. No veo libertad aquí, veo esposas; la igualdad, no me hagas reír, como mujer desde hace un siglo, me he dado perfecta cuenta de que es un engaño, y, en cuanto a la fraternidad, no me busques las cosquillas con eso. ¡No guardo una Luger en la cómoda por casualidad!

Silencio en la oficina. Berthe enrojece. Siente que se ha pasado de la raya. No en cuanto a la urbanidad, sino a su coartada. Ventura aprovecha el gancho que le tiende involuntariamente y lo vuelve contra la asaltante para engancharla.

—Pues justamente, ya que habla usted de eso, dejemos de lado a los fugitivos por un instante y volvamos a la Luger.

—¿Qué, qué le pasa a mi Luger?

—Posesión de arma prohibida. Además, nazi. La ley lo prohíbe. La ley, Berthe, otra vez.

—No me trates con esa arrogancia. Yo, a los nazis, los he tenido en la puerta, así que no me hables de prohibición. En tiempos de guerra, tienes un arma, te defiendes con ella, y punto. No te interesa saber si viene de Taiwán o de una fábrica franchute. El chovinismo te lo guardas para cuando tienes el culo a salvo.

—Comprendo que la guerra provocó situaciones que podríamos calificar de atípicas, pero...

—¿Atípicas?

Detrás de las cataratas de Berthe, todo se vuelve rojo. Una chispa que se enciende tan deprisa como un fuego de broza.

—Cuidado con tus simplificaciones, chico. Atípico, para describir un drama de guerra, es peor que un eufemismo, es un insulto.

Ventura se traga su flema. Unos golpes en la puerta lo salvan de este patinazo no controlado.

—Entre.

Pujol entra de puntillas, trae cruasanes para la sospechosa y café caliente para el inspector, al que le interesa bebérselo rápido, si no quiere que el brebaje se enfríe, visto el ambiente glacial que reina en la oficina.

—Perdóneme, Berthe. He sido muy torpe —se excusa Ventura (con cierta clase, reconoce la anciana)—. Solo que esta arma está prohibida, habría tenido que devolvérsela a las autoridades después de la guerra.

—Sí, bueno, no lo sabía. ¿Qué vas a hacer con eso? ¿Meterme en chirona?

Ventura mueve la cabeza. «Esta abuelita, realmente...».

—¿De dónde ha sacado esta arma, Berthe?

—¿Qué crees tú, Colombo?

—Tengo una ligera idea, pero me gustaría conocer la historia en detalle.

—Te gusta mucho eso, el detalle, ¿verdad?

—Pues sí, Berthe, es mi trabajo. Así que explíqueme cómo se hizo con esta Luger.

Sintiendo que no tiene alternativa, Berthe se sumerge en su pasado. Un velo oscuro se posa en su rostro. Un velo con mallas opacas. Que le impiden respirar.

Berthe era viuda desde hacía unos años y la angustia de vivir sola en un pueblo ocupado aumentaba un poco más cada noche. No se puede decir que la presencia de un hombre la hubiera tranquilizado —¿qué habría cambiado un tío frente a la tropa de SS Panzers establecida en el campo de al lado?—, pero Berthe temblaba al cerrar los postigos por la noche y el silencio de su choza le parecía muy frío, como las sábanas. No se habría negado a unos brazos reconfortantes.

En los tres años que hacía que la guerra había empezado, Berthe había visto atrocidades. O eso creía. Hasta el día que el joven Riton fue abatido con una bala en la cabeza por un SS al que le había faltado al respeto, concepto muy relativo en lo referente a la susceptibilidad nazi.

El *jeep* del SS había pasado por encima de la bicicleta del muchacho. Ya privado de gasolina, Riton se había quedado ahora sin su medio de locomoción más básico y había emitido una queja. Ni siquiera un taco. Quizá solo una mueca. ¿O era un suspiro? De extenuación. Nadie lo recuerda de manera precisa. El SS todavía menos. No hablaba la lengua y no habría intentado comprender el sentido de lo que Riton había expresado al ver su bicicleta retorcida, y manifestó su autoridad con una bala de Luger en la cabeza. Una bala vale más que mil argumentos. Teoría contestable, pero que ha demostrado su aptitud.

El cerebro de Riton salpicó la cara de su hermana pequeña y provocó en ella un alarido inhumano y un trauma incurable. El SS se había hecho comprender. Excepto por Rose, la hermanita un poco perdida. El SS, como pedagogo paciente, levantó el arma y la apuntó hacia la chiquilla de seis años para renovar su argumentación. Los espectadores de la plaza delante de la droguería estaban paralizados. Solo continuaba resonando el grito de Rose cuando la atención del SS se quedó hipnotizada por la espesa melena rizada de Berthe, que se lanzaba a la carrera con un movimiento algodonoso mientras salía de su droguería para precipitarse sobre la pequeña deshecha en lágrimas.

La hermosa joven se arrodilló frente a la niña amenazada, la tomó en sus brazos y le susurró al oído. ¿Era una canción infantil? ¿Una nana? La pequeña bajó su grito una octava. Con un delantal, Berthe le limpió la cara, manchada con el cerebro de su hermano, sin darse cuenta en ningún momento de que tenía una Luger apuntando hacia ella.

Los testigos, divididos entre el horror y la fascinación, no intervinieron. El SS mantuvo el dedo quieto. No es que estuviera emocionado —hacer estallar la cabeza de aquella chiquilla y de su salvadora habría sido tan natural como limpiarse las botas enfangadas—, pero la sensualidad que se desprendía de aquella criatura de rizos salvajes y con el delantal manchado de sangre provocaba un principio de excitación en el militar. Realmente, estos nazis son gente formidable.

Mientras canturreaba al oído de Rose, Berthe volvió los ojos llenos de un brillo negro hacia el soldado. El nazi se estremeció. Un escalofrío le recorrió la nuca. Berthe cantaba con su alegre voz tranquilizadora, con sus ojos negros de muerte fijos en los del asesino. Los segundos transcurrían en este baile inmóvil marcado por el aliento retenido de los testigos que formaban un círculo y esperaban a ver lo que Berthe tenía en la cabeza. En sentido propio.

Después ocurrió lo impensable: el SS bajó el brazo, envainó la Luger y se marchó a su genocidio en curso.

¿Cómo había conseguido Berthe, después de salvar a la pequeña, salir todavía más abucheada que antes, con su prestigio de puta enriquecido con el de bruja? Berthe no intentó comprenderlo. Tomó a Rose en brazos y se la llevó al abrigo de su choza.

Berthe preparó un baño caliente. Antes de morir, su difunto marido Lucien había tenido la brillante iniciativa de instalar agua corriente y una bañera de asiento que a Berthe le encantaba. El agua del baño echaba humo. Todavía azorada, Rose tenía todos los miembros temblorosos. Berthe le quitó el vestido blanco salpicado de trozos de cerebro. Desnuda, el cuerpo blanco como el esmalte que la rodeaba y la cara bermellón por la sangre fraterna, Rose miraba el agua del baño. Atrapada. Como si sus ojos se hubieran quedado ciegos por el horror de la ejecución a la que acababa de asistir y que después se había bloqueado en su propio interior.

Berthe no reflexionaba desde que había salido de la tienda para acudir al lado de Rose. No podía explicarse su acto, no había sido consciente de nada. El cerebro se le había desconectado, el cuerpo había tomado el relevo, se había vuelto vital para ella calmar a la pequeña y lavarle la cara. El SS no tenía ninguna importancia. La Luger no tenía ninguna importancia. Rose necesitaba agarrarse a alguien y Berthe se había ofrecido.

Ahora que la adrenalina había bajado, Berthe se sentía incómoda frente a aquella niña ensangrentada. Pero llegaría hasta el final de aquella purificación.

—¿Dónde está Riton?

Las primeras palabras pronunciadas después del drama. Y Rose no atacaba con la pregunta más fácil.

—Se ha marchado, cariño.

—No, no se ha marchado. No se habría marchado sin mí. Lo he visto, estaba tumbado, no se ha marchado.

La madurez infantil después de un gran trauma. Berthe se identificaba con aquella chiquilla.

—Su cuerpo no se ha marchado, pero su espíritu ya no está aquí.

—¿Por qué se ha marchado sin mí? Riton nunca se iba a ninguna parte sin mí.

Berthe se tragó una bola de clavos antes de responderle:

—Tu hermano no te ha abandonado. Sobre todo, no pienses eso.

—¿Cuándo voy a volver a verle?

—El baño está caliente. Ven, te sentará bien.

Berthe ayudó a Rose a meterse en la bañera. Con delicadeza, utilizando la mano como receptáculo, hizo correr el agua a pequeños puñados sobre la cara ensangrentada de Rose. Sus rasgos reaparecieron con toda su pureza. El agua del baño se puso roja.

—¿Cuándo voy a volver a verle?

Quien haya visto a un niño cambiar de tema cuando no ha recibido respuesta a su pregunta que tire la primera granada.

Berthe tenía dos opciones: mentirle o hundirse en una ciénaga de incomprensión. Le dijo la verdad. La pequeña tendría que encajar el golpe tarde o temprano, valía la pena empezar el proceso de curación en aquel momento.

—Nunca.

Rose no dijo nada. Miraba el agua teñida de sangre. Después, levantó los ojos hacia Berthe. Y, en sus luceros verdes impasibles, Berthe descubrió agradecimiento. «Gracias por tu honestidad», parecía decir Rose, aturdida pero satisfecha. Había respondido a su pregunta y eso era lo único que le importaba. El resto era demasiado irreal. Ya lo consideraría más tarde. Mañana. Al cabo de un año. Cuando fuera mayor.

Su angustia se calmó. La piel, diáfana, iba apareciendo por retazos bajo el agua teñida de rojo. ¿Quién era aquella señora tan amable que le pasaba una esponja espumosa por la espalda? Rose no tenía ni idea. Necesitaba un apósito para la inmensa herida abierta por el alemán, y la ternura de aquella desconocida la aliviaba.

—¿Tienes hambre? —le preguntó Berthe después de un largo silencio.

No se puede decir que la conversación fuera muy nutrida, quizá valía la pena pasar al estómago.

Rose asintió. Berthe la sacó de la bañera, la envolvió en una toalla, la secó y después buscó viejas prendas de vestir de las que llevaba cuando tenía su edad.

Mientras Berthe la vestía, a los pies de Rose se encontraba la toalla blanca ensangrentada. «Otro asunto de buenas mujeres», habría dicho el cretino de su marido.

Berthe se inclinó para llevar a Rose hasta la cocina. Con un movimiento natural, la levantó y después, sin saber muy bien por qué, la elevó más arriba y se la puso sobre el hombro. Como hacía Nana con ella antaño. El saco de patatas, la posición más tranquilizadora del mundo. Berthe sintió una descarga de calor en el vientre. Rose se sentía bien allí arriba. Los trucos de abuela son buenos.

Berthe contemplaba a Rose, que se tomaba la buena sopa que acababa de prepararle, cuando llamaron a la puerta. Interrumpida en sus pensamientos, Berthe tardó un poco en reaccionar. Llamaron de nuevo. Berthe fue a abrir. Frente a ella estaban el señor Thuillier, el muy respetable perito mercantil, una figura emblemática del pueblo, y su señora. Destrozados. Descompuestos. Furiosos.

—¿Rose está en su casa? —preguntó la señora Thuillier, con agresividad.

—Sí..., yo..., le he preparado una sopa. Tenía hambre..., creo... —respondió Berthe, desconcertada.

—¿No se le ha ocurrido la idea de avisarnos?

La madre se reunió con su hija con pasos tensos, le arrancó la cuchara de la boca y la tomó en brazos sin miramientos. Ni que decir tiene que Rose reaccionó como se debía, berreando.

—Todo va bien, cariño, mamá está aquí —dijo la madre sin una pizca de ternura.

—Está trastornada... después... de lo que acaba de pasar. Lo siento mucho, pensaba que... —balbuceó Berthe.

El señor Thuillier puso un pie autoritario en el interior de la casa. «Vaya, un macho dominante». Un hombre que se siente en casa de los demás como en su propia casa tenía tendencia a irritar a Berthe. El invitado sorpresa debería tener cuidado de no mostrarse demasiado confiado.

Berthe no pudo evitar observar un Cristo de marfil que le colgaba del cuello. El fanfarrón se jactaba de haber cazado elefantes en África y presumía de haber tallado un crucifijo en un colmillo. Un buen cristiano, ese Thuillier.

—Gracias por haberse ocupado de Rose, señora Ramberot. Pero ha tomado más iniciativas de las que habría debido tomar.

—Señorita Gavignol —lo corrigió Berthe.

—¿Perdón?

—Señorita Gavignol. Cuando Lucien falleció, decidí recuperar mi nombre de soltera.

Acababan de asesinar a su hijo, y su hija se había salpicado con el cerebro de su hermano, pero que Berthe quisiera recuperar su nombre de soltera superaba la comprensión del señor Thuillier. La señora compartía la ofensa. Rose, por su parte, lloraba hasta romperse las cuerdas vocales y tendía los brazos hacia Berthe. Malestar corrosivo entre los tres adultos.

—Lo siento mucho, no se me ocurrió avisarlos sobre Rose. Yo estaba conmocionada y ella también, lo que quería ante todo era alejarla de allí y... —intentó justificarse Berthe.

—Gracias, señora Ramber...

—Gavignol.

—Señora Gavignol —se corrigió el señor Thuillier, como si le extirparan aquel apellido con un atizador al rojo vivo—. Se lo agradezco. Pero se trata de nuestra familia. Ha dado usted muestras de desfachatez y ha invadido sobradamente...

—¿De desfachatez? —lo interrumpió Berthe, que recuperaba la compostura a medida que la sangre le calentaba las sienes.

—Desfachatez —confirmó el señor Thuillier, que no dejaría que se estableciera una relación de fuerza con aquella fulana.

—¿A salvar a su hija lo llama invadir?

—No se sulfure, pequeña.

«¡Ah, joder, esa expresión!», pensó Berthe, conteniéndose para no retorcerle el cuello.

—Le ha preparado una comida a nuestra hija. De ahí a hablar de salvación, no sé por qué mundo imaginario se mueve usted, pero...

—¿Quiere decir que nadie se lo ha contado?

—¿Contar qué?

—Después de la muerte de Riton... Intervine para...

—No ensucie la memoria de nuestro hijo con sus pamplinas, señora Ramberot.

—Gavignol.

—Ramberot —insistió el señor Thuillier.

Y Rose chillaba todo un concierto.

Berthe se tomó la inverosímil injusticia de la situación como un garrotazo en el vientre. La estaban considerando una desvergonzada, podría salvar a todos los niños del mundo y los puritanos de un pueblo entero continuarían catalogándola como una ¡jodida puta!

—Salgan de mi casa.

—¡Es usted incorregible! —refunfuñó el señor Thuillier.

—No tiene ni idea de hasta qué punto. Ahora salgan de mi casa.

—Esto no quedará así, señora.

—¡SALGAN!

Berthe ya no tenía la paciencia de argumentar ni las ganas de respirar el mismo aire que aquellos padres en duelo, sí, pero ingratos a más no poder.

Los Thuillier rodearon a Berthe mirándola con desdén. Zarandeada por aquella danza colérica, Rose tendía los brazos hacia su ángel salvador sin llegar a alcanzarlo. Su madre, celosa, golpeaba sus endebles manitas para evitar cualquier contacto con aquella ladrona de niños, incapaz de dárselos a su marido, que al final la había abandonado por completo. Ah, las leyendas urbanas...

Berthe no quería empeorar la situación y mantuvo los brazos cruzados mientras arrastraban a Rose lo más lejos posible de ella. Pero no había necesidad de palabras ni de gestos, Rose lo sabía: estaban unidas para siempre.

La puerta resonó detrás de los gritos de la niña y el desprecio de los padres. Berthe se quedó paralizada un momento en el vacío de su casa de nuevo en calma.

—Nana... —murmuró Berthe.

Estaba grogui, se sentía sola, terriblemente sola, y le habría gustado sentir los brazos de su abuela alrededor de los hombros en lugar de sus propias manos temblorosas.

Llamaron de nuevo a la puerta. Berthe puso los ojos en blanco y emitió un gruñido irritado.

—¡Oh, van a continuar jodiéndome mucho rato!

Esta vez, Berthe había recuperado algo parecido a la fuerza necesaria para explicar a los Thuillier lo que pensaba y, si eso significaba partirles la cabeza, no se iba a reprimir, estaba llena de energía. Abrió la puerta con un impulso rabioso, con fuego en los ojos y brasas en la garganta, dispuesta a escupir su cólera, cuando una tormenta glacial se abatió sobre ella y le enfrió de golpe los ardores.

Un viento helado en uniforme SS soplaba en el porche.

Y Berthe se quedó petrificada, como una estatua de hielo.

Los dos últimos años habían sido largos. Los ruidos de botas en la puerta por las noches. Aquella especie de melopea te golpeaba la cabeza y te marcaba el alma con hierro candente. Todos los que conocieron la guerra guardaron el recuerdo de ese sonido en el fondo de sus entrañas.

Con el edredón calado hasta debajo del mentón, los ojos abiertos como platos, al acecho del menor sonido, y el cuchillo de carnicero escondido debajo de la almohada, Berthe se pasaba las noches vigilando el ruido de las botas. Y esperando que no se detuvieran delante de su puerta.

—*Guten Abend.*[1]

«Joder, un alemán...».

—Buenas noches —respondió Berthe, con un temblor en la voz.

—*Es ist kühl für die Jahreszeit*[2] —continuó en la lengua de Goethe. Bueno, en la de Hitler, para ser coherente con la continuidad histórica del momento.

---

1. Buenas noches.
2. No hace calor para la época.

—No hablo alemán... *Nicht deutsch.*

—*Sprechen Sie kein Deutsch? Da warden Sie sich dran gewöhnen müssen. Ihr Land ist jetzt deutsch!*[3] —dijo, sin preocuparse por el hecho de que su interlocutora no comprendiera ni una palabra. Viejo reflejo del opresor capaz de erradicar a un pueblo entero, sus usos y costumbres, y limpiarse las botas en él.

Berthe estaba lívida. El nazi que tenía delante no llegaba ni a los dieciocho años. O, si los tenía, la pubertad llegaba con retraso. Ni un pelo en la barbilla, ojos de cordero y un aspecto inocente. No llevaba ese traje de muerte, Berthe habría confiado en él como en el pontífice. Solo que no tenía al santo padre a mano y la cruz que colgaba del cuello del muchacho no llevaba un Cristo grabado, sino Wehrmacht, así que, pasara lo que pasara, estaba jodida.

Bueno, todavía no.

Porque Berthe valoró las próximas etapas sin angustia. El nazi frente a ella no había venido a pedirle un botecito de leche. Estaba en territorio ocupado. Llamaba en plena noche en casa de la salvajina con reputación de puta. Había brillado por su audacia frente a uno de sus compañeros de genocidio. Demasiadas casualidades: el intruso no estaba allí como turista, venía a conquistar un poco más de terreno, y Berthe sospechaba que se trataba de su trasero.

«¡El cuchillo! ¡Mierda! ¡El cuchillo está debajo de la almohada!».

No era un mensaje codificado de Radio Londres, sino un pensamiento que cercenaba la cabeza de Berthe cuando el nazi avanzó. Puso la mano enguantada en el pomo de la puerta para abrir sin preocuparse por el consentimiento de su moradora.

---

3. ¿No habla alemán? Tendrá que aprender. ¡Ahora su país es alemán!

Dio un paso hacia delante. El talón se plantó en el suelo con un ruido sordo. Un ruido de botas.

Esas putas botas.

—*Kann ich reinkommen?*[4]

Berthe no tuvo necesidad de traductor. Asintió y dio un paso hacia atrás.

El ario sonreía con ese aspecto de adolescente cándido recién salido de su chalé alpino. El pelo de un rubio solar y el corte cuidado invadían la mente de Berthe. ¿Cómo era posible que un ser tan blanco descolorido pudiera representar la promesa de semejante baño de sangre?

Un baño de sangre.

El baño de Rose.

Los pensamientos de Berthe se agolpaban al son del metrónomo de los talones del nazi que se paseaba por su cocina. Al acecho. ¿De una presencia? ¿De un marido? ¿De un arma que ella pudiera utilizar? La relajación de aquellos ángeles exterminadores era asombrosa. Estaban en su casa en todas partes. Berthe sentía que aquel hombre era capaz de las peores atrocidades sin que se le alterara el pulso.

Su mirada pasaba del soldado a los utensilios de cocina y volvió a pensar en Nana, a la que le gustaba tanto su cuchillo de carnicero que no le había parecido conveniente comprar otro. «Nana, mierda... ¿La cosa iba de unos francos más o menos? La voy a palmar porque somos unos auverneses tacaños...».

Pensamientos como un remolino que aspiraba a Berthe hacia la sinrazón. Y el nazi continuaba hablando en alemán sin que Berthe intentara ahora responderle. Aquella lengua era extraña, el muchacho parecía cordial, hablaba con calma, aunque su voz restallaba como un látigo.

4. ¿Puedo entrar?

Molesto por la falta de reacción de su audiencia, el nazi pasó al último verso, esta vez en la lengua de Verlaine o, de manera más contemporánea, de Pétain.

—¿Dónde está el dormitorio?

«Vaya, ¿quiere hacerlo cómodamente?», se sorprendió Berthe.

Apreciaba cada segundo ganado al desgarro de la vagina sobre el embaldosado mientras maquinaba una escapatoria. «Ya que el muchacho muestra un gusto por la comodidad, estimulemos esta inclinación y robemos un tiempo precioso». Berthe señaló la escalera que subía a su dormitorio. Antes de asentir, el nazi sonrió con más ganas. Después, muy galante, invitó a Berthe a pasar primero. ¿Quién ha dicho que los nazis no tenían modales?

—*Aber...*[5]

Berthe tenía pocas palabras alemanas en su vocabulario, pero aquella hizo su efecto. El alemán se detuvo.

—¿No quiere beber alguna cosa antes? *Trinken?*

Berthe ilustró su invitación imitando el gesto de beber un trago. El alemán se iluminó.

—*Zu trinken? Du hast Alkohol hier?*[6]

—Sí. *Alkohol? Da. Ich habe.*[7]

Señaló un armario empotrado en forma de petición de permiso. El nazi asintió.

—*Warte.*[8]

Berthe se detuvo en seco ante lo que parecía una orden. El SS sacó el arma de la funda. Una Luger. No pronunció ni una palabra más. Si Berthe ocultaba alguna cosa que no fuera

---

5. Pero...
6. ¿Beber? ¿Tienes alcohol aquí?
7. Sí, tengo.
8. Espera.

aguardiente en el armario, lo que violaría sería su cadáver. Y, a pesar de su cara de ángel, Berthe visualizó la escena de manera muy nítida.

Asintió, «Comprendido», caminó al ralentí hasta el armario, sacó dos vasos y el aguardiente de Nana.

—*Aaaaaaaaaach, Alkohol!*

«Pues sí, muchacho. Has entrado en la casa adecuada, esta noche. Ya lo verás, nos vamos a reír mucho», pensaba Berthe para darse ánimos.

Se sentaron a la mesa. El nazi se sacó los guantes, con un rictus goloso en los labios, y colocó los dedos, muy suaves por lo demás, en el antebrazo de Berthe, que tenía la carne de gallina. Se le había helado la sangre en las venas, el corazón se le había detenido, percibió su muerte y rechazó aquella imagen clavando la botella de aguardiente en la mesa.

—*Alkohol!* —berreó, para unirlos en la complicidad del instante.

Sirvió dos vasos. El nazi esperaba. ¿Qué esperaba, aquel gilipollas?

Indicó a Berthe que bebiera primero. De repente, no se trataba tanto de galantería. Sino más bien de sospecha. El alemán no quería que lo envenenaran. Sin embargo, si alguien debía sentirse amenazado en aquella casa era más bien la salvajina del escote chorreante de miedo.

Berthe se bebió un vaso lleno de la cosecha especial de Nana y recibió un latigazo muy bienvenido. Se sirvió otro, también tragado en un santiamén, y el fuego le calentó las venas.

«¡Gracias, Nana!».

El nazi estalló en carcajadas, bebió a su vez y se le encendieron las entrañas en combustión espontánea.

«Vaya, grandullón, ¿demasiado fuerte para ti? ¿Invadimos Europa, pero no aguantamos el alcohol?».

Tosió, carraspeó, escupió, con los ojos desbordantes de lágrimas clavados en los de Berthe.

—¿Otro? —preguntó Berthe, por provocación más que por educación.

Ella se metió otro vaso lleno sin esperar la respuesta.

Duelo a sesenta y cinco grados.

«Venga, bebe, muchacho. No vas a dejarte impresionar por una mujer, ¿verdad? Bebe, jodido nazi».

Divertido y excitado, el pequeño nazi no se hizo rogar y levantó el codo por segunda vez.

Al cuarto vaso, atacado por los grados nada legales de la receta de la abuela, el alemán sintió que perdía el control, y la excitación dio paso a la irritación. Golpeó la mesa con la Luger.

—¡Basta!

Berthe se sobresaltó. Los cuatro vasos no la habían achispado, a ella. El miedo transformaba químicamente el aguardiente ingerido en adrenalina. La Gran Frida la había estimulado, Berthe estaba preparada para la contraofensiva. Solo que un nazi que te grita armado con una Luger te sobresalta.

—¡¿Dónde está el dormitorio?! —preguntó el nazi, con un fuerte acento y menos edelweiss en la voz.

Berthe señaló el dormitorio y se apoderó de la botella con una invitación temblorosa.

—*Alkohol?*

«No digas que no, hombrecito. ¡No digas que no!».

El nazi estalló en carcajadas de nuevo. Le gustaba aquella salvajina, daba muestras de un auténtico sentido de la hospitalidad para la violación. Eso le encantaba al SS, así que lo confirmó, cada vez más poeta.

—*Alkohol!!!*

En el aspecto verbal, la escena era bastante pobre. En cambio, en lo referente a lo no dicho, la cosa se transformaba en modo defensa antiaérea.

Berthe desarrolló su plan, que esperaba que fuera maquiavélico o al menos eficaz: soltó la botella, que estalló en mil pedazos en el suelo.

—*Scheisse!*[9] —berreó el alemán cambiando de color. Del blanco descolorido ario, pasó al rojo sanguinario.

Y Berthe recibió la primera torta. El nazi continuó jurando y berreando mientras Berthe intentaba arrastrarlo hacia la continuación de su plan.

—*Ich habe! Ich habe!* ¡En el sótano! *Ich habe alkohol!*

Segunda torta. Al alemán no le importaba un pimiento su aguardiente, él también quería pasar a la etapa siguiente. Se desabrochó el cinturón de cuero, se desabotonó el pantalón y dejó que se deslizara hasta los talones, sacó su polla nazi —aquella magnífica erección era otro buen ejemplo del pueblo conquistador— y agarró a Berthe por los cabellos.

Berthe no tuvo tiempo de gritar y ya se encontró con la cara contra la mesa. El SS le levantó la falda y le arrancó las bragas. Todo iba demasiado deprisa, el alcohol había acabado por empañarle la mente y las palabrotas alemanas le hacían perder las referencias; Berthe tenía una idea en la cabeza antes de encontrarse con unos dedos extraños en la vagina, pero ya no recordaba cuál era.

Un estertor animal salió de su boca. Las babas le corrían por el vestido. Los pies intentaban apartarse del empuje del violador y se desgarraban con el vidrio roto en el suelo. Sus ojos se posaron en la Luger, a diez centímetros de la mano, sobre la mesa. El SS había soltado el arma para empuñar la otra que ocultaba en el calzoncillo y que ahora intentaba meter en el

9. ¡Mierda!

sexo de Berthe. Pero su precipitación había tropezado con un muro que tenía que derribar, por más nazi que fuera: la sequedad de la salvajina, que no estaba ni una pizca excitada. Así que resultaba poco acogedora.

El momento no era propicio para dar explicaciones sobre las virtudes de los preliminares. Estaba claro que el muchacho se encontraba ante su primera violación, sus movimientos eran inciertos y torpes, su sexo duro tropezaba contra los muslos y la grasa de las nalgas de Berthe —a pesar de todo, sesenta y cinco grados nublan la vista—, y Berthe, con un ojo cerrado, valoró la situación de la Luger. Acercó la mano al arma cuando el alemán la sacudía en todos los sentidos con su violación ineficaz y después quedó dolorosamente aplastada contra la madera de la mesa, comprimida por la del nazi, que la pilló al vuelo.

—*Nein!*

El alemán le retorció la muñeca. Berthe gritó y se ganó un puñetazo en la mandíbula. Se encontró en el suelo, con la boca ensangrentada, las manos y los pies lacerados por el vidrio machacado y el corazón desbocado a punto de salir de la caja torácica. Y el otro, furioso, continuaba gritándole en alemán.

Berthe se arrastraba, en busca de una escapatoria, consciente de que no había ninguna. Entonces fue cuando vio las botas del soldado cubiertas por el pantalón. El doncel, muy excitado, no se había tomado la molestia de descalzarse y la perseguía con el uniforme enredado en los pies que le dificultaba los movimientos.

Descarga de adrenalina. Berthe puso las manos en el suelo, cortándose sin sentirlo, tomó impulso para desplazarse hacia un lado, enderezarse y correr hacia el sótano. Al nazi borracho le tomó un tiempo comprender y después corrió tras ella. Pero, aturdido por el alcohol, no tuvo el reflejo de subirse el pantalón, por lo tanto corrió a la pata coja como un gilipollas, tropezó, intentó vestirse, pero, debido a la ebriedad, no lo consiguió, así que siguió corriendo, con el pantalón en la mano, menos soberbio pero igual de conquistador.

Claudicó a los dos metros, levantó la cabeza al oír que Berthe llegaba con un grito de furia y no pudo pensar nunca nada más después de esto. Berthe le abrió el cráneo de un palazo. El hombre se derrumbó sobre los restos de vidrio, con el culo lampiño al aire y los sesos de nazi desparramados por el suelo.

Berthe no recuerda haber bajado al sótano en busca de la pala. Los dedos del nazi se abrían camino en ella hacía un momento, y ahora yacía allí, en el suelo de la cocina, con el cráneo abierto. ¡De verdad que era fuerte, aquel aguardiente!

Después Berthe se dijo que la Luger podía serle útil un día y se quedó con el arma.

El cuerpo del nazi rodó por la escalera y chocó con el alambique con un ruido esponjoso. Los sesos lo amortiguaron a la vez que salpicaban la mecánica de la Gran Frida. Berthe no se había tomado la molestia de subir el pantalón del muchacho antes de empujarlo por la escalera. Le gustaba ver a su agresor en aquella posición degradante, con el uniforme SS retorcido en el trasero juvenil ofrecido a la burla de su víctima. El muchacho estaba doblado en cuatro, con el careto aplastado contra la Gran Frida. Cual vago recuerdo de dominación, un resto de erección le colgaba indolentemente entre las piernas.

Berthe lo miraba con desdén desde la entrada del sótano, todavía con la pala en la mano chorreante de sesos frescos. ¡Una arpía había vencido a un nazi!

Se tomó su tiempo para llegar junto a él. Cuando estuvo a su altura, no pudo impedirlo, la oportunidad era demasiado buena, subió el brazo por encima de los hombros y, aunque nunca había jugado al golf, efectuó un *swing* digno de las Olimpiadas. La pala golpeó el levantado trasero del nazi, el escroto que colgaba por allí quedó aplastado por el golpe, los testículos estallaron y la cabeza emitió un nuevo *BONG* esponjoso al chocar con Frida.

—Tú, cerdo, ¿te gusta que visiten tu culo sin invitación?

Nuevo *swing*. Las nalgas del nazi enrojecieron al mismo tiempo que los pómulos de Berthe, que recuperaban los colores después del terror pasado.

—¿No?

¡Plaf! Nuevo batacazo.

—¡Sin embargo, eso no te planteaba ningún problema, hace un momento, conmigo!

¡Flas! Las nalgas del nazi parecían un estofado de ternera borgoñón. Falta de gusto, ya que estaban en Auvernia.

—¡Ya te enseñaré yo a invadirme las nalgas!

¡Plof! Trozos de carne desprendida salpicaron a Frida.

—¡Y viva Francia!

La salvajina no era patriota, pero no le gustaban los invasores. En ninguna de sus formas.

Después, empezó a cavar.

Ventura, Pujol y Bernier, que ha llegado a mitad de la historia de la asesina de nazis, se quedan boquiabiertos. Ventura tiene oficio, ha visto muchos casos, locos, asesinos, mentirosos, presuntamente inocentes, supuestamente culpables, pero esta centenaria, que sin pestañear acaba de describir una escena de asesinato de una extraña violencia, lo ha dejado sin palabras.

—¿Tiene un nazi enterrado en el sótano?

—Muy bien, veo que me has escuchado.

—Así que lo asesinó —se asegura Ventura, no sea caso que la senilidad haya hecho delirar a la vieja.

—Ah, no, en realidad no me has escuchado bien. Te has saltado la parte de la violación.

—Sí, en efecto, hubo un intento de violación —rectifica el inspector.

—¿Intento? ¿No he sido lo bastante clara con las descripciones? —se indigna Berthe.

—Sí, ha sido suficientemente precisa. Puede hablar de legítima defensa, pero de todos modos se trata de un homicidio.

—Yo llamo a eso un crimen de guerra. O más bien un crimen legitimado por la guerra. Y el mío lo está mucho más que la mayoría de los que impregnaron los campos con la sangre de nuestros valientes soldados.

La vieja, encogida en una silla tan escacharrada como su esqueleto, desconcierta a su asistencia con la agudeza de sus razonamientos.

Ventura recupera la calma y vuelve a las pruebas del delito.

—Sigamos el curso de los acontecimientos, si le parece bien. Acaba de albergar a dos fugitivos sospechosos de asesinato, se ha pasado la mañana disparando a mis tropas, le ha pegado dos tiros a su vecino y lo ha herido de gravedad, está en posesión de un arma prohibida y ahora me confiesa que ha matado a un hombre. Un nazi, es cierto, un violador, lo entiendo, pero de todos modos confiese que la mula empieza a estar cargada.

—Mi pobre amigo, no tienes ni idea. A mi edad, la mula no está cargada, está aplastada bajo tres toneladas de escombros. Eso no impide que ese jodido nazi me atormente todas las noches desde entonces. Mira, quizá esté senil, pero hay recuerdos que dejan marcas y esas marcas se cuentan en noches en blanco. Ahora, si quieres inculparme por el asesinato de un nazi, date el gusto. Hay resistentes que fueron condecorados por los mismos actos, pero con ellos se hablaba de valor. En fin, no me lo tomaré personalmente. Haz lo que quieras con tu buena conciencia, yo no duermo desde hace decenios.

Ventura se frota los ojos. La vieja es enternecedora, pero también una auténtica tocapelotas. Ya está harto de que lo tiren de las orejas, y para colmo delante de un público.

—Berthe, tiene que ayudarme. Los cargos que pesan contra usted son cada vez más pesados. Me gustaría mostrarme clemente, pero cuanto más habla más parece que tiene cosas que reprocharse.

—¿Que reprocharme? —se escandaliza la vieja—. Mira, Lino, me has causado una buena impresión al principio, pero ahora me vas a cabrear. ¿Te acabo de decir que el tipo, además de ser un nazi, me violó y me habría matado si se lo hubiera permitido, y tú me hablas de cosas que reprocharme?

—Déjeme terminar...

—¡No, tú vas a dejarme terminar! —vocifera Berthe.

Ventura siente la tormenta bramar justo por encima de su cabeza. Así que la encoge entre los hombros por un reflejo que de inmediato lamenta en cuanto al mantenimiento de la relación de fuerzas.

—Hace más de un siglo que lucho por sobrevivir y que oigo frases culpabilizadoras, como las que no dejan de salir de vuestros picos desde que me pudro en esta silla. Estamos en 2016, te hablo de un intento de violación, ¿pero tú insinúas de todos modos que tengo alguna cosa que reprocharme?

—Señora Gavignol... —intenta calmarla el inspector.

—Ah, vaya, ¿ahora te pones formal? —ironiza Berthe con un chorro de ira.

—Berthe —continúa Ventura—. Me importa un cuerno su nazi. Las circunstancias excepcionales del acontecimiento juegan a su favor...

—Decididamente, cuanto más hablas, más insultante eres.

—Pero de todos modos tengo que abrir un expediente por homicidio —se justifica el inspector.

—¡Pero te estoy diciendo que fue en legítima defensa!

—Es el procedimiento.

La Administración tiene los engranajes deshumanizados. Berthe podría defenderse, pero ¿para qué? Prefiere dedicarse a su cruasán, más apetitoso que la continuación del interrogatorio que la espera.

—Bernier, además de la Luger y la foto, ¿no has encontrado nada durante el registro? —pregunta el inspector.

—No, jefe.

—Bueno, pues vuelves y me peinas la casucha con más

ganas. Ya que nuestra invitada oculta cadáveres nazis, no sabemos qué otras sorpresas nos reserva. Manda a un equipo a cavar en el sótano para corroborar los hechos y...

—¡NO!

Con la boca llena de cruasán, Berthe ha gritado sin darse cuenta y habría dado todos sus ahorros por recuperar el grito que se le ha escapado al mismo tiempo que el cruasán, que ha acabado en sus rodillas.

—¿Tiene alguna otra cosa que declararnos, Berthe?

—No.

Berthe se oculta detrás de su mala fe y la vuelta al picoteo de su cruasán.

—No, ¿qué? —pregunta el inspector, cada vez más suspicaz.

—No... No tengo nada... que declarar...

—¿Por qué no quiere que cavemos en su sótano?

Silencio de muerte.

—¿Berthe? —insiste Ventura, porque sí, siente que va a haber que cavar. Y no solo un poco.

Berthe deja el cruasán y reflexiona, con la barbilla contra el pecho. Se flagela por dentro. La fatiga y la presión de los polis la han empujado a hablar demasiado.

—Bernier, empieza a cavar —ordena el inspector.

Berthe levanta la nariz. Podría intentar impedírselo, pero no la escucharían, lo sabe muy bien. Así que deja hacer y baja de nuevo la cabeza.

Bernier sale de la habitación y chasquea los dedos en dirección a otros dos polis para que vayan a cavar con él.

—Pujol, déjenos un momento —impone más que pide el inspector.

—Muy bien, jefe —obedece el agente—. ¿Quiere que espose al sospechoso, jefe?

—Tener la cabeza llena de agua no te impide utilizar el sexo correcto, niñato. Se dice «la» sospechosa —refunfuña Berthe.

Por más que reflexione, la abuelita no pierde su lado mordaz. Probablemente, el hecho de recordar el pasado es lo que la pone de mal humor.

—Pujol —brama Ventura, con una voz cargada de recriminación.

—¿Sí, jefe?

—¡Fuera!

Pujol se esfuma, impulsado por el grito.

El inspector se queda solo frente a la sospechosa muda.

—Es usted una mujer nada banal, Berthe. Ha vivido acontecimientos duros, es evidente, pero no tenemos tiempo y, mientras jugamos a las adivinanzas, mis sospechosos siguen huidos. Permítame que sea brusco pero honesto: está usted al final de la vida, esto no es un secreto para nadie, así que, si tiene cosas en la conciencia, es el momento de aliviarla.

¿Es un problema de culpabilidad demasiado tiempo enterrado? ¿O, al contrario, se trata de la necesidad de sacar la verdad a la luz? ¿Purificarse de cualquier acusación? ¿Y de las condenas tácitas? ¿O explícitas? Quizá el inspector tenga razón. Ha llegado el momento de liberar su corazón. ¡Por fin! Berthe se encuentra ante un tribunal. ¡Muy bien, que entren los acusados! Porque la culpable no es la que se cree. Y le gustaría que se supiera.

—Todo esto es culpa de Lucien.

—¿De quién?

—Lucien Ramberot. Mi primer marido.

Ramberot, Lucien. Cuarenta y dos años. Hombre elegante y distinguido, lo suficiente para ser aceptado en ciertos salones parisinos —no hace falta especificar que las casas en las que se encontraban eran de citas— e imponer por consiguiente el respeto en el pueblo, donde su comercio prosperaba. Lucien llevaba la droguería que abastecía a toda la región, y los negocios florecían. Tenía un bonito bigote poblado, llevaba un sombrero de copa que le daba un aspecto orgulloso y lucía una expresión severa. No se reía todos los días en casa de Ramberot, eso se veía por la imagen de su careto.

Berthe conocía al hombre desde que nació. Nana y su madre iban a comprar a su tienda utensilios, detergente e imperdibles para la recién nacida. Berthe tenía ahora diecinueve años y, aunque Lucien tenía más del doble, el respetable comerciante había puesto la vista en la joven ladrona. En efecto, Berthe mangaba una tontería cada vez que iba a su tienda. Lucien había visto crecer a la chiquilla y conocía su situación: huérfana de padre, criada por dos mujeres, una de las cuales no había dudado en vender sus servicios para alimentar a su progenie. Lucien tenía un aspecto severo, pero, en el fondo de sí mismo, sentía compasión y dejaba que la pequeña robara. No lo hacía con malas intenciones. Tenía poco dinero, compraba lo necesario y hurtaba lo superfluo: una cinta de seda, un espejo de bolsillo de plata, una caja de dulces. A Berthe le gustaba darse gustos y a Lucien le gustaba verla feliz. Así que cerraba los ojos y, de vez en cuando, incluso le metía chocolatinas en el bolsillo. No la animaba, pero mantenía con ella lo que esperaba que fuera complicidad.

Berthe sabía que Lucien la había desenmascarado desde hacía mucho tiempo y que alimentaba su cleptomanía con cebos que sembraba en sus bolsillos. Y también sabía por qué: tenía las miras puestas en sus bragas. Cuando lo descubrió, Berthe no iba a sorprenderse como una virgen asustada que ya no era. Pero, mientras esperaba que hiciera abiertamente su declaración, quería seguir aprovechando su amabilidad interesada mangándole unas golosinas por aquí y por allá.

Lucien había conocido a Berthe inocente, con cintas en la melena que le servían de coleta, después pavoneándose, con su primer pintalabios colocado con torpeza en sus labios carnosos, que contemplaba como a los de una señorita y ya no de una niña. A pesar del maquillaje que desbordaba los contornos, Lucien deseaba aquella boca y alimentaba el deseo de convertir a Berthe en su mujer.

Lucien iba a elegir el peor momento para declarar su pasión. Acababa de sorprender a Berthe en el tejado de su casa, con clavos entre los dientes y un martillo en la mano, mientras arreglaba la techumbre, que mostraba signos de desgaste y problemas de estanqueidad.

—Bueno, ¿por qué me mira usted de esta manera? Parece que haya visto parir a la santa Virgen —le dijo Berthe, sin despegar los labios de sus clavos.

Berthe hablaba sin rodeos. Era famosa por su labia florida y la habían desterrado de más de una capilla. Juraba, blasfemaba e incluso era capaz de escupir en el suelo. Sus rasgos eran tan femeninos como groseros sus modales. Pero Lucien no se lo tenía en cuenta. ¿Estaba demasiado hechizado por la armonía de sus formas provocativas que dejaba adivinar sin pudor? Porque, sí, Berthe era lozana como una lechuga, incluso salvaje, a la que uno no se acercaba tan fácilmente, pero que no por ello consideraba un tabú desvelar la riqueza de su flora. Las blusas de Berthe, cuando las llevaba, a menudo tenían un botón de menos o un tirante descosido. ¿Dejadez? ¿Pobreza? ¿Provocación? La razón no importaba, Lucien la deseaba sin considerarla una desvergonzada.

Así que, aquel día, Berthe clavaba pesadas tejas en su tejado poroso. Su largo pelo rizado no se había querido quedar prisionero de su delgado pasador y volaba por la húmeda frente, la sudorosa nuca y la desnuda espalda. Y aunque Lucien se encontraba en la entrada del patio, varios metros más abajo, veía con claridad que la pequeña no llevaba sujetador. Era evidente que aquella familia no tenía suficiente dinero para cubrir las necesidades de la muchacha, lo cual la obligaba a entregarse a trabajos manuales difíciles sin el atuendo adecuado, con los pechos jóvenes y pesados dando saltos con cada martillazo. Lucien la compadecía mientras se secaba la frente chorreante a causa de la solana, un poco, y de la excitación negada, mucho, mientras sentía que se le hinchaba el sexo en el pantalón y efectuaba movimientos de pelvis para que la molestia no se viera.

«Pobre niña», se decía, y se atribuía la misión de ofrecerle ropa nueva y adecuada para una joven de buena sociedad, se imaginaba como salvador de la viuda y la huérfana, y no quería confesarse que eran sus propios andrajos los que le daban ganas de explorar sus enaguas. Lucien se aseguraba claramente a sí mismo que quería vestir a aquella muchacha para casarse con ella y no casarse con ella para desnudarla.

—Berthe, tenga cuidado con esos clavos, me da miedo que se los trague —le dijo, mientras se acercaba a la base de la escalera.

—No se preocupe, tengo los dientes duros y los labios hábiles, no me los tragaré —replicó Berthe con su labia florida.

Lucien intentaba mantener la compostura, con la mano en el bolsillo para organizar la distribución de su territorio genital. Berthe era muy consciente del carácter sexual de la situación. Después de sus prácticas intensivas para descubrir su cuerpo y el de Myrtille, una compañera de clase aventurera en el ámbito sexual, había perfeccionado su educación con muchachos maduros de los alrededores. Berthe no era fuerte en aritmética, pero la ecuación pecho generoso menos sujetador daba como resultado un enrojecimiento de las mejillas del muchacho y una desviación de su mirada hacia el escote, seguida de una parálisis de su atención intelectual.

Berthe nunca llevaba sujetador. Lucien no iba desencaminado, la lencería le parecía demasiado costosa, pero también superflua. Le gustaba sentir sus formas libres en sus movimientos, la suavidad de las blusas en las tetas y no tener que desabrocharse un botón para ofrecer su suavidad a aquellos que enrojecían ante ella.

Berthe estaba muy emancipada y disfrutaba de ello con discreción. Nana se lo había advertido, tenía que manejar con prudencia el efecto que provocaba en los hombres y, por lo tanto, en sus mujeres y en la sociedad en general. Todas estas complejidades del mundo adulto le parecían muy enrevesadas, pero había aprendido a escuchar los consejos de su abuela.

—Cielo. Eres bonita, tienes unas formas voluptuosas y firmes como una manzana bien madura —le había dicho Nana mientras amasaba la pasta para su pastel de patata.

—¿Qué dices, Nana? —le había replicado Berthe con una falsa ingenuidad.

—Te explico con términos bíblicos que eres deseable.

—¿Con términos bíblicos?

—Sí, la manzana. Está en la Biblia, ¿no? Y en la Biblia se dicen las cosas como deben decirse. La manzana es el deseo, pero también el comienzo de los marrones —añadió Nana, amasando con más fuerza la pasta mientras se hacía un lío con los utensilios.

—Nana, puedes decirme las cosas tal como son, ahora ya soy mayor.

—Tienes razón, me estoy liando.

Nana se armó con su gran cuchillo de carnicero, que utilizaba tanto para triturar ajo como para cortar una pieza de ternera.

—¿Por qué multiplicar los instrumentos si todos tienen la misma función? —decía mientras afilaba el cuchillo después de hacer las cuentas, que la conducían al resultado de que no tenía dinero para comprar uno nuevo.

¡Clac, clac, clac! Nana cortó las patatas y después utilizó una retórica más explícita:

—Eres hermosa como la primavera que brota, tienes unos pechos generosos que saludan al sol, tienes un culo alto y firme, se podría aguantar una copa en él, y tienes unos labios más carnosos que las nalgas de Cupido. En resumen, eres un imán de amores o marrones, según el uso que hagas de todo eso. Con los muchachitos llenos de granos que veo pasar por el granero de Tavenel, me he dado perfecta cuenta de que sabes utilizar tu artillería. Eres consciente de que puedes causar estragos, así que te aprovechas y tienes toda la razón.

—Nana, ¿estás segura de que no te has equivocado con las proporciones del aguardiente? No comprendo nada de lo que dices.

Nana se puso nerviosa. Es cierto que su explicación no era clara, pero tenía que transmitir el mensaje. Tiró las patatas en el agua hirviendo, se quemó con las salpicaduras y lanzó un «¡Ah, mierda!» que también valía como respuesta a Berthe.

—No te pases de lista y escúchame bien. Tienes un cuerpo que volverá locos a todos los hombres. Lo sabes porque ya has practicado y te has dado cuenta del poder que tienes sobre ellos. Y yo lo sé porque veo tu airecillo travieso cuando regresas con heno en el pelo...

—Yo no...

—No te justifiques, no te reprocho nada. Al contrario, aprovechas la vida, y es lo suficientemente perra como para apreciar los pocos placeres que nos brinda. Lo que intento decirte es que todo eso lo sé, porque yo tenía el mismo cuerpo que tú a tu edad. Pues sí, no hace falta que me mires con tus redondos ojos de pescadilla; tu madre, sus cinco hermanos y la guerra han dejado secuelas, pero, créeme, hace cuarenta y cinco años tenía unas formas capaces de ponérsela dura a un cura. Y te lo digo con conocimiento de causa, porque tengo tres que quisieron hacerme suya con unos años de intervalo y, cuando me negué a entregarme, me trataron de puta a mí, antes de irse a comer la hostia, aquellos grandes perversos, bien calentitos en su iglesia misericordiosa. En pocas palabras, cariño, tus formas son una invitación al placer, todos las desearán, pero todos te harán pagar un precio. Eso se llama culpabilidad. De ahí la manzana.

Sin decir nada, Berthe observaba a su abuela ponerse nerviosa. Veía con claridad que el tema era doloroso. Comprendía también la advertencia y el peligro, pero, como cualquier niño que todavía no ha sentido la quemadura, la prohibición de acercarse al fuego le parecía arbitraria.

—Nana, las patatas estarán demasiado cocidas.

—¡Oh, mierda!

Nana escurrió las patatas repletas de agua, renegando.

—¡Malditas féculas!

—Tengo la sensación de que intentas decirme otra cosa.

Nana colocó la cacerola ardiente sobre la madera maciza de la superficie de trabajo, se acercó a su nieta y le puso las grandes manos callosas en las mejillas nacaradas.

—¿Siempre has tomado y dado placer de manera voluntaria?

—Sí, Nana. Ellos nunca cogen nada si yo no se lo doy.

—Está bien, pequeña. Está bien.

Los ojos de Nana se nublaron de lágrimas, que enseguida barrió con un gesto seco.

—¿Y tú, Nana?

—No se trata de mí.

—Pues sí. Se trata de mujeres. Y lo que me dices para mí me lo dices porque has vivido cosas que no quieres que yo viva. Así que dime. ¿Qué te ha ocurrido?

«Mierda, esta chiquilla es lista», pensó Nana con una mezcla de admiración e inquietud por ella.

—¡Si uno de esos cerdos quiere tomarse lo que tú no le quieres dar, no argumentes! ¡Responde con esto!

Nana sacudió el enorme cuchillo ante las narices de Berthe antes de clavarlo en el codillo de jamón que se secaba encima de la ventana.

—¡Así!

Nana se quedó inmóvil. Su mano no soltó el cuchillo. Las viejas venas azules se hinchaban bajo la piel arrugada. La boca apretada ya no dejaba pasar el aire. Todo pasaba por la nariz, que inspiraba y espiraba con gran presión.

—Cuando están excitados, ya no comprenden las palabras.

La manita delicada de Berthe fue a buscarla más allá de su cólera. La mano derecha de Berthe se deslizó en una caricia por la cansada espalda, mientras la mano izquierda aflojaba la presión de Nana sobre el cuchillo, para acabar su coreografía en un abrazo.

—Lo he comprendido, Nana, estaré atenta —le susurró Berthe al oído.

—Sí, tienes que hacerlo, cielo. Yo no estaré siempre aquí.

Nana se sentía responsable de la huérfana desde que su madre había optado por desaparecer, aquel año. No se había llevado maleta, solo una ligera bolsa de piel que había desaparecido del armario, así como dos blusas, una falda y unas cuantas bragas, según el inventario de Nana. La madre no había dejado palabras; cuando estaba allí, ya las escatimaba.

Berthe esperaba que su madre encontrara la calma en su viaje, fuera el que fuera. Desorientada por la depresión, probablemente había huido sin destino. Solo una necesidad de recuperación. En un lugar donde nadie supiera quién era. Donde pudiera olvidarlo también ella. Y renacer, ¿quién sabe? En cualquier caso, era la literatura que Berthe se escribía cuando visualizaba a su madre con la bolsa de piel, subiéndose a un tren para alguna o ninguna parte. Y, aunque unos vislumbres de realismo le evocaban por *flashes* a una vagabunda en harapos errando por calles sucias con aspecto azorado, a Berthe le gustaba imaginar a su madre al alba de una nueva vida.

Nana había seguido la crisálida de su nieta. Ahora tenía que dejarla volar. Y aceptar que Berthe se defendiera sola.

Berthe volvió a pensar en el cuchillo de carnicero clavado en el codillo de jamón cuando Lucien se encontraba al pie de la escalera que conducía al tejado en el que estaba subida.

—¿Qué puedo hacer por usted, señor Ramberot? Imagino que no ha venido a verme clavar clavos. No es lo más apasionante que hay como espectáculo.

Falsa ingenua, Berthe sabía manejar la inocencia como el martillo.

—Desengáñese, Berthe. El espectáculo que me ofrece es... ¡fascinante!

«Muy bien, cerdo. Veo desde aquí el bulto que te deforma el pantalón. Pero tienes razón, mi talento como carpintera es lo que te alegra la vida», pensaba Berthe, en medio de su baile mamario.

—Muy amable lo que usted dice, señor Ramberot, pero no soy más que una chica de granja que repara las tejas. No veo lo que encuentra fascinante en eso.

—Berthe, una mujer tan encantadora como usted, entregada a un trabajo de hombre, tan manual y físico, por añadidura...

Deglución insistente en la palabra «físico».

—¿Por quién? —lo interrumpió Berthe, jugando a la descerebrada que no era.

—Por añadidura —explicó Lucien, con el torso abombado del Pigmalión que piensa atraer a su presa con un saber que de repente se ha vuelto indispensable—. Digamos que «sumado».

—Ah, a usted le gusta mucho eso, las cifras. Normal, es comerciante.

«Y que te entretenga y que solo veas fuego en eso».

—Sí, bueno, las cifras, por supuesto —se embarulló Lucien, un poco perdido por el juego de la Mistinguett—. Le decía que verla practicar un trabajo de hombre es fascinante.

—¿Sabe usted? En esta casa solo hay mujeres, así que el trabajo de hombre no es un matiz que nos esté permitido. Y el trabajo hay que hacerlo, eso es todo.

Y Berthe acentuó su razonamiento filosófico con un martillazo seco en un clavo recalcitrante, que hizo saltar un trozo de pecho fuera de la blusa. El pezón rosa apareció brevemente, lo suficiente para que Lucien se pusiera rojo como un tomate un día de canícula. Berthe, con un movimiento desenvuelto, se colocó bien la blusa y se excusó con la misma ligereza que la prenda que apenas la cubría:

—Oh, perdón. Qué torpe soy. Debo decir que no tengo la costumbre de trabajar delante de espectadores.

—Pero, mujer, no se excuse, soy yo el que... no he... avisado... y...

La locomotora demasiado caliente descarriló y ya no había conductor a bordo. Berthe se divertía con los intentos de Lucien por mantener el rumbo cuando su máquina echaba humo por todas partes.

—Al contrario, me gusta recibir visitas, señor Ramberot.

¡Pam! Nuevo martillazo. Esta vez, Berthe se había puesto la mano en el pecho, para impedir que saliera volando ante la vista de todos. No es que se hubiera vuelto mojigata, sino que sabía que volvería a Lucien todavía más loco. Ahora que había saboreado lo prohibido, saber que el pezón estaba tan cerca y listo para saltar era un auténtico suplicio.

«Has venido a echar un ojo a la guarra en su tejado, guapo, muy bien, te voy a dar un escarmiento», se divertía Berthe. Porque si Lucien, desde lo alto de su superioridad masculina, esperaba manejar el cotarro, estaba muy equivocado. Berthe, además de ser más lista que él, tenía la cabeza mucho más fría. El macho no era indispensable para su pleno desarrollo, muy al contrario, ya lo había experimentado lo suficiente. Pero un buen partido, que pudiera proporcionar un techo hermético, un plato caliente y un salario mensual, le relajaría las lumbares. Porque, por más que Berthe fuera una chica emancipada, estaba harta de clavar clavos y de llevar cubos a su casa desprovista de agua corriente. Y en aquella época, por razones que Darwin no intentó explicar, los hombres eran los que hacían fortuna. Así que las mujeres tenían que aprovecharse, sin dejarse dominar, cuando podían, lo cual era un equilibrio difícil de encontrar. Pero Berthe, armada con su martillo y su escote, no se las arreglaba tan mal.

—Se lo ruego, llámeme Lucien —la invitó entre dos degluciones laboriosas.

En el punto en el que estaban, aunque Berthe lo hubiera llamado Mirza, habría estado igual de contento.

—¿Y qué puedo hacer por usted, Lucien, en este magnífico día soleado?

—Pues... Pues...

Lucien había empezado a subir por la escalera, pero se había detenido en el tercer escalón. ¿Para acercarse a ella? ¿Para ponerse en una posición todavía más incómoda que aquella en la que se debatía desde hacía un buen rato? ¿Para adoptar una actitud romántica? Berthe no tenía ni idea. El tío se mantenía tres escalones por encima del suelo, pero seguía a cinco metros de ella. He aquí un hombre que mostraba una falta total de determinación. Si ya se debatía en una escalera sin ir en una dirección clara, la cosa prometía.

—¿Sí, Lucien? ¿Qué?

—Pues...

Los miembros inferiores se pusieron a temblar, la escalera se tambaleó y el joven perdió la integridad de la apariencia de prestancia que le quedaba.

—No le oigo. Venga aquí conmigo. Ya lo verá, hay una vista impresionante del campanario de la iglesia.

—Es que...

Y la escalera se tambaleaba cada vez más. Y Lucien se agarraba a ella con más desesperación. Y el resto de orgullo se evaporaba definitivamente ante los ojos ya dubitativos de Berthe.

—Es que tengo vértigo —se justificó Lucien, sin darse cuenta de que su excusa mandaba una imagen todavía más deplorable de sí mismo.

—Está en el tercer escalón, Lucien.

El escalador levantó la cabeza hacia Berthe, que se encontraba de pie, con los pies descalzos sobre las tejas, a cinco metros por encima de él, como una amazona. De entrada mosqueado por la condescendencia con la que Berthe había comentado su situación, se sintió mal por no poder reunirse con su salvajina, a no ser en el techo del mundo, o al menos en el de aquella casa.

Enfrentándose a su valor y a la escalera, Lucien se puso a subir los escalones del paraíso y se prometió que nada lo detendría. Berthe se divertía viendo a aquel oficinista debatirse por llegar a olisquearle las enaguas.

—No se agobie, Lucien, puedo bajar hasta usted.

—Ni se le ocurra, Berthe, soy yo el que tiene que subir.

Con la voz más segura que el acto, Lucien subía los escalones uno a uno. Berthe se sentía el premio de la feria. Cuando llegó al último escalón, Lucien se sujetó. Con la camisa empapada por la ansiedad y la respiración acelerada, Romeo al borde del infarto por fin pudo lanzar su perorata. Berthe esperaba pacientemente jugando con los rizos de sus cabellos, poniéndose de vez en cuando la punta de una mecha en la boca ingenua. El hábito no había escapado a Lucien, pero prefería centrar la atención en su equilibrio. Cada cosa a su tiempo.

—Pues sí, le estaba diciendo, querida Berthe, que hace mucho tiempo que la conozco. Su madre y, sobre todo, su abuela son clientes regulares. La he visto crecer. De una niña alegre, se ha convertido en una mujer... una mujer...

Lucien buscaba un calificativo mientras desnudaba con la mirada a Berthe, que desprendía una feminidad capaz de hacerle estallar la bragueta, pero no se le ocurrió ninguno autorizado por los buenos modales.

—¿Una mujer? —repitió Berthe, masticando todavía un rizo del pelo, para incitarlo a terminar su frase.

—Una mujer —concluyó Lucien con un punto final.

No colaba como gran literatura, pero la idea estaba ahí.

—Mujer es y en mujer quiero convertirla.

Lucien se liaba con sus versos.

—Perdón, Lucien, no le sigo.

—Mi mujer. Convertirla en mi mujer. Quiero decir, ¿quiere serlo?

—¿Ser qué? —replicó Berthe, haciendo como que no comprendía nada.

—¡Mi mujer! —se impacientó Lucien, cuando la escalera empezó a tambalearse.

—¿Convertirme en su mujer? ¿Yo? —exclamó Berthe, con una alegría teñida de falsa sorpresa.

Porque sí, el joven no era de primera calidad intelectual y mostraba signos de virilidad discutible, pero era un buen partido. El mejor de la región. Y, como Berthe no conocía el mundo —nunca se había aventurado a más de ochenta kilómetros de su pueblo—, veía en Lucien una base sólida para construir su futuro. Tendría un techo, un comercio, ropa nueva y pollo con judías en el plato con mayor frecuencia que sopa de nabos. Nana se cansaba y caminaba con un bastón cuando conseguía levantarse de la cama, lo cual ocurría cada vez menos a menudo, así que Berthe necesitaba estabilidad, comodidad y dinero, elementos que no le faltaban a Lucien.

Berthe no tenía ninguna otra expectativa en cuanto al matrimonio. En aquellos años sombríos, el príncipe azul no era un valor que cotizara en bolsa. Cuando se dormía en un lugar caliente y con el estómago lleno, ya se consideraba que la vida era bella. En lo referente al amor y el placer, la historia todavía no estaba escrita.

Berthe no tendría que haberse tomado estos detalles a la ligera, pero, por el momento, tenía una problemática vital que resolver: satisfacer sus necesidades. Y, para ello, se había decantado por Lucien. Porque el idiota pensaba que iba a declarar su pasión, pero no se daba cuenta de que Berthe hacía ya varios meses que trabajaba para encenderla. Una vez aquella pasión había llegado a su madurez, solo había que cosecharla.

Berthe saltó de alegría:

—¡Claro que sí, Lucien! ¡Sí, quiero ser su mujer!

Su salto, con una inadvertencia calculada, le levantó la falda y confirmó que aquella niña no tenía ni un centavo, puesto que iba sin bragas.

La revelación estuvo a punto de resultar fatal para Lucien, que perdió el equilibrio y dos costillas en la caída que siguió. Lucien yacía en el suelo, con un dolor atroz en el tórax y la dignidad hecha mierda, pero los ojos todavía deslumbrados.

El intento había dado sus frutos, ella había dicho que sí.

Desde la desaparición de la madre, solo había dos mujeres en la choza, y Lucien sintió que había llegado el momento de proponer una presencia esencial, la de un hombre. Fue lo que hizo cuando se la pegó desde la escalera. En cuanto a la estabilidad, no había sido muy convincente; en cambio, su presencia no había pasado desapercibida.

Por supuesto, Berthe había solicitado la opinión de Nana antes de dar su acuerdo a Lucien.

—No estoy lo bastante senil para preguntarte si lo amas, pero ¿te imaginas acostándote, levantándote y comiendo al lado de ese hombre todos los días?

—Bueno, no es muy duro de imaginar.

—Pero ¿te ves feliz con él?

—¿Feliz?

—Sí, feliz, pequeña. No es una palabrota, ¿sabes?

—Bueno, feliz sería demasiado. Desde pequeña, no solo he tenido momentos brillantes, así que ser feliz no entra en mis preocupaciones. En realidad, ni siquiera sé si tengo derecho a serlo.

—Berthe, no porque hayas tenido tu ración de desgracias vas a amargarte toda la vida no viviéndola.

—Pero yo vivo la vida, Nana.

—Cuando te hablo de tu Lucien, ¿sientes calor en el bajo vientre? ¿Tienes un sol en el cuerpo? ¿Se te pone una sonrisa idiota en la cara que no consigues ocultar?

—Pues no. Ya ves que no sonrío.

—Sí, lo veo muy bien. De ahí mi pregunta: ¿piensas que te hará sonreír cuando se levante a tu lado, con su bigote torcido y su aliento nada fresco?

—Visto así...

—No es una manera de verlo, cariño. Así es como será.

Berthe se calló un instante. Adquirió un aspecto más grave. Era madura, Nana lo sabía y quería que su nieta no hiciera gilipolleces.

—Sí..., lo sé.

—Pero ¿de todos modos quieres casarte con él?

—¿Acaso puedo elegir?

—Siempre se puede elegir, cielo.

—¿Como mi padre? ¿Como mamá?

—No hagas como que no comprendes nada. Eres libre.

—¿Libre? ¿Yo? ¿Gracias a nuestro dinero? ¿Dónde quieres que vaya para convertirme en alguien? Lucien puede ayudarme.

—Es todo lo contrario, cariño. Lucien son unas cadenas que te atas a los pies.

—Tiene una tienda. Gracias a él, podremos pagar tus tratamientos. Incluso podremos pagarte una silla de ruedas.

—No vas a echar a perder tu vida para que lo que queda de la mía sea más cómodo.

—Al contrario, lo que voy a conseguir es que nuestras dos vidas sean más cómodas.

«Si ella supiera», se decía Nana.

Sin embargo, Berthe sabía. El sacrificio. La abnegación. Pero vivía día a día. Necesitaba medios para ocuparse de Nana y no quería pensar en nada más allá de eso.

El 12 de mayo de 1934, Berthe pasó a apellidarse Ramberot. La boda en la iglesia fue ceremoniosa y sin emociones. Todo el pueblo acudió, por la curiosidad de ver al comerciante próspero casarse con la guarra. Berthe no tenía buena reputación y aquella unión serviría para redimirla, estaba convencida. Lucien iba vestido con un traje de seda con un bonito efecto. Berthe llevaba un vestido con perlas color marfil, con todo el bajo ya sucio.

—Este blanco inmaculado no es nada práctico y se arrastra por el suelo. ¿Qué puedo hacer para no ensuciarme? Hay boñigas hasta en el porche, no voy a limpiar todo el patio para casarme —se había quejado Berthe cuando se disponía a acudir a la iglesia.

Lucien se sorprendió de la suciedad de la novia, pero no dijo nada. El aspecto salvaje que la caracterizaba tan bien irradiaba de Berthe. A pesar de las horas de trabajo, el peluquero no había conseguido desenredar su melena rizada. «Guarra era y guarra seguirá siendo, aunque se case con la burguesía», era lo que se decía en el pueblo. Y no necesariamente a sus espaldas.

Pero a Berthe le importaba un comino. La noche de bodas iba a pasarla en una cama nueva. Por primera vez y por más lejos que pudiera remontarse en sus recuerdos, no sentiría los viejos muelles oxidados pinchándole los riñones. Aunque no fuera realmente una princesa del guisante, su colchón hasta ahora había sido un amasijo de esparto sobre un mar de muelles afilados. La cama sería mullida y, ante aquella panacea, estaba dispuesta a arrodillarse delante de un sacerdote borracho y a prometer una fidelidad muy relativa.

Postrada en el banco durante toda la ceremonia, Nana aprovechaba su situación de enferma para no levantarse y celebrar aquella unión que no respaldaba. No lo ocultaba, no tenía la edad de andarse con remilgos y de todos modos nunca los había tenido.

Como consecuencia de un cortocircuito eléctrico, un incendio había arrasado la casa de Lucien. En lugar de construir una nueva casa, se decidió que se mudaría a la de los Gavignol, que tenía un gran valor sentimental para su futura esposa y más todavía para su abuela. Lucien no apreciaba mucho a la anciana, pero lo ocultaba. Quería respetar las conveniencias. Sin embargo, su mueca contenida detrás del bigote austero no engañaba. Se casaba con Berthe y cargaba con la abuela en el lote, pero, en caso de insuficiencia respiratoria de la vieja, se tomaría su tiempo antes de llamar a emergencias. ¿Paranoica, Nana? Un poco. Clarividente, seguro que sí.

La cohabitación prometía un regusto de nabo en la sopa.

La noche de bodas era muy esperada por las dos partes. Lucien, a pesar de sus buenos modales y sus pensamientos piadosos, no se había librado del impacto de la pelambrera que Berthe le había ofrecido al levantarse la falda y esperaba enmarañarla con su rabo.

Berthe, por su parte, había sido muy estudiosa, había ejecutado sus trabajos prácticos con varios muchachos que sabían lo que hacían, por lo tanto, ahora que tenía a un espécimen en casa, contaba con extasiarse en cascadas de voluptuosidad.

Compartieron el descubrimiento, pero no por las mismas razones. Berthe había encontrado en Lucien una reminiscencia del patetismo de su primera vez. Lucien, bajo sus aires cargados de seguridad masculina, tenía poca experiencia y una excitación demasiado apresurada que lo catapultó directamente hacia la categoría de eyaculador precoz, y se preocupaba del placer de su mujer como de la receta del pollo con morcillas.

Dos minutos después de desnudarse, Berthe se encontró más bamboleada que en un carro de bueyes entre los brazos de su nuevo marido, que no la miraba ni la besaba, y después emitió un estertor primitivo a través del bigote que le babeaba hasta la oreja.

Berthe atribuyó aquello a la precipitación y se dijo que aprovecharía sus conocimientos para estimular de nuevo la maquinaria de Lucien y hacer el amor como es debido. Tenía la sensación de haber preparado un festín y que a su marido se le había cortado el apetito por atiborrarse de cacahuetes. Así que le mostró su talento y, en aquel instante, Lucien chocó con el muro de sus contradicciones: quería casarse con una mujer respetable, pero lo excitaban sus ornamentos, que habrían podido calificarla, si su autocensura no lo cegara tanto, de puta. Y ahora que estaba en la cama con aquella mujer experta, que le ofrecía mil placeres compartidos, le reprochaba lo mismo por lo que se había casado con ella. «¿Cómo podía saber ella todo eso? y, sobre todo, ¿cómo se atrevía a esperar que él se entregara a aquel desenfreno?». Era un tipo que acababa de gozar en su mujer sin tenerla para nada en cuenta, pero se ofendía por sus valores morales.

Cuanto más experimentaba Berthe la complejidad masculina, más dudas tenía, más decepcionada estaba y más claramente irritada. Es cierto que la cama era cómoda, pero compartirla con aquel primate no tenía nada de la promesa esperada.

Una frase le tamborileaba en la cabeza como una jodida migraña: ¿piensas que te hará sonreír cuando se levante a tu lado, con su bigote torcido y su aliento nada fresco?

«Nana, tendría que haberte escuchado. Como siempre, tenías razón».

Y Nana, en su cama blandita también —Lucien no había sido rácano en lo referente a la rehabilitación del mobiliario—, sentía la angustia de su nieta en la habitación de al lado. Había oído el estertor de Lucien dos minutos después de que hubieran cerrado la puerta. Después la bronca. El tabique era fino, y Nana estaba en primera fila. Un hombre había entrado en su hogar, lo cual no había ocurrido desde el nacimiento de la pequeña. Y la palabra «puta» se había pronunciado —gritado, para ser exactos— por primera vez.

Pero no sería la última.

Berthe bajó a la cocina en medio de la noche, en busca de un vaso de agua y de soledad. «Mierda, ¿dónde me he metido?». Una pregunta cuya respuesta ya conocía, pero que no quería admitir. De repente, el futuro le parecía muy triste.

En cualquier caso, mientras Lucien formara parte de él...

Berthe acariciaba el mango del cuchillo de carnicero colocado en la superficie de trabajo, sin darse cuenta de su acto. La mano se había sentido atraída por el utensilio y se aferraba a él. Con una determinación inconsciente.

Cuando Berthe había contestado sí a la pregunta «¿Hasta que la muerte os separe?», era sincera, esperaría que la muerte los separara.

Tumbado en el lecho nupcial, a Lucien el tiempo le parecía largo. Berthe había bajado a buscar un vaso de agua hacía ya una buena media hora. Tendría que enseñarle buenos modales. Que empezaban por el respeto a su marido. Y el respeto a sí misma. Lucien valoraba la tarea que tenía por delante. Aquella casa se desplomaba sobre sus cimientos. La estructura estaba carcomida por las termitas, tendría que poner a sus obreros a trabajar. En cuanto a las mujeres, estaban carcomidas por el vicio. Y esa tarea le incumbía a él. ¡Esa pequeña desvergonzada de Berthe! Habría tenido que sospecharlo, al verla exhibirse, con todos sus atributos al viento, dispuestos a saltar ante la mirada de cualquiera que pasara. La mujer con la que acababa de casarse era ligera y poco virtuosa. Era peligrosa. Para ella. Pero, sobre todo, para él. Y para su reputación.

Y, mientras Lucien maquinaba planes para domesticar a la perra de su mujer, ella subía por la escalera, a paso lento. El corazón de Berthe le palpitaba en el pecho más de lo acostumbrado. Sabía que, detrás de la puerta, se encontraba lo inevitable.

La abrió y se quedó rígida un instante. Su pulso dejó de latir en un momento de vacilación. Lucien la regañó con irritación:

—¡Pero bueno, te has tomado tu tiempo!

Berthe tenía algo en la mano que Lucien no conseguía identificar en la oscuridad. Ella no se movía y lo miraba con ojos fríos, casi muertos.

—¿Qué haces, pequeña? —dijo Lucien con paternalismo—. Ven a reunirte con tu marido y déjate de chiquilladas.

Pero Berthe no se movía. Contenía la respiración.

—¿Qué es lo que sujetas así en la oscuridad?

Berthe se decidió a dar un paso adelante, sabiendo que aquel impulso la arrastraría a una nueva vida que la aterrorizaba.

—Nada. Un vaso de agua —respondió, tendiéndole el mencionado vaso a su marido—. Para ti.

Después cerró la puerta detrás de ella, volviendo la espalda a su libertad y echándose al vacío de su vida matrimonial.

Los años de matrimonio con Lucien transcurrían sin pasión. Él había edificado un muro de silencio que lo separaba de su mujer. Al principio, Berthe se sometía, no porque fuera dócil, simplemente porque pensaba que una esposa debía adaptarse al molde confeccionado por su marido. Aunque resultara ser una picota.

Un día, Berthe encontró un regalo en su habitación. Encima de la cama, había ropa interior. No la lencería fina que una esposa podía esperar de su pícaro marido con deseos concupiscentes. No, ropa interior práctica, con la única función de sujetar los desbordamientos mamarios y traseros. Al privar a los demás de las provocativas formas de Berthe, Lucien se iba a frustrar a sí mismo, pero verla tan bella y deseable se le había vuelto insoportable.

—¡Pero soy deseable para ti! ¿Por qué quieres vestirme como a una abuela? —había replicado Berthe frente a aquel regalo en forma de castigo.

—No me he casado con una puta. Te convertiré en una mujer respetable.

—¿Qué es lo que no encuentras respetable en mí?

—¡Esto! —había respondido señalándola toda entera—. ¡A ti! ¡Todo!

Berthe no se habría sentido más sucia si su marido le hubiera vomitado encima.

—Entonces, ¿por qué has querido casarte conmigo, si tanto te repugna esto?

Amordazado por su hipocresía, Lucien no dijo nada.

—Mis formas te gustaban mucho, cuando estaba en el tejado, ¿no? Las encontraste suficientemente de tu gusto para pedirme matrimonio, ¿no? Entonces, ¿por qué quieres ocultarlas ahora? ¿Soy yo de la que te avergüenzas o es de lo que sientes cuando me ves?

Berthe tenía un razonamiento moderno que hacía mella en su época. En cualquier caso, en su interlocutor. Pero, en lugar de articular una antítesis convincente, Lucien eligió un argumento más contundente y le arreó una torta. Un medio ancestral de poner a la mujer en su lugar sin tener que justificarse demasiado por la falta de inteligencia. El hombre siempre lo ha solucionado así, ¿por qué cambiar, entonces?

Para tener a su mujer a la vista, Lucien la instaló detrás del mostrador de la tienda. No se lo propuso, se lo impuso. Berthe le daba vueltas a la razón por la que había aceptado casarse con él: la estabilidad y la comodidad. Oprimida por la lencería rígida de tejido rasposo, servía a las clientas de miradas desdeñosas durante todo el día. En el pueblo, se chismorreaba; Berthe no conocía el contenido de los chismes, pero los rictus no engañaban.

Lucien la percibía como a una puta y, como consecuencia, la idea se había extendido. Eso, a pesar de Berthe, que era una esposa fiel porque el sacerdote se lo había ordenado y, por lo tanto, no había disfrutado del placer sexual desde que había cometido la tontería de decir sí ante el altar. Condenada a la abstinencia. Su marido no la tocaba. Prefería despreciarla. Sin embargo, su mecánica funcionaba. Berthe lo sorprendió un día en el cuarto de baño haciéndose una paja delante de una revista guarra. Una situación embarazosa para los dos, pero fue

Berthe la que se llevó una somanta de palos por no haber respetado la intimidad de su marido. No obstante, a los ojos de los clientes, ella era la puta.

Con la piel curtida por las palizas que ya eran regulares, Berthe estaba cada vez más triste con el paso de los años. Nana asistía impotente a la lenta decadencia de su nieta. Con los músculos fundidos, las articulaciones oxidadas y la respiración obstruida, Nana esperaba la muerte postrada en la cama todo el santo día, pero antes esperaba volver a ver sonreír a su nieta.

Nana no se entendía con Lucien y se lo hacía saber.

—Lucien, permítame que le diga que es usted un gilipollas.

—Pues no, no se lo permito, Georgette.

—Muy bien, se lo digo de todos modos: es usted un gilipollas.

—Su avanzada edad no le da derecho a...

—A lo que mi edad no me da derecho es a soportar su gilipollez. No voy a permitir que un mocoso de su calaña me diga lo que tengo que pensar.

—Georgette, la situación nos obliga a compartir el mismo techo, pero la conmino a cambiar de actitud, de lo contrario...

—¿De lo contrario qué? ¿Me va a pegar? ¿A una vieja decrépita a punto de palmarla en su cama? Eso se sabría y no sería bueno para sus negocios.

—Pero bueno, ¿cómo puede pensar que pueda levantar la mano contra usted?

—Es lo que hace con la pequeña una noche de cada dos, ¿no?

—Lo que hago con mi mujer no es de su incumbencia.

—Todo lo que se refiere a Berthe es de mi incumbencia.

Nana tenía razón al desconfiar de la violencia de su yerno. Por supuesto, él soñaba todas las noches que la vieja pasaba a mejor vida. Incluso se imaginaba que le echaba una mano a la parca. Una vieja que no quiere morir puede amargarte la vida durante años. Lucien hervía de impaciencia.

Berthe asistía a las peleas cotidianas de su marido y su abuela moribunda, torturada por la culpabilidad de haber invitado a aquel verdugo a su choza, donde antaño se respiraba serenidad. Nana la tranquilizaba con su aura benevolente, pero eso no era suficiente. En el fondo de las tripas de Berthe, se agitaba alguna cosa. Una sensación ardiente. Cólera.

Una cólera cada vez más difícil de contener.

Una noche más triste que las otras, Nana murió.

Berthe había instalado a su abuela moribunda en el comedor para tenerla a la vista, por si acaso. Porque Nana ya no se despertaba más que unos minutos cada día y necesitaba cuidados constantes.

Lucien ya estaba harto de ver a Berthe lavar a la abuela sucia antes, después y a veces incluso durante las comidas. Pero hay cosas que incluso un hombre cruel no tiene más remedio que respetar: a los ancianos.

Por supuesto, había intentado colocar a Nana en una residencia para mayores. Un incómodo moridero perfecto para el objetivo buscado. Pero, ante el brillo negro en la mirada de Berthe, se había tragado su propuesta. Lucien tenía las manos largas, y Berthe sufría como buena mujer sumisa; además aquel brillo solo aparecía cuando abordaban el tema de Nana.

Aquella noche, Lucien leía el periódico, alterado por la respiración ronca de la vieja, que parecía asfixiarse en cada inspiración.

—¡Leer en estas condiciones es un infierno!

—Nana está moribunda, Lucien —dijo Berthe, indignada por tanta insensibilidad.

—No me das una noticia muy fresca, querida. Pobre mujer, sería mucho mejor para ella que dejara de agonizar —dijo Lucien, con un cinismo que ni siquiera intentaba ocultar.

Berthe suspiró, como hacía diariamente, pues prefería soportar el sarcasmo que un azote con el cinturón. Triste por el sufrimiento de su abuela, estaba todavía más encerrada que de costumbre. Pero Lucien no lo tenía en cuenta. Probablemente un asunto de buena mujer. La haría dormir en el sofá los próximos días, como hacía siempre que tenía la menstruación, para que no ensuciara la cama conyugal. A Berthe le gustaba tener la regla, un paréntesis para ella fuera del yugo marital y la ocasión de acercarse a su abuela, ya que el sofá estaba al lado de la cama de la anciana.

Tenía una excusa, así que Berthe dormía al lado de Nana cuando una voz perforó el silencio. Una voz que Berthe raramente oía. La de una vieja que retenía su último aliento para aportarle sabias palabras.

—Berthe...

—¿Nana? ¿No duermes?

—Acércate, cariño.

Inquieta, Berthe se levantó del sofá y se inclinó sobre la cama de su abuela, a la que ya no soportaba ver sufrir de aquella manera.

—Berthe..., mi dulce..., mi adorada...

Una lágrima encalló en una arruga de Nana.

—Nana, no hables, te vas a fatigar.

—Tú habla.

—¿Qué?

—Deja... de callarte.

—Sabes muy bien que no escucha. No sirve de nada.

—No con él. ¡Háblate a ti! Y escúchate...

Berthe se calló. Se tomó aquel consejo como un poste en plena cara, cuando se camina con la mirada perdida y el obstáculo nos recuerda dolorosamente que sería mejor prestar atención a la dirección seguida.

—Vivimos momentos duros, con tu madre... Contigo... ¡Pero eso, él, nunca...! Yo no quería... Yo quería protegerte... No he podido...

Cada una de sus frases estaba separada por una inspiración dolorosa.

—No te corresponde protegerme. Ahora ya no.

—Justamente... ¡Reacciona!

—Pero Nana... Fue para que estuviéramos calientes. Tú y yo. Que estuviéramos bien... y...

—¿No estabas caliente antes de que él llegara?

—Bueno..., sí.

—Cometemos errores en la vida... No importa... Si una se da cuenta...

—¿Qué puedo hacer? ¿Divorciarme? ¿Qué diría la gente?

—¿Ahora te preocupas por el qué dirán...? La vida es corta, cariño... No importan... las reglas... Hay que vivir... ¡Escúchate!

—Nana...

—Ahora abrázame, voy a intentar marcharme.

Una lágrima corrió en silencio a lo largo de la mejilla de Berthe.

—Nana, yo...

—Por favor... Quiero sentir tus cabellos.

Berthe abrazó a su abuela. Nana sintió la voluptuosidad de los rizos de su nieta en la cara agotada, olió su dulce perfume y empezó a dejarse ir.

—Gracias... Berthe...

—No, Nana, yo soy la que te da las gracias. Tú has... Tú has...

—Chisssssssst...

Con ese chist se escapó el último aliento demasiado tiempo contenido de Nana. El corazón de Berthe se soltó con la relajación de su abuela. El sosiego tomó de inmediato el relevo de la tristeza. Habría podido estallar en sollozos, pero no, respiró.

Agradecida. Por haber tenido a su abuela. Aquella mujer excepcional que se lo enseñó todo.

Berthe sonreía. Nana ya no sufría. Sentía su presencia ligera a su alrededor. Un peso se había liberado. Aquel peso que desde hacía años le impedía respirar. Y ver lo evidente.

Berthe caminó hacia la cocina y se llenó un vaso de agua. Se la bebió de un trago. Sintió el agua recorrerla y limpiar la amargura acumulada.

Detrás de ella, los pasos de Lucien hicieron crujir el parqué. Se levantaba regularmente por la noche, con el pretexto de unos problemas de vejiga. Berthe sabía que a su marido en realidad le gustaba hacerse una paja en la calma de la casa dormida.

—¿No duermes? —dijo, al descubrir a Berthe en la cocina.

—Nana acaba de morir.

—Ah...

No había emoción en aquel «Ah», solo una constatación fría. Lucien había recibido la información y disimulaba la alegría que le proporcionaba. No pudo evitar añadir:

—Por fin.

Qué tacto, el joven...

—Llamaré al enterrador mañana para...

—Nada de eso —lo interrumpió Berthe.

—¿Qué quieres decir con «nada de eso»?

—Me ocuparé yo misma.

—Pero bueno, tú deliras por completo, pequeña. No vas a...

La hoja del cuchillo le cortó la palabra al mismo tiempo que la aorta. Lucien abrió los ojos de par en par. La estupefacción y un dolor opaco se mezclaron mientras el camisón se impregnaba de sangre. Berthe extrajo la hoja de entre las costillas de su esposo, lo que le permitió una última inspiración y una última palabra afectuosa.

—Puta.

Berthe hundió el cuchillo de carnicero por segunda vez en la caja torácica y después una tercera vez en el vientre. A la cuarta, hizo describir piruetas a la hoja por donde mejor le parecía. Ya no pensaba.

«Como tú dices, querido Lucien, ¡por fin!».

Berthe abrió la puerta del sótano. El chirrido resonó en la casa sin vida. O más bien con dos menos. El polvo húmedo que emanaba del sótano le llegó hasta la nariz. Empujando con todas sus fuerzas, Berthe hizo rodar a Lucien en la oscuridad. El cadáver cayó por las escaleras para aterrizar pesadamente en el suelo terroso. La cabeza de su difunto marido chocó contra el alambique con un «bong», acompañamiento lúgubre, aunque cómico.

Berthe bajó por la escalera, dejando rebotar en cada escalón la pala que arrastraba detrás de ella.

Estudió el alambique polvoriento, inactivo desde hacía años. Nana le había enseñado cómo funcionaba, pero los negocios de Lucien prosperaban, así que Berthe no había recurrido a él. Y su buen comerciante de marido no había dejado de comunicarle lo que pensaba del alcohol de contrabando. Probablemente menos molesto por el aspecto ilegal del aguardiente que por su calidad muy superior a la del vino peleón que metía entre dos estantes de detergente. Porque Lucien no solo era droguero, también vendía alcohol y no para los primeros auxilios. En el comercio hay que utilizar todos los medios disponibles.

Pero la especialidad de Lucien eran las herramientas, algo que a Berthe no dejó de parecerle irónico cuando se escupió en las manos para agarrar mejor el mango de una pala procedente de la tienda de su marido para cavar su tumba.

Berthe cavó buena parte de la noche. Pronto se encontró empapada en sudor, con el movimiento dificultado por esa ropa interior rígida. Al cabo de una hora, no podía más, así que se desabrochó la blusa y el sujetador.

—¡Ah! ¡Por fin libre! —exclamó con un estertor de alivio.

Berthe volvió a su labor, cavó con más fuerza, con el busto desnudo y las perlas de sudor entre los pechos, que saltaban al ritmo de sus paladas. ¿Cómo podía ser tan excitante un momento que habría tenido que parecer macabro?

«Pues resulta que, a fuerza de atizar somantas de palos a tu mujer en lugar de darle la ternura que se merece, ahora se emociona al cavar tu tumba. A ver si con esto comprendes que la jodiste del todo en tu vida conyugal».

Como epitafio, podía ser más elogioso, pero venía del corazón.

Una vez cavado el agujero, Berthe se sentó en una silla con una pata rota, en equilibrio contra la pared, sin aliento. Su piel chorreaba. Enrolló la blusa como una bola y se la pasó por la nuca, bajo los brazos y entre los pechos. Se sentía ligera, conectada con su cuerpo, más mujer que nunca.

Entonces dejó escapar una risa. De bienestar. Berthe no se había reído desde... ¿Cuándo...? ¿Años? Mierda. Ahora se daba cuenta.

Berthe, medio desnuda, con el cadáver de su marido a los pies, se rio a carcajadas en el sótano de su casa en mitad de la noche. Se sentía bien. Por primera vez desde que había dicho «sí».

Una vez pasada la risa alocada, Berthe se secó las lágrimas y se levantó.

—Mira, eres más divertido muerto que vivo, «pequeño».

Reuniendo sus últimas fuerzas para hacerlo rodar hasta el agujero, Berthe se pegó al fiambre y metió accidentalmente la cara ensangrentada de Lucien entre los pechos.

—Oh, perdóname —dijo con candor—. Tengo melones, no quería molestarte, perdón.

Como para vengarse por años de humillación, frotó los pechos por la impasible cara del muerto.

—Perdón, lo siento mucho, soy realmente un monstruo, perdón.

De una violenta patada, empujó a Lucien al agujero y le mandó un escupitajo.

—Aquí tendrás todo el tiempo del mundo para pelártela tranquilo.

Le tiró una paletada de tierra. Después otra. Y otra. Hasta que Lucien desapareció definitivamente y solo quedó su nefasto recuerdo. Y el silencio.

Berthe se quedó inmóvil en medio del sótano, de pie sobre el montón de tierra. Con los cimientos así saneados, podría reconstruir.

Entonces vio, detrás del alambique, una caja oculta que no había visto nunca hasta el momento. El aguardiente de Nana. Diluvio de emociones. Berthe abrió una botella y se la acercó a la nariz. Los recuerdos la invadieron con el olor que escapaba de ella. El de Nana que subía del sótano titubeando y se la ponía sobre el hombro, como un saco de patatas, para conducirla a la cocina y prepararle la sopa.

Berthe se sirvió un gran vaso.

—¡A tu salud, Nana!

Ese sorbo de nostalgia se lo bebió de un trago. Y se sofocó con el mismo ímpetu. Tosió, carraspeó y después recuperó el control.

—¡Uf, es fuerte! ¡Despertaría a un muerto!

Echó una mirada al montón de tierra bajo el que descansaba Lucien.

—¡Sí, bueno, tú no te hagas ilusiones, te quedas aquí!

Se sirvió otro vaso. Este entró sin problemas. La quemazón de la primera ronda le había calentado el gaznate y la segunda deflagración tenía la voluptuosidad de una caricia.

Mañana habría que llamar al servicio funerario, pensó Berthe mientras se servía otro trago de aguardiente. Nana se merecía un bonito entierro.

Berthe hizo tintinear el vaso contra el tubo del alambique.

—¡Por ti, Nana!

Envuelta en la luz cálida de una lámpara de petróleo, medio desnuda y manchada de tierra, Berthe pilló una memorable cogorza.

—¿Berthe?

—¿Sí?

—Acaba de confesar un asesinato.

—¿Y?

—Y este no era un nazi.

—¿Y entonces?

—Pues es grave.

—¿Por qué?

—Está penado por la ley, Berthe. Otra vez la ley.

Ventura esgrime el estandarte de la evidencia con una incondicionalidad destacable.

—Oh, está bien, pero prescribe, ¿no?

El bumerán del derecho penal golpea de regreso en plena cara al inspector.

—En este caso concreto, efectivamente. Solo que le recuerdo que ha disparado contra su vecino esta mañana, además de a mis tropas. Aunque todavía está vivo, los magistrados podrían calificar su comportamiento de peligroso para la sociedad, estará de acuerdo. Sobre todo, si De Gore sucumbe a sus heridas.

—¿Y a qué me arriesgo? —se interesa la abuela sin la sombra de una aceleración del marcapasos.

—Pues a cadena perpetua.

El inspector pronuncia la sentencia sin piedad, esperando que el golpe la saque de la ilusión de que sus actos no tienen nada de reprochable.

—¿Me estás diciendo que me arriesgo a la prisión de por vida? Tengo ciento dos años, Colombo. ¿Qué deduces de esto?

Al parecer, la hoja de la espada de la justicia está menos afilada que la del cuchillo de carnicero de la vieja asesina.

—No parece tener usted ningún sentimiento, es bastante preocupante.

—No lo creas. Los tuve. Al día siguiente de su «entierro», si puedo decirlo así, me hundí. Me sentía sucia... Criminal...

—¡Ah, menos mal!

Ese *mea culpa* tranquiliza al inspector sobre la salud mental de su culpable.

—No podía creerme lo que había hecho. Me lavé las manos durante todo el día. Veía sangre en ellas y no conseguía quitármela.

Berthe se aclara la bilis de la garganta.

—Sí, fue violento. Y sí, fue horrible. Pero ¿sabes qué sentimiento fue más fuerte que los demás?

—No. Dígamelo.

—Fue liberador.

Ventura ve entonces por primera vez a la superviviente que tiene delante.

—Y eso es lo que hizo que me recuperara del horror de aquella noche. Y que pudiera continuar mirándome al espejo... Así que sí, sentí asco. Pero no, no lo lamenté. ¡Estaba viva!

Ventura toma nota en su libreta. Esta declaración irá a favor de la asesina en su expediente psiquiátrico.

La melopea del teclado llena el vacío del silencio. Mientras Pujol acaba de teclear, el inspector se sumerge en su carpeta imitación piel.

—Bueno, ¿su Lucien sigue todavía en el sótano con el nazi?

—A menos que creas en los fantasmas, hay motivos para creer que no se ha movido.

—No creo en los fantasmas, no. Pero, hasta esta mañana, tampoco creía que una mujer anciana pudiera matar y enterrar a dos hombres en su sótano.

Después de desbloquear el teléfono, Ventura recorre los favoritos y llama.

—¿Sí, Bernier...?

—¿Pueden traerme un vaso de agua? —mendiga la anciana.

Ventura chasquea los dedos en dirección a Pujol para que se ocupe de eso mientras continúa la conversación con su adjunto.

—Sí, la señora Gavignol acaba de confesar un segundo asesinato... También en el sótano... ¿En qué punto estáis...? Ah, ¿solamente...? Bueno, pues acelerad el movimiento. Ponme más gente a trabajar y dale la vuelta a esa casucha.

—Menudo calor hace en esta comisaría. No tenéis ni ventilador —se queja Berthe, apoderándose del vaso de agua que le tiende Pujol.

—No debería acostumbrarse demasiado a la comodidad, señora. La cárcel es peor —se permite el agente, en tono inquisitivo.

Ventura da un golpe sobre la mesa.

—¡Pujol! ¡No se meta donde no lo llaman!

—Perdone, jefe. —El agente cierra el pico.

Y la abuela continúa con el rapapolvo:

—No vengas a hablarme de comodidad, vigilante. He vivido inviernos calentados con la cocina y me he lavado en el cubo del pozo. Te permito que me hables de la cárcel, pero no te permito que me faltes al respeto.

—La señora Gavignol tiene razón, Pujol.

Patético, el agente vuelve al puesto que lamenta haber abandonado, el rincón detrás de su ordenador donde lo ha mandado la abuelita.

—Estoy esperando —dice Berthe cruzando los brazos.

—¿Qué es lo que está esperando? —pregunta Ventura.

—Pues... disculpas —articula lentamente la vieja, volviéndose hacia el agente y haciéndole saber que no se dejará amedrentar.

Pujol, escandalizado, espera el apoyo de su superior.

—Ya ha oído a la señora Gavignol, Pujol.

—Pues, sí, pero yo...

—Estamos esperando, Pujol —lo apremia el inspector.

—Yo... Perdón, señora. No quería faltarle al respeto —escupe Pujol, como si tuviera en la boca un trozo de carne en mal estado que no consiguiera tragarse.

—Está bien, muchachito.

Aprobación de la abuela. El interrogatorio puede continuar y a eso va el inspector.

—Ahora que los códigos de buena educación se han restablecido, me gustaría que volviéramos a los dos hombres asesinados, porque, en el registro de los respetos, la cosa tiene miga.

—Estoy de acuerdo contigo, Lino.

—André —la reprende Ventura—. Y llámeme inspector.

—Como tú prefieras, Colombo.

Suspiro. Ventura mira el reloj.

—Bueno, se acerca la hora del almuerzo, así que dígame, Berthe, ¿tiene otras sorpresas que revelarme?

—Eso depende de lo que entiendas por sorpresa. Tengo décadas de historias que te podría contar. ¿Cuánto tiempo dura esta detención?

—Pues normalmente veinticuatro horas, pero con usted me parece que tendremos que prolongarla.

—Tengo todo el tiempo del mundo. Además, aquí estoy acompañada. Me caes bien, Colombo.

—Bueno, dígame, ¿cómo borró el rastro de su Lucien? ¿Y cómo consiguió salir de esa situación sin inculpación? Eso me intriga.

—La guerra, muchacho.

—¿Cómo que la guerra?

—La guerra es un horror. Pero también te da muchas oportunidades de retorcerle el pescuezo al destino.

El entierro de Nana fue sobrio y somero. Poca gente se desplazó para honrar la memoria de la madre Gavignol, una familia no muy apreciada en el pueblo. Las mujeres habían perdido a sus maridos, de enfermedad o en la guerra, y cargaban con la culpa. No era bueno ser una mujer sin hombre en aquella época, daba mala reputación.

En el caso de Berthe, era legítimo, pero nadie sospechaba hasta qué punto. Su esposo servía de merienda a los gusanos del sótano. Para justificar su ausencia, Berthe había usado como pretexto un viaje de negocios a la capital. Un viaje que se eternizaba desde que Berthe se había puesto al frente de la tienda unos meses antes y que perdía su clientela. Las celosas nunca habían apreciado a la desvergonzada y las miradas concupiscentes que suscitaba en sus maridos. Además, era de notoriedad pública que la unión con Lucien no era armoniosa. Aquel buen hombre, con aquella fulana, tenía mucho mérito al intentar domarla.

«Calumniad, queridas. A mi marido le he enseñado el respeto. Y con argumentos tajantes. Podría mostraros, porque he recibido una nueva partida, para la paz de vuestros hogares, en el último estante al lado de las palas, buenos y grandes cuchillos de carnicero. La piedra de afilar es regalo de la casa», pensaba Berthe, mientras servía a sus clientas de aspecto altivo que le compraban detergente sin saludarla. Y era Berthe la que tenía malos modales. Les habría explicado con claridad su manera de pensar, pero no tenía suficiente lugar en el sótano para enterrar a todas las creídas que acudían a mirarla de arriba abajo durante todo el día.

La consecuencia de aquel rechazo pueril fue que los funerales de Nana habían sido muy tristes. El cura había rezado una oración sin el mínimo católico de compasión. Incluso el clero castigaba a las mujeres por su celibato forzoso. A Berthe no le sorprendía que una religión que sacraliza a una madre virginal la considerara sucia. «¡Jodidos hipócritas!», renegaba, al soportar aquel servicio funerario sin alma.

En cuanto al caso de Lucien, Berthe tenía un problema importante: ¿cómo hacer oficial un fallecimiento cuando no hay cuerpo? O cuando el susodicho cuerpo está agujereado por veintiocho cuchilladas. Berthe no era una experta, pero sospechaba que el caso no entraría en la calificación de «muerte natural» o incluso «accidental». Se hablaría de asesinato, puro y simple, aunque bien merecido, pero castigado por esa jodida ley que no tenía en cuenta todos los aspectos de los desengaños maritales antes de condenar a una pobre esposa dejada sin sustento.

Sin embargo, habría que confirmar la muerte de su marido para tener acceso a la herencia y, lo más importante, a la libertad. Por el momento, Berthe se aprovechaba de que la droguería marchaba lo suficientemente bien para satisfacer sus necesidades. ¿Cuánto tiempo duraría aquello antes de que la situación se volviera claramente sospechosa?

La respuesta no se hizo esperar. Unos meses más tarde, se produjo un milagro. 1939. La guerra. Y con ella, un caos que Berthe podría explotar. Milagro, cuando se habla de la guerra, es un término resbaladizo. Berthe sufrió las consecuencias de la guerra como todo el mundo, ya había perdido a su padre en la primera. Así que, ya puestos, aprovecharía la segunda para oficializar la pérdida de su marido. La pérdida en sentido propio. Ella ya no sabía dónde estaba, ¿comprende, teniente?

Cuando recibió la convocatoria del ejército a nombre de Lucien Ramberot de unirse a las tropas para ir a morir en el frente con sus compañeros patriotas, Berthe encontró la clave de sus problemas: a ojos del ejército, Lucien sería un desertor. Y, ante los oídos del pueblo, Berthe haría correr la voz de que Lucien había sido considerado desaparecido en el frente alsaciano.

Después de cinco años de guerra, había llegado el momento de hacer oficial la muerte de Lucien en los meandros administrativos de nuestro buen país resistente. Al ejército, demasiado ocupado en hacer recuento de su propia carnicería, no le venía de un desaparecido más o uno menos. El cuerpo de Lucien no se había encontrado, como el de otros millones, y, aunque los servicios militares nunca lo habían registrado, para la administración del pueblo superado por los acontecimientos, entre el genocidio judío, las traiciones petainistas y la ocupación nazi, el caso Ramberot acabó de forma natural en el triste montón de «Muerto en combate». Notario y banquero no exigieron papeles suplementarios para conceder a Berthe el usufructo de los bienes de su difunto marido y pasar al expediente siguiente. Y, gracias a esta afortunada confusión, Berthe se libró del problema. La guerra era una gilipollez de hombres. Se necesitaba la ingeniosidad de una mujer para darle la vuelta en beneficio de su emancipación.

La atrocidad de aquella guerra permitió a Berthe ser de nuevo una mujer libre, acomodada e inocente de cualquier presunción de asesinato.

Con Lucien, había enterrado a Berthe Ramberot. No la iba a echar de menos. Había llegado el momento de que reapareciera Berthe Gavignol.

Berthe recuperó un aspecto fresco. En su melena de rizos revigorizados se podía sentir la primavera. Así que surgieron los chismorreos: ¿por qué la viuda de guerra parecía tan radiante cuando el ambiente se prestaba a la melancolía? ¿Y por qué llevaba aquellos colores brillantes tan poco propicios para el duelo? ¿Viuda y negra? Berthe no quería orientar la imaginación de sus clientas. Ni siquiera inconscientemente.

Ya le costaba reprimir una sonrisa cada vez que vendía una pala.

Ventura echa una ojeada al reloj cuando su vientre ruge por tercera vez. El desayuno le parece lejano, muy lejano. Se remonta a la era en que la abuela armada con una pala todavía no lo había propulsado a una nebulosa de revelaciones dignas de un cuento de Perrault.

—¿Ya no te interesa lo que te digo? —casi se ofende Berthe.

—Desengáñese, me apasiona. Pero tengo hambre y me parece que su relato todavía no ha terminado. Vamos a hacer una pausa y continuaremos tranquilamente después del almuerzo. ¿Qué le parece?

—¿Qué hay en el comedor?

La desfachatez de la vieja deja en blanco a Ventura. Una vez más.

—Pues..., no lo sé. ¿Pujol? —pregunta Ventura.

—Pescado rebozado y conchitas —responde el agente.

—¿Queréis que la palme o qué? —comenta Berthe, poco tentada por el menú.

—Esto no es el Ritz. Y usted está detenida.

Ventura intenta ponerla en su lugar, sabiendo de antemano que es tarea vana.

—La pasta de conchitas es el plato más triste de la cadena

alimentaria. ¿Por qué me amenazas con esta tortura cuando ya lo he confesado todo?

—Bueno, venga conmigo —dice el inspector levantándose—, se lo explicará al cocinero.

Ventura coge las dos bandejas, ya que Berthe es incapaz de llevar la suya. El inspector siente que de todos modos va a tener que cuidarla si quiere que termine la jornada, o al menos el interrogatorio. Sirve los dos platos de pescado con conchitas para nada apetitosos. «Tiene razón, la abuela, no hay nada más deprimente que las conchitas», se dice Ventura, mientras se reúne con ella ante la mirada pasmada de los otros quepis, que no comprenden muy bien lo que hace la sospechosa entre ellos. Antes de sentarse, Ventura recorre la sala con la barbilla bien alta, autoritario.

—¿Sí? ¿Alguna pregunta?

Los quepis vuelven a sus menús sin sabor y sin pedir explicaciones.

Ventura se sienta frente a Berthe y le sirve una copa de vino tinto.

—¿Qué dice de todo eso tu proctólogo? ¿Tengo derecho a comer a este lado de la ley?

—Diría que no es demasiado ortodoxo, pero nada lo es realmente en la actualidad. Y mi olfato me dice que no se va a marchar corriendo, ¿me equivoco?

Berthe, encogida en su silla de metal frío, bebe un trago de ese vino tinto más bien malo y da unos golpecitos en la mano del inspector.

—Me caes bien, Colombo. Aunque seas un quepis, tienes corazón.

Ventura tendrá que redoblar la vigilancia; los ataques repetidos de la abuela acabarán por emocionarlo y no pierde de vista que se trata de una culpable de doble asesinato.

—Tiene tirria a los hombres, usted.

—No, nada de eso —intenta articular Berthe, en el galimatías de conchitas que está masticando—. ¿Has estado enamorado, Lino?

Un toque de nostalgia encallada aparece en la voz de Berthe. Ventura se da cuenta. Siente que el momento requiere delicadeza, así que coloca los cubiertos en el plato, de todas formas incomible, y se aclara la boca con un trago de vino tinto. Diversos rostros de mujeres se superponen en su mente y le generan oleadas de calor seguido de frío en el abdomen.

—De adolescente, muchas veces —responde—. Cuando uno se entusiasma con nada. En mi primer matrimonio, también. Al principio. Y después la rutina..., ya sabe a qué me refiero.

—No me hables —dice Berthe, retorciendo el cuchillo, lo cual no pasa desapercibido al inspector—. ¿Primer matrimonio, dices? ¿Cuántas veces te has casado?

—Voy por la tercera.

—¿Y? ¿Feliz? —pregunta la viuda, sospechando la respuesta.

Ventura suspira. Como de costumbre.

—No digas nada más, Lino. Lo sé.

—¿Y usted, Berthe, ha estado enamorada?

—Sí.

Estupefacción del inspector. La viuda asesina lo inunda de sol bajo los fluorescentes del comedor. Aunque más estropeada que una olla podrida, la abuela desprende de repente unos colores estivales. Un auténtico campo de amapolas en pleno mes de agosto.

—¡Intensamente!

Berthe celebró la noticia del final de la guerra, no dándole al champán, que seguía siendo un producto escaso, sino entrenándose en el uso de la Luger en el bosque. El sonido de los disparos del arma que tan cara le costó ganar valía por todas las explosiones de tapones de espumoso.

Berthe no tenía a nadie con quien festejar el desembarco, empezaba a haber mucha gente en el dormitorio común del sótano y se decía que unas sesiones de entrenamiento con la Luger podrían serle útiles. Ya conocía las consecuencias de la Primera Guerra Mundial y le parecía tranquilizador el regalo que le había dejado su último visitante.

¡Bang! ¡Bang! ¡¡Bang!! ¡Joder, qué potente era aquella arma! Las detonaciones resonaban en todo el bosque. Cada disparo le producía un golpe en el hombro. Berthe tenía que sujetar con firmeza la Luger con las dos manos para que no le arrancara el brazo. Dolor y excitación se mezclaban. Berthe empezaba a comprender la sensación de poder que ejercía en los hombres aquel artefacto fálico.

¡Bang! ¡Bang! Una rama arrancada. Una barrica reventada. El disparo de Berthe se volvía más seguro a medida que entrenaba. La ventaja de tener una droguería era que disponía de municiones de reserva para convertirse en una verdadera Calamity Jane.

¡Bang! Berthe se cargó un conejo en un arranque. Al parecer, tenía un don para el tiro. Sentía afecto por los animales, pero Berthe no había comido carne desde el principio de la guerra. Aquella noche, iba a deleitarse. Lástima que no pudiera compartirlo con nadie.

—*That's quite a gun you got here.*[10]

¡Bang! Berthe se dio media vuelta mientras disparaba, en el mismo impulso. El soldado estadounidense que acababa de hablar apenas tuvo tiempo de tirarse a un lado para esquivar la bala. Su entrenamiento le había dado buenos reflejos, pero no estaba en guardia cuando se acercó a aquella endeble muchacha de cabello salvaje.

«¡Pues sí, pero no me pegues estos sustos, muchacho! ¡Hay que anunciarse! ¿No te han dicho nunca que no hay que pillar por sorpresa a una mujer? Y todavía menos por detrás. Sobre todo a una asesina de un nazi. ¡Y armada con una Luger, además!», pensaba Berthe, mientras apuntaba con el arma al soldado agazapado en las hojas muertas.

El soldado intentaba recuperar la compostura y le sonreía con sus bonitos dientes blancos, que resaltaban especialmente en contraste con su piel de un negro intenso.

Berthe lo miró fijamente. Un negro. Nunca había visto ninguno. Tampoco a un soldado estadounidense. Y nunca había oído hablar en inglés americano. Eran muchas novedades con aquel muchacho, que también la apuntaba con su M1 Garand bajo la nariz, reflejo del soldado armado al que una desconocida con mirada de loca acababa de disparar.

—*Drop the gun, now!*[11]

Berthe comprendía igual de mal el yanqui que el alemán,

10. Buena pistola la que tiene aquí.
11. ¡Suelte la pistola! ¡Ahora!

pero los hombres armados tienen un lenguaje universal. Berthe tiró la Luger lejos delante de ella como si el arma le quemara de repente los dedos.

«Que no haya malentendidos, apuntaba a un conejo, no tengo nada contra ti», quería decirle. Pero Berthe pensó que sus excusas en francés no aclararían sus intenciones, así que optó por otro código universal y levantó las manos en el aire. Años de ocupación alemana te enseñan una cierta disciplina. Un fusil semiautomático apuntando a la barbilla de aquella bonita francesa que el soldado acababa de salvar después de haber atravesado un océano y una lluvia de bombas durante el desembarco; no había malentendido, quedaba claro. Derrotado por la mirada ardiente de Berthe, el corazón del soldado acababa de acelerarse como no le había ocurrido desde el lanzamiento en paracaídas sobre las costas normandas, pero no por las mismas razones.

—*Sorry, I didn't mean to scare you*[12] —se disculpó, mientras bajaba el arma.

«No te esfuerces, muchacho, sigo sin comprender nada». Los pensamientos de Berthe resonaban con sarcasmo, pero el resto de su cuerpo mandaba una señal muy diferente. Con la boca entreabierta, Berthe avanzaba hacia el soldado para escrutarlo más de cerca, atrapada por el carisma de aquel hombre de uniforme.

—La Luger no es mía, es del nazi.

—¿Qué nazi? —preguntó el soldado, con un acento extraño.

Berthe se detuvo en seco. Mierda, el soldado yanqui negro hablaba francés.

—¿Habla francés? —le preguntó Berthe, parafraseando la evidencia.

---

12. Lo siento, no quería asustarla.

—Sí —respondió el soldado sin más explicaciones.

El hombre se levantó lentamente para acercarse a Berthe, perdida en sus pensamientos. Cuando llegó a su altura, se puso el arma en bandolera a la espalda y le tendió la mano.

—Me llamo Luther.

—Berthe.

La manita endeble pero firme de Berthe se encontró con la gran palma negra de Luther. Una oleada de calor se extendió por toda su epidermis. «¡Guauu, qué bueno!». Hay efectos que no se explican, se viven. El soldado que tenía enfrente le había puesto todos los sentidos al rojo vivo. Mejor, había provocado una erupción en cadena en todas sus zonas erógenas. Berthe acababa de pasar la guerra entre sábanas frías y su única emoción sexual se reducía a los dedos del nazi violador. Así que estaba famélica, y el hombre que tenía delante desprendía una energía masculina electrizante, pero los ojos de Luther fueron lo que realmente la trastornaron. Por primera vez, un hombre posaba en ella una mirada que no era ni de desprecio ni de concupiscencia obscena.

A Luther, Berthe le parecía deseable hasta el punto de rociarse de queroseno y tirarse desnudo en un círculo de fuego, pero le mostraba respeto, un concepto totalmente extraño en el universo de Berthe en lo que se refería a los hombres. Y la sensación de protección que desprendía su uniforme del ejército, al que después de todo debían la liberación, también era agradable.

Intercambiaron pocas palabras durante aquel apretón de manos, pero tuvieron que encajar un buen montón de emociones. Berthe se tomó su tiempo, no tenía prisa. Luther tampoco, tenía un día de permiso.

Soplaba un aire primaveral en el bosque. Unos pájaros cantaban. Unos saltamontes brincaban. Berthe y Luther se sonreían, conscientes de que el tiempo transcurría, pero de que el instante era delicioso. Berthe no había experimentado muchos durante la guerra. No había experimentado muchos durante su vida en general. Así que lo aprovechaba.

Al darse cuenta de que se estrechaban la mano durante más tiempo de lo que exigía la costumbre, esbozaron un rictus de malestar y soltaron el apretón precipitadamente. Los dos buscaron en la espesura una frase que pudiera sacarlos del apuro. No la encontraron, así que estallaron en una misma risa nerviosa y ya cómplice.

—Entonces, Berthe —confirmó el soldado.

—Sí, Berthe. ¿Y tú, Luther?

—Sí.

—Pues…, encantada, Luther.

—El encantado soy yo, Berthe.

La tensión entre ellos habría podido prender fuego al bosque con mayor eficacia que un ataque con napalm.

Berthe preparaba el guiso en la cocina, pasaba de la tabla de cortar las verduras a la olla donde hervía el caldo y se preguntaba cómo había llegado a aquella situación. Un soldado iba a cenar en su casa. Americano. Negro. Pero, ante todo, un hombre. Y no destinado a terminar en el sótano, sino entre sus sábanas, al menos eso esperaba mientras le abría el vientre al conejo recién abatido para vaciarle mejor las entrañas.

Llamaron a la puerta. Berthe se cortó por el sobresalto. Se llevó el dedo ensangrentado a la boca antes de ir a abrir. Luther se mantenía recto como un abanderado, oculto detrás de un ramo de flores de colores, en traje de civil, con una sonrisa incómoda frente a Berthe, que lo miraba chupándose el pulgar con la boca manchada de sangre, el pelo revuelto y el delantal asqueroso.

—¿Ya son las ocho? —preguntó Berthe, desorientada.

—Las ocho en punto. Deformación militar.

—Es que... no estoy lista... del todo.

—¿Prefiere que vuelva más tarde?

—¡No! —gritó Berthe, con una urgencia mal controlada—. No, no. Quédese. Voy a... servirle una copa. Mientras espera que esté..., que yo..., en fin, mientras espera.

Habían vuelto a tratarse de usted, los dos se habían dado cuenta, pero preferían ignorarlo, con la expectativa de recuperar la fiebre compartida en el bosque.

Luther avanzó con su pesado andar viril. Berthe retrocedió, aérea y descalza, y después cerró la puerta detrás de su invitado, esperando que nadie los hubiera visto. Berthe escrutaba a Luther en silencio, fascinada y todavía incrédula. «Mierda, ¿pero qué hace este soldado en mi salón?».

Luther se mantenía inmóvil esperando una invitación. A beber, a sentarse, a marcharse, pero a hacer alguna cosa.

—*Shall I?* —dijo, señalando una silla y olvidando su francés en el apuro.

—¿Qué?

Cuanto más natural se mostraba Berthe, más encantado estaba Luther.

—¿Puedo? —tradujo.

—Oh, sí, por supuesto. Siéntese. Perdón. Yo... No tengo la costumbre de recibir. Desde..., desde... ¡Desde!

Signo de exclamación para no entrar en las explicaciones. Berthe se sentía rodeada de trampas.

—¿Vive sola aquí?

—Sí. Ahora sí —respondió, con un ojo en la puerta del sótano.

—¿Ahora?

—Sí, mi..., bueno..., mi abuela ha muerto.

—Estoy confundido...

—No debería. ¡Usted no la ha matado!

Berthe puntualizó con una palmada en el hombro del soldado y una risa torpe. Estaba descontrolada, desestabilizada por la presencia del hombre de espalda increíblemente maciza —acababa de darse cuenta al entretenerse en ella sin querer— y habría querido echarse al pozo por lo idiota que se sentía desde la llegada de Luther.

—¿Le sirvo una copa? Fabricación casera. De mi abuela. Justamente.

—Ah, entonces no la puedo rechazar.

Dicho y hecho, la copa estaba servida. Luther, que no había sido advertido, se la bebió de un trago y se le abrasaron las tripas, como debe ser. Berthe, por su parte, ni pestañeó al tragarse el matarratas familiar. Luther no se lo podía creer. Tenía la costumbre de torpedearse las papilas con alcoholes fuertes, pero nunca se había metido una bomba semejante. Y la salvajina descalza lo provocaba al beberse aquello como si fuera agua. Se acabó el apuro. Volvió la sensualidad. Berthe podía respirar y volver a la preparación del guiso.

Golpe de macheta. Las patas del conejo saltaron al cubo de la basura y el animal aterrizó en la olla.

«*Jesus, this woman can handle a knife!*».[13]

Luther, pasmado, se sirvió más elixir de la abuela, cuando la conversación estaba en su apogeo.

—¿Dónde has aprendido a hablar francés?

El tuteo había vuelto a la conversación al disminuir la tensión.

—Mi madre era cajún, mi padre era haitiano y yo crecí en Nueva Orleans.

Berthe se sintió una inculta y no se atrevió a decir que no conocía ninguno de los lugares citados.

—¿Conoces Nueva Orleans?

—Pues... no... ¿Está al lado de la ciudad vieja? No lo conozco, nunca he estado en Loiret. En realidad, nunca he salido de Cantal.

Luther estalló en carcajadas. Berthe pensó que se reía de ella y se ofendió. Él se dio cuenta y, como todo un caballero, se excusó de inmediato:

—Perdóname, no me burlaba.

---

13. ¡Dios mío, esta mujer sabe manejar el cuchillo!

—Pues eso parecía.

—No, no me reía de ti. Me ha parecido muy... adorable.

—¿Adorable?

—Sí.

—¿Soy una inculta y eso te hace reír?

La macheta se clavó con un golpe seco en la tabla. No había que sacudir mucho a Berthe, podía pasar muy deprisa del borboteo a la ebullición. Luther lo había captado muy bien. Entonces se levantó para contener el fuego y distribuirlo de manera armoniosa. Berthe retrocedió, a la defensiva.

—Nueva Orleans está al sur de Estados Unidos. En Luisiana.

—Ah... —comentó Berthe, que solo escuchaba con un oído, pero lo contemplaba con los dos ojos. Luther le deslizó la mano por el nacimiento del cuello para rodearle mejor la nuca.

—Fue fundada por colonos franceses. De ahí la lengua.

—Ah...

Berthe estaba cada vez menos locuaz mientras Luther se inclinaba para hablarle al oído.

—Allí fue donde nació el *jazz*. ¿Conoces el *dixieland*?

—No..., yo...

Berthe tenía mucho vocabulario, pero no encontraba ni rastro de él. Luther le puso los carnosos labios sobre la boca con una delicadeza insospechada. Cautivada, Berthe se dejó caer en una nube de voluptuosidad, el suelo desapareció bajo sus pies y un olor a quemado le llegó a la nariz.

—¡Mierda! ¡Mi conejo!

Se desprendió del abrazo para lanzarse sobre la cocina y bajar el fuego. Todos los termostatos de la casa se habían puesto en rojo. Berthe vertió un gran vaso de agua en la olla y removió el conejo, que, como ella, se estaba quemando el culo.

Luther, aunque un poco frustrado, no quiso imponerse.

—Yo... Tengo que...

Berthe se flagelaba interiormente por no encontrar ni una palabra inteligente que decir a su invitado.

—Tengo que ir a asearme —improvisó, señalando el delantal sucio.

Luther no dijo nada, asintió y se sentó con tranquilidad. Berthe hizo una serie de ademanes lo suficientemente tontos como para traducir su embarazo. Después subió al cuarto de baño refunfuñando contra sí misma. Luther escuchó la melodía del agua fluir en el piso de arriba e imaginó el cuerpo desnudo de Berthe bajo la ducha. Se levantó de la silla, apagó el fuego del conejo y subió por las escaleras.

Berthe se enjabonaba compulsivamente la cara para recuperar la compostura cuando oyó que se abría la puerta del cuarto de baño. El agua caliente le masajeaba la piel y desprendía vapor, a través del cual percibió la silueta del soldado. La mano de Luther corrió la cortina. Desnuda, con los hombros enjabonados, el pelo pegado a las curvas de la espalda y los pechos, Berthe no se movió, apenas respiraba; no ocultó su cuerpo, al contrario, después de unas cortas inspiraciones febriles, se dio la vuelta hacia el intruso.

Luther se metió en la bañera. La camisa, pronto empapada, se le pegó al poderoso torso y reveló el ébano de su piel bajo el blanco del algodón mojado. Se había quitado los zapatos en la cocina, pero abrazó a Berthe vestido por completo. Las grandes manos se posaron en su espalda y su culo. Berthe se sintió amarrada y manipulada con la delicadeza requerida para no tener que buscar un arma cortante y con la firmeza adecuada para que cediera a la urgencia de empalarse en la magnífica erección que se vislumbraba bajo el tejido mojado del pantalón.

Berthe le arrancó la camisa a Luther y le clavó las uñas en los pectorales. El macho. Físico. Después de una larga guerra y un matrimonio igual de interminable, un verdadero macho era exactamente la medicina que Berthe necesitaba. Mordió los carnosos labios de Luther y trepó sobre él. El soldado pensaba que dominaba el combate cuerpo a cuerpo, era la primera vez que se dejaba tumbar por el enemigo. Fue proyectado por encima del reborde de la bañera, consiguió amortiguar el golpe como buen soldado y no tuvo tiempo de recuperar la posición cuando Berthe ya le había metido la mano en la bragueta.

Luther había entrado en el cuarto de baño con cierta seguridad. Ahora que yacía por el suelo regado por el agua que la cortina ya no contenía, y con el sexo vapuleado por la voracidad de Berthe, se sentía menos dueño de la situación. El hombre era fuerte, noventa y cinco kilos de masa muscular sobreentrenada, pero a Berthe le bastó con ponerle los dedos en los hombros para derribarlo.

Ella emitía pequeños jadeos y sus ojos incandescentes lo perforaban a través de los rizos mojados de los cabellos; Berthe quería que Luther la tomara y no le preguntó qué opinaba al respecto. Se metió la polla hinchada a punto de estallar en el calor de la vagina llena de deseo. Luther lanzó un estertor de placer y bajó la guardia ante su asaltante. Agarró el trasero de Berthe, le clavó los dedos en la carne y embistió unas cuantas veces, estimulando todas sus zonas erógenas. Berthe se fundió en un géiser de orgasmos, laceró los muslos de Luther, le estrió los abdominales y le mordió el hombro hasta hacerle sangre. Acorralado por las garras de Berthe, Luther se agarró a la pata del mueble que tenía encima y la arrancó. El lavabo se desplomó a unos centímetros de las dos cabezas mientras los amantes gozaban a coro. Berthe golpeaba el pecho del soldado, aporreaba la pared con los pies, quería tirarla, destruir la habitación, derrumbar la casa. Eran un seísmo. Con el pelo mojado de la salvajina en la boca muy abierta, Luther miraba fijamente el techo mientras Berthe continuaba haciendo temblar la tierra. Estaban a punto de reventar todos los sismógrafos de la región.

A ese ritmo, las fuerzas aliadas tendrían que mandar refuerzos aéreos.

Y pensar que Berthe temía que los vecinos chismorrearan al ver a Luther y su ramo de flores entrar en su casa.

Las notas del saxo soprano de Sidney Bechet saltaban en el caos del surco abollado. El gramófono escupía una cautivadora melodía que envolvía a Berthe y Luther en el comedor.

Summertime.

Luther devoraba el conejo demasiado hecho. Después del polvo sísmico, se habría comido un jabalí crudo. Berthe bebía vino, perdida en los ojos de su exótico amante. Le costaba creer en la realidad de aquel instante, pero lo apreciaba en su justo valor.

—Es bonita, esta música.

—*I just love Bechet.*[14]

—¿Qué?

—Perdona, lo olvidé. Es a causa del disco. A veces me parece que estoy en Luisiana. Pero sí, cuando te miro, veo que no eres americana. Ahora lo recuerdo.

—Sí, lo sé, no tengo nada de americana.

Berthe no pudo evitar sentirse ofendida. Luther, que, además de ser encantador, no era ni pizca de gilipollas, se dio cuenta.

—Era un cumplido.

—Ah, ¿sí? ¿En qué momento?

—Tú eres escurridiza. De un modo increíblemente sensual, *I mean fucking sexy,*[15] pero tienes algo más. Una gracia...

14. Me encanta Bechet.
15. Quiero decir, tremendamente sexi.

Sus palabras iban derechas al objetivo. Las mejillas de Berthe enrojecieron y su malestar desapareció.

—Y eres libre.

—Bueno..., libre desde hace poco. Y además gracias a vosotros, los americanos, justamente.

—No. Incluso cuando los nazis ocupaban tu país, tú eras libre.

—¿Qué te hace decir eso?

—Lo veo. En tus ojos. Y en tu *body language*.

Berthe no lo comprendía todo, pero aquellas palabras le petardeaban en el corazón. No era frecuente que la acribillaran a cumplidos.

—¿En mi qué?

—Tu *body language*. El lenguaje de tu cuerpo. Lo que este dice, vaya.

Ah, seguro, el lenguaje del cuerpo de Berthe siempre había sido muy libre. Ahora iba a tomar un poco más de conejo quemado, de lo contrario saltaría encima del amable soldado.

—Estados Unidos es el país de la libertad, ¿no? ¿Las americanas no la desprenden todas?

—Algunas. Pero no como tú. No sabría explicarlo. Tú tienes un sabor, un color.

Luther tenía reminiscencias de acento americano cuando puntuaba las frases, lo que hacía el momento todavía más irreal. Berthe se tomó un vaso de vino tinto para seguir embriagada y mantener el sueño.

—Eres como el saxo de Bechet.

—¿Quién?

—Sidney Bechet.

Luther se levantó de la mesa para poner la aguja al principio del disco, que difundía *Summertime* a su alrededor por sexta vez.

—Cuando toca, hay una mezcla de luz y melancolía que te inunda el cuerpo. Te entran ganas de llorar, pero también te enamora.

Un hombre que expresaba sentimientos. Berthe nunca lo habría creído. Había sido necesario un muchacho de Luisiana, superviviente de las bombas alemanas y además negro. Luther estaba consiguiendo que recuperara la fe en el hombre. A los treinta y un años, era inesperado. Pero cualquier descubrimiento era bueno, sobre todo cuando era grande, robusto y con unos brazos que te rodeaban con tanta firmeza como los de Luther. Era muy bueno.

—¿Y siempre te lo llevas a todas partes, tu disco?

—Sí. Es lo más valioso que tengo.

Mierda, qué bien se expresaba, su guapo soldado. Hablaba de su trozo de vinilo como ningún hombre había hablado de ella.

—En mi *package*, cuando me marché de *New Orleans*, solo metí esto. Mi ropa también, claro. Pero, quitando eso, solo *Summertime. I just love this song.*

—Te debe de gustar mucho, esta canción.

—*Dam' right.* Siempre la llevo encima.

—¿Incluso en el desembarco?

—Siempre.

—¿No te daba miedo que se rompiera?

—Cuando arriesgas la vida bajo las balas enemigas, cuidar de una canción que te gusta es como cuidar de tus hijos. Te vuelves protector y entonces te sientes más fuerte. Casi invulnerable.

—Pero solo es un disco.

—*No, it's not just a record, it's Summertime.*[16] Pensaba que si se rompía el disco, sería como si yo muriera. Como no que-

16. No, no es solo un disco, es *Summertime*.

ría morir, no rompí el disco. Durante la guerra, uno se agarra a lo que puede.

—Sí. Lo sé.

Luther se sintió culpable. Se había marchado a la guerra hacía solo unos meses. ¿Quién era él para hablarle como un experto a aquella mujer que había soportado dos guerras mundiales en el umbral de la puerta? Cambió de tema.

—Es una suerte que tengas un gramófono.

—Mi marido era droguero. Acumulaba objetos que no utilizaba. Tenía el instinto de la propiedad.

—¿Tu marido?

Luther echó una ojeada por encima del hombro, de repente en guardia. Por primera vez desde que había puesto las botas en aquella casa, era consciente de que podría haber otro hombre en el lugar. Lo cual lo convertía en un amante; es decir, un hombre liquidable. Berthe le había enloquecido los sentidos hasta tal punto que no había pensado en aquella evidencia.

Berthe no había seguido el mismo razonamiento. Su mirada se desvió hacia la puerta del sótano mientras se preguntaba qué excusa podía inventarse.

—Murió. En la guerra.

—Oh... Mis condolencias —dijo Luther con sinceridad.

«Sí, no decías esto cuando te hundías en mí hace un rato en el cuarto de baño. Pero no es nada malo. Es bueno», pensó Berthe, mientras una mueca pícara se le escapaba. Luther estaba un poco perdido. El *body language* de Berthe le mandaba señales contradictorias.

—¿Tu marido era un soldado?

—No, era un gilipollas.

—*What?*

—Es una larga historia. Bueno, no, no tan larga, no me divertía, así que acabé con ella más pronto de lo previsto.

—Yo..., no comprendo. Acabaste con ella, ¿cómo?

—No, bueno, yo no. La guerra.

—*Oh, of course.* Lo lamento.

—Deja de lamentarlo. Mi marido era un mal tipo, y que ya no esté aquí ha sido una liberación mayor para mí que la de vuestros tanques en París.

Luther examinó a Berthe, primero intrigado y después admirado.

—¿Te hacía sufrir?

—Como te he dicho, el problema está solucionado.

Berthe cogió el cuchillo de carnicero con destreza para cortar un muslo de conejo y servir a su amante. Luther le tendió el plato sin hacerse rogar. *Summertime* se detuvo. Incansable, Luther puso de nuevo la canción. Desde que había salido de su país, aquella canción nunca había acompañado tan bien un momento.

—*Wanna dance?*[17]

Luther deslizó una mano por la espalda de Berthe, le acarició las costillas, rozó el nacimiento de sus pechos y le provocó una oleada de escalofríos. Con la otra, la arrastró en un movimiento acompasado al son de Sidney.

Ya achispada por el alcohol, Berthe se abandonó en la pérdida de referencias. Con los ojos cerrados, paseaba la punta de los dedos por el largo cuello macizo de su amante. Lo saboreaba. ¿Cuánto tiempo había durado aquel baile? ¿Una canción? ¿Una noche? ¿Un año? Berthe no habría podido decirlo.

«¿Lo ves, Lucien? Toma ejemplo. Así es como hay que tratar a una mujer», pensaba Berthe, mientras bailaba delante de la puerta del sótano.

---

17. ¿Quieres bailar?

Berthe y Luther caminaban por el bosque. No se habían sepa-
rado desde que se habían conocido. La víspera, después del excitante baile, Luther había tenido que reunirse con su batallón.
Estaba de guardia en el pueblo y tenía que rendir cuentas a su
teniente. Además, Luther se marcharía por las carreteras de
Francia esa misma tarde. Se lo acababa de decir a Berthe, que,
aunque no se sorprendió, se llenó de tristeza.

—Quédate.

—Acabamos de conocernos.

—Lo sé.

Berthe no se hacía ilusiones, pero dejaba hablar a sus sentimientos. Le gustaba la presencia de Luther, le gustaban sus
abrazos y su olor. Y, en sus brazos, se sentía amada también. No
protegida, no lo necesitaba. Para eso, tenía su pala y su Luger.
Pero olvidaba su soledad con él. Cada diez metros, Berthe se
apretaba contra Luther. Se llenaba de él en previsión del momento en que ya no estaría allí.

—Perdón, soy ridícula.

Berthe se recuperaba, avergonzada, reemprendía la marcha mirando de reojo a Luther a escondidas, sin conseguir reprimir las caricias. Sus manos, ávidas, se pegaban a su piel y a
la esperanza ilusoria de que aquel instante no fuera efímero.

—No eres ridícula. A mí también me pone triste partir.

—Entonces, quédate.

—No puedo. Lo sabes muy bien.

—¿Serías un desertor? ¿Y qué? ¡Yo te escondería! No te encontrarían. Es la guerra, hay que aprovechar la confusión. Como hice con mi marido.

Luther frunció el ceño. Berthe se corrigió.

—Quiero decir que está lleno de desaparecidos. ¿Por qué no tú? Yo te escondería. Bueno, esto dará que hablar al principio en el pueblo, pero algo se nos ocurrirá y...

El desamparo de una mujer que por fin había encontrado a un hombre bueno, al que no sentía deseos de enterrar en el sótano, pero que también la iba a abandonar.

—Berthe... Aunque quisiera, no podría.

—¿Aunque quisieras?

Luther vaciló un instante y después se sacó dos fotos del bolsillo. Se guardó una y le tendió la otra. En la foto, una niña con uniforme de colegial, de bonitos cabellos crespos atados en un moño, con los ojos vivos y brillantes, posaba frente al objetivo.

Las manos de Berthe se pusieron a temblar.

—Se llama Nina. Tiene ocho años.

—¿Tu hija?

—Sí.

Berthe miró con tristeza a su amante maravilloso pero avergonzado por no haber revelado su situación más pronto. Y un poco culpable por haber sucumbido a la tentación.

—¿Y la otra foto? Es...

—Sí.

Latigazo. Limpio. Seco. Pero eso no evitó que la bestia sufriera. El golpe tuvo el mérito de volver a conectarla con la realidad. Berthe bajó la cabeza.

—Comprendo.

—Nuestro encuentro, tú, ha sido... *fuckin' intense...*, pero...

—Cállate.

Berthe habló sin agresividad. No se necesitaban explicaciones. Habían sentido lo mismo. Sin decírselo, lo habían sabido. En una mirada abandonada. En un aliento. Qué importaba el mundo a su alrededor. Uno en el otro, habían sido completos. Sumergidos en una emoción que los superaba. Y, sin embargo, Luther amaba a su mujer. Era evidente que estaba dividido. El amor que sentía por Berthe era auténtico, pero se trataba de un paréntesis. En su guerra, en su vida, pero un paréntesis. Berthe prefería no enredarse en explicaciones, con el riesgo de romper el encanto. Reemprendieron su marcha silenciosa, llena de frustración. Berthe ya no conseguía estar a gusto. Vivía en la proyección del regreso a la soledad.

—*Fuck.*[18]

—¿Qué?

Por encima de ellos, un hombre colgaba de un árbol en el extremo de una cuerda.

Berthe no gritó. Ni siquiera se impresionó. La guerra acaba por anestesiarte. Dijo sin emoción:

—El señor Martignol.

—¿Lo conoces?

—El carnicero. Un maldito colaboracionista.

—¿Colaboracionista?

—Era conocido por hacer tratos con los alemanes.

—Oh.

—Si nos ponemos a colgar a todos los que tienen algo sobre la conciencia, veremos florecer árboles por toda Francia.

—*Strange Fruits.*

La voz de Luther adquirió un tono grave. Su expresión se endureció. Por primera vez, Berthe veía en sus rasgos a un hombre que había conocido el dolor.

18. Joder.

—¿Qué significa esto?

—Frutas extrañas. Así es como los llamamos en mi país.

—¿Tenéis colaboracionistas en tu país?

—No. Tenemos *niggers*.

La amargura que había en la voz de Luther...

—¿Qué son *niggers*?

—Negros. Personas como yo.

Berthe levantó la cabeza hacia el señor Martignol colgado del árbol y se le llenaron los ojos de lágrimas.

—¿Eso hacen allí?

—*Uh huh.*

La afirmación resonó en su garganta ronca de hiel. Luther miraba al señor Martignol, pero ya no se encontraba en el bosque de Cantal, estaba en su país, perdido en las marismas de Luisiana, bajo una fruta extraña. «¿Uno de los suyos? ¿Quizá un amigo? ¿O incluso un pariente?», se preguntaba Berthe, frente a su amante mudo con la mirada perdida a mil kilómetros.

Con la punta de los dedos, intentó acercarlo a ella. Le acarició la nuca con un gesto ya habitual. Luther sintió la dulzura de Berthe. La nuca se relajó. Las mandíbulas se abrieron. Se volvió hacia ella.

«*Dam', those eyes...*».[19]

Regresó al momento presente. El silencio los envolvió un instante. Solo alterado por el crujido de la cuerda del señor Martignol, que colgaba por encima de ellos.

—La última imagen que tengo de mi abuela es esta —explicó.

Berthe se imaginó a Nana colgada del extremo de una cuerda. La violencia de esta visión le desgarró el alma, habría

19. ¡Esos ojos!

vomitado, pero las lágrimas fueron las que salieron primero. Berthe, que no había tenido un hombro sobre el que llorar a su abuela, empapó el uniforme de Luther, que acababa de recordar a la suya.

Luther se decía con acierto que aquellas lágrimas estaban destinadas a otros dolores. La rodeó con los brazos, inclinó la cara hacia sus rizos castaños y le susurró en su lengua unas palabras magníficas que ella no comprendió.

Berthe no conocía a aquel hombre. No sabía nada de él. Pero lo amaba. No sabía dónde estaría mañana. Pero allí, ahora, en aquel instante preciso, era suya.

Luther manipulaba la Luger, analizaba su acabado, valoraba el peso, verificaba la mira.

—Un mecanismo impresionante. He tenido algunas apuntándome, pero nunca había tenido una en las manos. Un arma temible.

Luther dejó la pistola sobre la mesa. El metal resonó contra la madera.

—¿Me puedes explicar por qué tienes una Luger en casa?

—¿Una qué?

—Una Luger.

Los largos dedos negros golpearon el arma.

—Es un nombre bonito, Luger. Me gusta.

«Sería un buen apodo», pensó Berthe. También era una manera de crear una distracción. No tenía ningunas ganas de desenterrar el recuerdo del nazi. Estaba muy bien en el sótano.

—¿No me quieres responder?

—No es nada. Un recuerdo de guerra.

Luther no se contentó con aquella respuesta evasiva, así que Berthe continuó, en espera de que la cosa acabara ahí:

—Uno de esos jodidos nazis creyó, estando en mi casa, que estaba en la suya.

—*What?*

—¿Cómo que *what*? ¿Qué significa? Hablas mucho yanqui para alguien que habla francés.

El tono subía a medida que la partida de Luther se acercaba.

—No comprendo «en su casa en la mía».

—¿En qué lengua te lo tengo que explicar ya que no hablo la tuya? Un nazi que se presenta en casa de una francesa con un pistolón, según tú, ¿qué viene a buscar?

Luther estaba tan fascinado con el arma que se había olvidado de tener tacto. ¿O era su inminente separación lo que lo volvía gilipollas?

—Te pido perdón...

Puso su cálida mano sobre la de Berthe y la tensión disminuyó tan deprisa como había subido. Berthe, acostumbrada a tener la sangre hirviendo en cuanto un hombre le dirigía la palabra, se había sentido atacada, olvidando que estaba ante el primero que le había demostrado que la apreciaba.

—No, soy yo. Perdóname.

—¿Es que te...?

—¿Qué cambia eso?

El dedo de Luther se cerró por reflejo en el gatillo de la Luger.

—*This motherfucker.*[20]

Comprendiendo bien que Luther se enfurecía él solo, Berthe tranquilizó a su soldado:

—Cálmate. Le duró poco tiempo.

El dedo de Luther relajó la presión.

—¿Cómo te libraste de él?

Berthe echó una ojeada a la puerta del sótano y se preguntó si tenía que abrirla y contarlo todo. ¿Eso la descargaría de un peso? Tal vez. Pero vivía los últimos minutos antes de la partida de Luther y no quería dejarle el recuerdo de una asesina sanguinaria.

Así que prefirió poner un punto final a la conversación. Se

---

20. Ese cabrón.

levantó de la silla, se quitó las bragas, con su desnudez cubierta por la falda floreada, se sentó sobre su amante, le desabrochó la bragueta y recuperó toda su atención. Él entró en ella y se convirtieron en uno por última vez.

—Vas a dejar de hablarme de esa maldita Luger y te vas a ocupar de mí.

Esta vez, no destruyeron el cuarto de baño. No hicieron explotar sus sentidos. No llegaron al final ni el uno ni el otro. Se quedaron así, inmóviles, unidos. Uno en el otro.

Berthe vertió una lágrima. Discretamente, se la secó con la manga, se levantó, procurando no volverse hacia Luther y se alejó hacia el pasillo.

Habló sin darse la vuelta.

—*Goodbye*, soldado mío.

—*Goodbye, my sweet Berthe.*

Después desapareció por la escalera.

Luther tardó unos minutos en reaccionar. Se impregnó por última vez de la atmósfera de aquel comedor donde había vivido una historia de amor tan intensa como corta. No pensaba en su mujer. Quería seguir siendo de Berthe por entero un poco más, por unos segundos, por unos pocos latidos.

Se levantó, se abrochó la bragueta y se dirigió hacia el gramófono. Retiró la aguja y *Summertime* se interrumpió en medio del coro, desgarrando el corazón de Berthe en el piso de arriba.

Luther salió, cerró la puerta y dejó un vacío inmenso detrás de él.

Berthe no ha tocado el plato desde hace una hora larga, cuando empezó a contar su fulgurante historia de amor. Algunos cabos de las mesas de al lado han aguzado el oído. Hay que reconocer que la historia de Berthe es entretenida, sobre todo para una pequeña comisaría de provincias. Y que la narra con una sensibilidad extraída de un pozo de lágrimas secadas por el tiempo.

Ventura escruta a Berthe desde hace ya un rato. Intenta comprender cómo una mujer tan humana ha podido matar a dos hombres a sangre fría. El caso del nazi, lo comprende. Una agresión sexual de una violencia inusual, la adrenalina y el instinto de supervivencia hicieron su efecto. Pero el marido... Cierto, era un gilipollas. ¡Pero veintiocho cuchilladas! ¡Nada menos! La señorita tenía su temperamento, pero eso no justificaba una carnicería así, ¿no?

Al final de su historia con Luther, Ventura duda. La causa es el géiser de emociones con que la abuela acaba de rociarlo. Piensa de nuevo en sus tres matrimonios. Triste balance. No recuerda haber vibrado como los dos días que acaba de describirle Berthe. La envidia. Está celoso. Piensa en su vida conyugal y de repente la encuentra insulsa. La digestión acapara la energía, la lleva hacia el estómago, y esta abandona el corazón, que aprovecha para caer en la melancolía. Ventura necesitaría un café cargado y un Gauloise sin filtro para recuperar fuerzas. A la pecadora enamorada que tiene delante, Ventura le daría la absolución con gusto, pero todavía tiene que sacarle algunas confesiones. Su úlcera nunca lo ha engañado.

Y, para validar su alarma gástrica, el móvil se pone a sonar a coro.

—¡Diga! —eructa Ventura, como si dijera «Cállate», porque el momento es delicado y experimenta cierta frustración al verlo malgastado de esta manera.

—Bernier —responde la voz metálica al otro extremo de las ondas telefónicas.

—Te escucho.

—¿Estás sentado?

—Ocúpate de tu culo en lugar del mío y ve al grano.

Berthe levanta una ceja, sorprendida por la agresividad de su inspector, habitualmente con una flema ejemplar.

—Aquí no hay solo dos cuerpos —dice Bernier.

—¿Qué estás diciendo? ¿Cuántos hay?

Berthe solo oye una parte de la conversación, pero comprende que se acaba de descubrir el pastel. Era previsible, lo cual no le impide sufrir una pequeña bajada de tensión. Se bebe un vaso de agua, porque siente que no ha terminado de contar su vida.

—Al menos, tres, y continuamos cavando —detalla Bernier—. También hay esqueletos de animales. Aquí hay un auténtico cementerio, nunca había visto algo así.

Ventura no da crédito a sus oídos, tampoco a sus ojos, que miran a una centenaria delgaducha que parece incapaz de hacer daño a una mosca y que, sin embargo, no tiene nada que envidiar a Mesrine.

Berthe le sostiene la mirada. No tienen necesidad de hablarse. Los dos saben que no es más que el principio.

—Muy bien, continuad cavando. Y vuélveme a llamar cuando sepas cuántos hay.

Ventura cuelga. La abuela se oculta detrás de la mueca de una niña que sabe que la van a regañar.

—Parece que hay cadáveres a punta pala en su sótano.

—Ah, el señor se hace el gracioso. —Berthe intenta esquivar el rapapolvo.

—Berthe, vamos a dejarnos de bromitas.

—Has empezado tú.

—¿Qué es esa escabechina? Tiene que explicármelo.

Ventura se masajea la frente arrugada por la incomprensión.

—Son mis gatos.

—¿Cómo que sus gatos?

—He tenido ocho gatos. Y un perro. Bueno, este no era mío. No olía bien, y era estúpido.

—No le hablo de sus animales. Hemos encontrado al menos otro cráneo humano. Y mi úlcera me dice que esto no ha terminado.

—¿Puedo tomar un café?

—Yo soy el que da las órdenes.

—No era una orden, era una petición. Si quieres que te lo cuente, Colombo, entonces me gustaría un café. Créeme, la tarde va a ser larga.

Ventura lo sabe muy bien y suspira.

—Lo tomaremos en mi despacho.

Ventura se levanta, muy decidido a tirarle de la lengua de una vez por todas, y abre la marcha con pasos decididos.

—Pasaremos por la máquina de café. ¿Lo toma largo o corto? —pregunta el inspector, mientras busca unas monedas en el bolsillo.

El ruido de sus talones es la única respuesta, así que Ventura se da la vuelta.

—¡Le estoy hablando!

Se detiene. Berthe se ha levantado a la vez que él, pero, por el momento, solo ha conseguido mantenerse de pie, apoyada en la mesa, a diez metros de él.

«Mierda, realmente está muy enferma...», observa el inspector, que siempre se olvida del estado de salud canónico de su sospechosa. Lo lamenta. Y está harto de lamentarlo. De todos modos, es una asesina.

«Maldito oficio».

—Berthe, ¿está segura de que no quiere un abogado?

—¿Te preocupas por mí, Colombo?

—Sí. Lo confieso.

—¿No soy yo la que tiene que confesar?

Berthe vacía la caja de bolitas Tic Tac rosas en el café y se lo bebe con gusto. El brebaje le deja una mancha rosa marronosa entre las grietas de los labios.

—Prefiero que todo esto quede entre nosotros —dice.

—Usted sabe que tendré que hacer un informe y que después tendrá que ver a un juez de instrucción que...

—No me líes con tu contabilidad. Hablamos los dos y así está muy bien. Es íntimo.

—Bueno...

Ventura toma un sorbo de su café aguachirle, imitado por la centenaria. Teme la respuesta, por una razón que ignora, pero hace la pregunta.

—¿El tercer cuerpo es Luther?

—¿Qué estás diciendo, ahora?

El espanto ante esta acusación ha helado la voz de Berthe. Unos sudores fríos han recorrido el cuerpo de Pujol. Ventura se ha acojonado. Sin embargo, va hasta el final de su pista.

—¿También a él lo asesinó?

—¡No ensucies la memoria de Luther, muchacho, de lo contrario tendremos que poner fin a esta conversación por las malas!

—Basta, Berthe, ¡ahora va a cambiar de tono! ¡Le recuerdo que soy inspector de policía, que está usted en una comisaría, acusada de múltiples asesinatos, así que deje de proferir amenazas y responda a mis preguntas! —exclama Ventura.

No obstante, se siente culpable. Sabe que levanta la voz para paliar su falta de tacto. La memoria de un ser querido es sagrada. Ventura se siente dividido por su esquizofrenia de poli bueno, poli malo. Intenta esclarecer lo que parece el caso más espectacular de su carrera, pero también se imagina arropando a esta abuela vulnerable en un lugar caliente bajo su nórdico y sujetándole la mano mientras se duerme para siempre.

—¿Qué fue de él, de Luther?

—Él no está en el sótano, es todo lo que te interesa.

—Entonces, ¿quién?

Berthe siente la acidez que le sube al mismo tiempo que los recuerdos.

—¿Tienes hijos, Lino?

—Tres.

—Entonces, no lo puedes comprender.

Después de la guerra, Berthe, que no era una mujer que se derrumbara, buscó un nuevo marido. No habría dicho que no a una pizca de ternura masculina —no tengamos miedo de soñar, lo había experimentado con Luther, y el rayo podía golpear dos veces en el mismo lugar—, pero buscaba, sobre todo, a un progenitor. Porque los años pasaban y su reloj biológico no se detenía. Berthe tenía amor para dar y vender. En lo referente a los hombres, el mercado no estaba muy bien surtido, pero un bebé la llenaría.

Quien dice progenitor dice semental. ¿Y quién mejor que Luigi Fizzarino para cumplir con estas condiciones? Luigi llevaba un restaurante italiano en Saint-Flour, a unos kilómetros de allí. Lucien había llevado a Berthe una noche que necesitaba un cambio de aires lejos de su suegra moribunda.

A Berthe no le había apasionado la pasta *alla carbonara* del italiano; en cambio, su encanto desbordante de seguridad no la había dejado indiferente. Con Lucien como escala de comparación, Luigi parecía salido directamente de una película de Rodolfo Valentino.

Con este recuerdo, Berthe se subió a la bicicleta y tomó el camino de Saint-Flour, muy decidida a regresar con el padre de sus hijos. A la búsqueda, quizá le faltaba romanticismo;

sin embargo, no era momento para los rodeos, sino para la eficacia.

Berthe, a la que Saint-Flour parecía tan lejano como las Américas, tuvo la sensación de pasar la frontera a otro mundo al entrar en el restaurante Amore.

—*Ciao.*

Luigi puso en marcha a la perfección el engranaje de los mecanismos en que los italianos son maestros.

«No te esfuerces demasiado, guapo, un semidiós me acaba de trastornar por completo, así que tus efectos de cejas me dejan tan fría como tu *carbonara*». No se podía decir que Berthe estuviera en las mejores condiciones para acoger el amor. El recuerdo de Luther la invadía, pero no importaba, estaba allí para la procreación.

—¿Viene sola a cenar esta noche? —añadió el seductor con un acento muy marcado.

—Por desgracia, sí. Ceno sola todas las noches.

Berthe sentía que su comedia era un poco desmesurada, pero no contaba con llegar al acto V para concluir. Mejor dejarse de tonterías y lanzarse a por todas al plato de boloñesa.

—*Ma*, lo que dice me entristece mucho.

«Sí, en esto tengo como una duda. Mi situación de viuda no estoy muy segura de que te impresione. Más bien tienes ganas de visitar mis enaguas, lo veo en tus ojos chispeantes. No deja de ser una buena noticia, porque he venido precisamente para eso».

—Gracias, su compasión me emociona mucho —dijo con más sobriedad.

—Me ocuparé de usted. Un vaso de *montepulciano* para empezar, una vela, siéntese a esta mesa, es la mejor, y déjeme ofrecerle el consuelo de la gastronomía italiana.

El juego del italiano al fin y al cabo era más bien conmovedor, porque era honesto. Sí, el muchacho exageraba un montón, sí, estaba claro, pero, como había anunciado, el *prosciutto* era reconfortante y el plato de pasta servido unos minutos más tarde despedía un aroma divino.

—*Pasta al pomodoro*. Básica, *ma buonissima*. Un poco de aceite de oliva, unos tomates y basta.

Berthe probó la pasta y mil sabores se extendieron por su paladar. Su presa sabía cocinar, lo cual lo convertía de entrada en un hombre fuera de lo común. Si las hormonas masculinas que desprendía se mostraban a la altura de la promesa, quizá Luigi sería un buen partido para construir la continuación de su vida.

—Es la *pasta della Mamma*. ¡La mejor del mundo!

La evocación de la *Mamma* mosqueó a Berthe. Como si hubieran invitado a una tercera persona a su casa. Atribuyó la reprobación a su fondo paranoico y devoró la *pasta della Bella Mamma*.

Berthe no necesitó demasiado tiempo para atrapar a Luigi en sus redes. El italiano era seductor, pero no listo. Se pasó la velada sentado a su mesa, perdido en sus ojos estrellados. Veía en ellos el efecto de su encanto, el mismo que producía a todas sus conquistas. En realidad, Berthe empezaba a estar achispada y, aunque podían verse algunas constelaciones en sus ojos, eran las reminiscencias del paso de Luther.

Desde su partida, Berthe tenía la extraña sensación de no estar en el presente. Una parte de ella se había quedado entre los brazos de su amante, cuando se disponía a lanzarse a los del padre de su futura progenie. Dividida por esta paradoja, Berthe dejó seca la botella de *montepulciano*. El *nero d'Avola* no ofreció más resistencia. En el *limoncello*, los dos estaban más empapados que las cerezas en el aguardiente.

Luigi se disponía a lanzar la última ofensiva cuando Berthe lo pilló desprevenido.

—Ahora, hermoso semental, me vas a llevar a tu casa y me vas a hacer el amor. Y hazlo con delicadeza, no me gustan las brusquedades, salvo si las pido.

Como buen macho mediterráneo, Luigi no estaba acostumbrado a que *una donna* tomara la iniciativa y todavía menos que le dictara cómo debía actuar. Pero una parte de él se sintió atraído por la energía de Berthe. Aquella mujer tenía carácter.

Le gustaría a la *Mamma*.

Su primera noche fue más bien satisfactoria. Berthe no iba a compararla con la explosiva velada pasada con Luther, pero Luigi era un buen amante. *Cunnilingus* de entrante, misionero *al dente* como plato fuerte, aderezado con un masaje picante del trasero, cuatro patas fundente de postre y caricias poscoitales como digestivo; el semental sabía lo que hacía. Suficiente para proporcionarle placer y con la pizca de atención requerida para sentirse mujer y no un vulgar objeto sexual. Entre la frialdad de Lucien y la pasión tórrida de Luther, Luigi hacía un buen promedio. Berthe podía contentarse con él. Además, cocinaba bien. ¿Qué otra cosa podía pedir?

Luigi respondía al síndrome de Casanova. Había cosechado más mujeres que *pomodori* para su pasta. Pero también quería agradar a la *Mamma* y darle pequeños *bambini*. El linaje de los Fizzarino tenía que perdurar y, aunque coleccionaba las conquistas, ninguna había sido lo suficientemente insensata como para imaginarse fundando una familia con aquel seductor compulsivo. Así que había aceptado la propuesta de matrimonio de Berthe, que decididamente no actuaba como las otras y de paso mantenía entretenidos sus *testicoli*.

Pero no le diría nada de eso a la *Mamma*.

La boda tuvo lugar en Sicilia, el 18 de mayo de 1946. Berthe tomó el tren y después el barco por primera vez. Ella, que nunca había salido del Macizo Central, se encontraba frente al mar, lista para embarcar hacia una isla desconocida. Otra lengua. Otra civilización.

Y la *Mamma*.

Berthe había atravesado un buen pedazo de su país, bamboleada por el movimiento del tren y agotada por la charla de Luigi, que le hablaba de la inquietud de presentarla a la *Mamma*. Aquel nombre aparecía sin cesar en la boca de su novio. Berthe no conseguía concentrarse en el maravilloso descubrimiento de Francia, porque Luigi no dejaba de calentarle la cabeza. De repente, el italiano parecía menos viril, temblaba ante el juicio de su madre.

Berthe puso los pies en el puerto de Marsella, y el agobio del trayecto se evaporó de inmediato. El mar. Hasta perderse de vista. En movimiento. Imperial. Luigi se quejaba de las maletas demasiado pesadas y del retraso del tren. Berthe no lo escuchaba. El mar acababa de imponerse. Lejos de los volcanes de Auvernia. Lejos de la pequeñez de su pueblo. Lejos de la estrechez de su vida.

La mano de Luigi la atrapó con autoridad y la sacó de su ensueño.

—*Ma cosa fai?*[21] Coge tu maleta, el barco va a salir.

21. Pero ¿qué haces?

—¿Qué? ¿Cómo?

Berthe estaba maravillada. Con el ceño fruncido, Luigi la cogió por los hombros y la sacudió más fuerte.

—¡Eh, Berthe! ¡Despierta! *Fai presto!* ¡Vamos a perder el barco!

—¡Oh, eh, tranquilo!

Berthe golpeó el pecho de Luigi con toda la fuerza y lo proyectó dos pasos atrás. No le gustaba que la violentaran y tenía energía para hacerlo saber. Luigi apenas tuvo tiempo de poner mala cara cuando ya el silbato del barco lo devolvió a la urgencia del momento.

—*Santa Maria!* ¡El barco se va a marchar sin nosotros! ¡Si lo perdemos, la *Mamma* me va a matar!

Berthe hervía de irritación mientras Luigi se descomponía como un niño al que su madre le iba a calentar el culo.

«¡Ah, vaya, mi semental tiene orgullo!».

Berthe levantó la maleta y se dirigió hacia el barco sin decir ni una palabra más. Al llegar al embarcadero, con la cabeza bien alta, Berthe miró de arriba abajo a la tripulación italiana fulminada.

—*Oh, la bella donna!*

—*Mi lasci aiutarla!*[22]

Los grumetes se atropellaban para mostrarse serviciales. «¡Ah, el encanto mediterráneo!». Berthe, con su prestancia de diosa, los tenía a todos a sus pies.

Luigi siguió la maniobra, con una pizca de celos en el fondo de su ego, y fue tras ella.

El barco salió del puerto. En el puente, Berthe se regeneraba con aquella vista. Una revelación. Después vio un pontón más lejos. Unos nadadores se divertían tirándose al mar. Algunos, rígidos como flechas, penetraban en el agua sin salpicaduras.

22. ¡Déjeme ayudarla!

Otros, menos hábiles, se sumergían en posturas estrambóticas y mojaban a todo el mundo a su alrededor. Pero todos se reían con la misma alegría infantil. Berthe estaba fascinada. Ella no sabía nadar. Al ver a aquellos nadadores divirtiéndose en el agua, Berthe sintió la urgencia de ponerle remedio. Tendría que pedirle a Luigi que le enseñara.

—Berthe. No estoy contento. Vamos a casa de mi familia y tú estás inaguantable. ¡Tienes que comportarte bien!

El sermón de Luigi, todavía aterrorizado, borró sus fantasías de evasión marítima y las sustituyó por impulsos asesinos. Pero, arrastrada por la razón de su presencia allí —tener hijos—, Berthe hizo una gran inspiración y después esbozó un asentimiento crispado.

—Perdona, querido. Es el viaje. Estoy mareada. Pero voy a hacer un esfuerzo.

Luigi, que no era un mal hombre, se apiadó de ella.

—Oh, tesoro, ¿no te encuentras bien? Siéntate aquí.

Quiso que Berthe se sentara en un banco del puente. De muchacho agresivo a novio meloso, Luigi no dejaba de cambiar y acabaría por producirle náuseas.

—Estoy bien. Solo déjame tomar un poco el aire. Me reuniré contigo en el camarote.

Luigi asintió y se marchó, dejando a Berthe con su hastío.

Sicilia.

El bonito pueblo de Piazza Armerina y sus callejuelas serpenteantes en las alturas. Berthe estaba deslumbrada. Aquel viaje le abría unos horizontes insospechados. Y las sorpresas no habían terminado.

Luigi puso las maletas frente a la puerta de metal de un chalé, hizo una inspiración profunda y tocó el timbre. Todo su cuerpo emanaba tensión.

—¿Lista?

—¿Cómo que lista? ¡No nos casamos hoy!

Una mujer de unos cincuenta años salió del chalé y Luigi dejó de respirar.

La mujer se quedó en el umbral para observar a los intrusos. Una carabina descansaba contra la pared, a su lado. Rechoncha, embutida en una túnica negra, con la cabeza cubierta con un pañuelo también negro y un aspecto duro y firme, la mujer parecía una roca labrada, con severas arrugas surcando su árido rostro. Berthe dio un paso hacia atrás. Aquella mujer desprendía alguna cosa amenazadora que le hizo sentir frío en la espalda.

Luigi abrió los brazos y exclamó, con una alegría exagerada:

—*Mamma!*

Y Berthe sintió que los marrones se acercaban.

No hablar la lengua de tu enemigo tiene sus ventajas. Hay miradas de desdén, es cierto, y muecas, pero no hay que soportar las bajezas que cualquier novia puede temer de su suegra.

La víspera de la boda, Berthe echó una mano en la cocina. Las mujeres se afanaban en los fogones. Las cinco hermanas de Luigi chismorreaban. Todas echaban miradas burlonas hacia Berthe, estallaban risas aquí y allá, pero Berthe había decidido no reaccionar. En dos días, estarían de regreso al hogar, así que podía aguantar las pullas que no comprendía, aunque tenía una ligera idea.

Solo la *Mamma* estaba muda en el clan de las sicilianas. Sus rictus dirigidos a la que le iba a robar a su hijo no engañaban a nadie. Con gusto habría hecho correr a Berthe, que se dedicaba a cortar los rabillos a unas judías para no echar leña al fuego, la misma suerte que la de aquella gallina que degollaba.

De repente, como si la ebullición hiciera desbordar la olla de salsa boloñesa, la *Mamma* se lanzó a una furiosa reprimenda. En siciliano. Las hermanas, hasta el momento contentas, se callaron de golpe.

La *Mamma* se encontraba a tres metros de Berthe, perorando en aquella lengua normalmente tan cantarina, pero que, en su boca lastrada por los reproches, sonaba como una crepitación de metralletas. Con los ojos clavados en los de Berthe, un poco pasmados, la *Mamma* acompasaba un canto de insultos, apuntando el cuchillo hacia ella para resaltar sus frases antes de volver a centrarse en el desmembrado de la pobre gallina, que no tenía nada que ver en el asunto.

Ambiente de un buen mármol veneciano en invierno. Glacial.

Las hermanas continuaban preparando el banquete, con la cabeza religiosamente baja.

La *Mamma* parecía incansable, Berthe se decía que aquel momento tan desagradable podría durar horas y, como no era muy flexible en cuanto a la paciencia, se metió de lleno en el diálogo:

—¡Ahora vas a cerrar el pico!

La insolencia de Berthe no se entendió en lo que respecta a la forma, pero sí en cuanto al fondo.

Las hermanas emitieron un «Oh» de ofuscación a coro.

La *Mamma*, por su parte, se quedó petrificada en su postura, como una estatua de Miguel Ángel que se titulara *Mamma siciliana que prepara una gallina, con el cuchillo en la mano.*

—No he cruzado Francia y el Mediterráneo para que una vieja senil que tiene un problema de complejo de Edipo con su hijito castrado me eche la bronca.

Berthe se lanzó a un florilegio de verdades que nadie comprendía y lo encontró liberador:

—Así que vas a cambiar de tono y a guardar ese cuchillo, porque la última vez que tuve uno como este al alcance de la mano lo clavé en las costillas de mi primer marido. Y no fue un accidente; a esa cuchillada la siguieron veintisiete. Y él no fue el único, porque el nazi que me visitó acabó con la cabeza abierta por una pala, y los dos duermen juntos en el mismo lecho de tierra del sótano, así que utilizar tu cuchillo contra ti para clavártelo entre los dos ojos no me planteará demasiados problemas. Ahora muéstrame respeto. *Rispetto! Capisci?*[23]

Berthe desarmó a la *Mamma* en medio de la frase y clavó el susodicho cuchillo en la carcasa de la gallina, que no tenía vela en aquel entierro.

Las hermanas emitieron un «Oh» de espanto.

La *Mamma* no rechistó. Su mirada siempre árida fija en la de su nuera recién llegada a la familia se desvió hacia la carcasa de gallina atravesada.

Una pizca más de silencio siciliano y después:

—*Sì, ho capito...*[24]

Las hermanas emitieron un «¿Ah?» de asombro.

Berthe, que no quería guerra, retiró el cuchillo del ave y se lo tendió a la *Mamma*. La vieja mano deformada por la artrosis se apoderó de él. Con la otra, la *Mamma* dio golpecitos en el antebrazo de Berthe. Después la vieja asintió. Ya no había necesidad de palabras. Berthe acababa de ganarse su respeto.

—*Va tutto bene?*[25]

Luigi apareció en la cocina y se mostró sorprendido por el sainete.

---

23. ¡Respeto! ¿Comprendes?
24. Sí, he comprendido...
25. ¿Va todo bien?

—*Sì, tutto bene. Torna in soggiorno. Non abbiamo bisogno di te. Lascia lavorare le ragazze.*[26]

Luigi obedeció a su madre, como siempre. La *Mamma* se volvió hacia Berthe y, aunque no se había dignado hacerlo durante años, cometió lo impensable: le sonrió.

26. Sí, va todo bien. Vuelve al salón, no te necesitamos. Deja trabajar a las chicas.

Con la bendición del cura siciliano, Berthe tomó oficialmente el nombre de Fizzarino. Iba a poder dedicarse a un nuevo capítulo de su vida: los *bambini*.

Al principio, Berthe y Luigi no se hacían preguntas. El apetito sexual de los dos era correcto y tenían relaciones regulares, cuya finalidad debía conducirlos de forma natural hacia la paternidad.

Copulaban una media de tres veces a la semana. Los demás días, Luigi trabajaba en Saint-Flour, en la cocina de su restaurante. Como mujer independiente, Berthe había querido conservar la droguería y, más importante todavía para ella, su choza, donde estaban enterrados de manera oficiosa ciertos invitados destacados de su libro de honor.

Así que la pareja había tomado la decisión de no mudarse a vivir juntos. Tenían dos casas, se veían y follaban en su tiempo libre; el resto de la semana, se dedicaban a sus ocupaciones. Luigi tenía cualidades, pero no se podía hablar de amor simbiótico. Y a Berthe le gustaba disponer de un tiempo propio y sentirse emancipada.

Por supuesto, sabía que Luigi aprovechaba sus noches en solitario en Saint-Flour para buscar aventuras. Pero ¿quién era ella para sentirse celosa? No tenía ningún amante en el armario, pero sí fiambres en el sótano. El concepto de exclusividad era ajeno a ella. Si quería divertirse en su tiempo libre, después de todo no hacía daño a nadie, mientras fuera discreto. Berthe siempre había tenido ideas muy vanguardistas. Una mujer liberada que no esperaba menos de un hombre.

Berthe se pasaba las noches pensando en su útero y sus deseos de quedar embarazada, que no se concretaban. Cada mes, se imaginaba a ese adorable pequeño ser al que podría dar su amor incondicional. Y la veía. Una niña. Con sus grandes ojos azules y sus bonitos rizos dorados. Habría podido tocarle la piel, casi percibía su olor, se perdía en sus ojos, adivinaba su sonrisa.

Con cada inicio de ciclo, la aparición de la sangre en la ropa interior le quemaba las entrañas. En lugar de sentir crecer un fruto en ellas, era como una descarga envenenada.

Al principio, Berthe y Luigi hacían el amor porque les gustaba. Pero muy pronto el acto se asoció a la expectativa de un resultado. Cuanto más se sucedían los fracasos, más desaparecía el placer y daba paso al rencor.

—Va a llegar —la animaba Luigi.

—Sí, lo sé.

Luigi se mostraba atento. Sentía el desconcierto de Berthe. Sin embargo, escrutaba el reloj, su tictac le recordaba que el tiempo pasaba y que la *Mamma* todavía no era abuela. Pero no quería demostrar ni un poco de su impaciencia a Berthe.

Bueno, al principio.

—Es tan injusto.

—Sí... Es injusto...

Luigi tomaba otro trago de *limoncello*, renegaba por dentro y mostraba una máscara de optimismo para su mujer.

—Pero lo conseguiremos —concluía incansablemente, aunque cada vez se lo creía menos.

Berthe empezaba a dudar de sí misma. Es cierto que, con Lucien, había copulado poco, pero a los veinte años habría tenido que estar en lo más alto de la fertilidad. Y todos aquellos años adolescentes de ligoteos sin moderación y sin protección en la granja de Tavenel nunca habían sembrado algo parecido a un embrión en ella.

Berthe sacaba la conclusión de que su tierra quizá no era fértil. Rechazaba la idea y se armaba de paciencia. Un arma mucho más difícil de manejar que una Luger.

La posguerra. Francia vivía un *baby boom* histórico. Todos los días, en su camino, Berthe se cruzaba con niños que correteaban en el trayecto hacia la escuela, se reían con sus madres y se subían a los hombros de sus padres. Y la injusticia la corroía. Hacer un bebé sin duda era la cosa más excepcional —crear vida— y la más banal del mundo —la familia más insignificante de cretinos los tenía a montones—, se decía Berthe, al sorprender al señor Ranvignac dando un tortazo a su retoño.

Berthe envidiaba a las amas de casa embarazadas que iban a comprar leche liofilizada, hundida por esa pregunta obsesiva: «¿Qué tienen ellas que no tenga yo?».

En el fondo de su alma, resonaba una vocecita: «Ellas no son monstruos, ellas...».

Las noches que Luigi se quedaba en el restaurante, Berthe pasaba largas horas observándose en el espejo. Veía a una hermosa mujer, con formas exuberantes y pechos generosos dispuestos a hacer felices a los hombres, algo que había hecho hasta entonces sin pudor, y a un bebé, si se decidía a venir.

A menudo, la culpabilidad se metía por medio: ¿una mujer incapaz de traer una vida al mundo podía considerarse mujer? ¿Su madre había dado a luz a un monstruo? Y Dios, si existía, ¿le había impedido reproducirse para castigarla?

Cada mes, Berthe lavaba sus bragas rojas.

Berthe se marchitaba a ojos vista. Se le alisaban los rizos del pelo, se le apagaba la tez, se le vaciaban los ojos, no de lágrimas, sino de luz. Al cabo de dos años, la esperanza había desaparecido.

Luigi tuvo que trabajar noches suplementarias en el restaurante. Su empleado lo había dejado. O eso decía. El semental solo estaba con ella una vez a la semana. Incluso, a veces, se saltaba esta visita semanal. Las peleas se multiplicaban.

El niño ya no llegaría. Berthe no lo había aceptado, pero, en el fondo de sí misma, lo sabía.

Una noche que barría la sección de ropa de cama de la droguería, Berthe se encontró cara a cara con su reflejo en un espejo y vio un envoltorio vacío. Ya no se reconocía. Berthe era una guerrera y ahora sufría. Se había convertido en una víctima. Esa constatación se le hacía insoportable. Aquella carcasa vacía en el espejo, Berthe podía optar por verla como una crisálida. ¿Hacia qué? Todavía no lo sabía, pero tenía que reaccionar.

El domingo siguiente, Luigi le hizo una visita como hacía de manera irregular. Se sorprendió ante el recibimiento de una Berthe radiante. A sus pies, descansaba una cesta llena de productos italianos y un *valpolicella*.

—Tengo unas ganas rabiosas de pícnic.

Luigi no daba crédito a sus ojos al ver a Berthe tan llena de un entusiasmo que le había faltado cruelmente en los últimos años.

—Pues…, ¿un pícnic? ¿En esta temporada?

—¿Qué? ¡Hace un tiempo magnífico! ¡Y yo me consumo aquí!

—Escucha, he venido a decirte…

—Estoy cansada de esta casa —dijo Berthe, que no escuchaba y estaba de muy buen humor—. Huele a rancio, vamos a tomar el aire. Te llevo de pícnic.

Un poco desconcertado, Luigi asintió sin demasiado ardor. Lo que tenía que decirle podía esperar a después de un vaso de *valpolicella*.

Luigi conducía con el pelo al viento en su descapotable nuevo. Berthe suponía que los negocios debían de marchar bien. Escudriñaba a su marido con distancia. El hombre que tenía al lado se había convertido en un extraño. Berthe sentía con claridad que su pareja se había alejado mucho, los dos eran responsables, pero ya no quería que se extendiera aquella gangrena. Había llegado el momento de reconstruirse.

Berthe encontró un rincón de naturaleza resplandeciente. El sol inundaba las hierbas altas de un amarillo deslumbrante. Mil colores surgían alrededor de Luigi, que sin embargo parecía extrañamente gris. Berthe extendió el mantel de vichí rojo y después dispuso la apetitosa comida del Mediterráneo natal de su marido.

—¿Dónde has encontrado estos productos?

—Quería darte una sorpresa. Le pedí a Marcello que rebuscara en tu reserva.

Luigi cogió la botella de vino y verificó la etiqueta.

—Ha birlado mi mejor cosecha.

—Sí, yo le he dicho que cogiera solo productos de calidad.

—¿Por qué?

—¡Pues para darte gusto! ¡Para aprovecharnos nosotros de lo bueno que tenemos!

Entusiasta, besó a Luigi y recibió un beso tibio a cambio. No se lo tuvo en cuenta a su marido; se necesitaría más que un mantel de colores para reavivar la llama. Pero Berthe estaba pletórica de moral para reconquistar su vida y a su marido. Ahora tenía que poner a Luigi al corriente, porque el pobre italiano tenía un aspecto realmente perdido. Berthe le sirvió un vaso lleno hasta el borde de buen vino italiano.

—Esta historia del bebé nos ha consumido. No te reprocho nada, nos hemos hundido los dos, pero ahora esto tiene que terminar.

—¿Qué estás diciendo? ¿Abandonas?

—No abandono nada de nada. Acepto. El bebé no quiere venir, no vamos a pasarnos toda la vida sin vivirla, solo esperándolo.

—No comprendo nada de lo que me estás contando. ¿Has empezado a beber antes de que yo llegara?

—No. No veía las cosas tan claras desde hace dos años. Todas las personas tienen derecho a ser padres, nosotros no, ¡muy bien, que así sea! No podemos elegir, hay que aceptarlo. De lo contrario, vamos a morir de tristeza.

—Yo no lo acepto...

—Luigi... Es necesario. Lo hemos intentado todo. Hace dos años que no pasa nada. Míranos. Es una tontería. Ya no nos vemos. Ya no follamos. O solo el día que ovulo. Ya no sonreímos. ¡Eso no es vida! No me sorprende que la pequeña no quiera venir.

—¿La pequeña?

—Bueno, el bebé.

—Berthe, te has vuelto loca.

—No, nada de eso, todo lo contrario. ¡Es una sacudida! ¡Para que nos despertemos! ¡Luigi!

El entusiasmo de Berthe se esfumaba a medida que Luigi se cerraba a su mano tendida.

—Yo no lo acepto.

—Pero, Luigi, es necesario. Ya ves que no conseguimos tener hijos.

—Que «tú» no lo consigues.

Berthe ya no pudo tragar nada más.

—¿Quieres decir que es culpa mía?

—No soy yo quien tiene que quedarse encinta.

—Te recuerdo que somos dos, en esta historia.

—Pero eres tú la que no se queda embarazada.

—¿Qué te dice que no eres tú el responsable?

Luigi se rio a modo de respuesta.

—¿Cómo podría ser yo la causa? Todo funciona perfectamente en mí. Se me pone dura, me corro, te doy todo lo que necesitas para quedarte embarazada.

Berthe vació el vaso a grandes sorbos para hacer pasar el vidrio machacado de la garganta.

—Retira enseguida lo que acabas de decir.

—¿Por qué? ¿Acaso no es verdad? Se me pone dura, ¿no? Me corro, ¿verdad?

—Tienes un doctorado en procreación, por lo que veo.

—¿Qué dices?

—¡Nada, era francés, olvídalo, jodido italiano!

Berthe recibió un tortazo, que devolvió de inmediato al remitente. Era bien educada, respondía cuando la golpeaban.

—Tienes razón, quizá la culpa es mía. Lo comprobaré muy deprisa... ¡con otro semental! —lo provocó.

Nueva torta.

—¡Cabrón!

—*Puttana.*

—Vosotros, los tíos, siempre que fracasáis nos atribuís la culpa a nosotras. Y la cosa acaba siempre con el mismo insulto.

—*Puttana.*

Luigi la escupió.

—No más que otra mujer. No más que tu madre —le escupió ella a cambio.

Otro tortazo tumbó a Berthe por el suelo. Era suicida insultar a la madre de un siciliano, pero el fuego había prendido de tanto echarle aceite.

—No le faltes al respeto a mi madre.

—Empiezas a jorobarme con tu *Mamma*. ¡Si tanto la echas de menos, solo tienes que volver a sus faldas y hacerle un niño a ella! Ya ha tenido seis. Así que no cabe duda de que su mecanismo funciona bien.

Luigi miraba con desprecio a la mujer con la que intentaba tener un hijo desde hacía dos años y que ahora yacía a sus pies, con la boca ensangrentada.

—Has caído muy bajo, pobre mujer.

La frialdad de Luigi hirió a Berthe más que los porrazos.

Él esperaba el momento propicio para decirle lo que quería desde su llegaba. El momento era propicio.

—He venido a decirte que te dejo. He encontrado a alguien.

La noticia no produjo el impacto que buscaba. Berthe se lo esperaba. Un marido que no viene a verte más de una vez a la semana forzosamente oculta una aventura. Incluso un deseo de divorcio.

—Y se la voy a presentar a la *Mamma*. ¡Ella sí que está embarazada!

En cambio, el segundo ataque fue devastador. A Berthe le cayó como una bomba. Luigi asestó el golpe de gracia.

—Ya te lo he dicho, todo funciona muy bien en mí.

Berthe oyó salir de su vientre un grito que no conocía. Luigi no tuvo tiempo de borrar su rictus socarrón cuando Berthe se le tiró a la garganta, lo tumbó y lo estranguló con todas sus fuerzas. Berthe gritaba y le babeaba encima. El italiano era robusto, pero no conseguía dominar los ataques de la harpía. Se debatía en vano. Berthe soltó sobre él dos años de cólera contenida. Dos años enjaulada soportando la injusticia. Alimentando el rencor. Deseando que alguien pagara. Para dejar de sufrir.

Había llevado a Luigi a aquel rincón campestre para volver a conectar con su marido amante. Ahora le enrollaba la correa del cesto de mimbre alrededor del cuello y tiraba. Tiraba. Tiraba. Tan fuerte que la lengua de Luigi, hinchada, coleaba fuera de la boca como una anguila pillada en una trampa. Los hinchados ojos del italiano se salían de las órbitas de forma espantosa, el pantalón se impregnó de orina y, en un último espasmo, dejó caer los brazos sin vida sobre los muslos de su mujer.

Berthe observó el cadáver de su marido y recuperó la respiración. «Uno más», se dijo con calma.

Una lágrima fluyó a lo largo de la mejilla ante aquella evidencia: no conseguía dar vida, pero era excelente para dar muerte.

Berthe instaló a Luigi en su bonito descapotable. En el asiento del copiloto. Y ajustó el cinturón al cadáver.

—No te muevas, ¿eh?

La cabeza de Luigi se inclinó hacia el lado. Parecía que estaba echando una cabezadita para dormir la mona. Tanto mejor. El inconveniente de los descapotables, tan visibles. Cuando te acabas de cargar a tu marido, más bien buscas discreción. Y el sótano de Berthe todavía estaba a unos kilómetros.

Recogió el pícnic, lo metió todo en el maletero y después le dio al contacto.

—Bueno, ¿cómo funciona esta mierda?

Un Alfa Romeo no parecía mucho más complicado de conducir que un tractor. Berthe era lista, hizo rugir el motor y devoró la carretera.

El viento se metía entre sus cabellos y les daba el volumen que tanto les había faltado aquellos últimos meses. En el retrovisor, veía cómo recuperaba los colores. Se echó un trago de *valpolicella* entre pecho y espalda, de la botella, para alimentar la sensación de vida que le corría de nuevo por las venas.

—No nos dejaremos abatir, ¿verdad, Luigi? Bueno, digo «nos» para incluirte en el debate.

El movimiento inclinaba a Luigi un poco más hacia el lado. Tenía aspecto de haber pillado una buena. Berthe continuaba la conversación en voz alta:

—Un niño era un buen proyecto, pero nos olvidamos de nosotros por el camino. En fin, tú parece que cogiste otra dirección en medio de la ruta, pero yo..., yo me olvidé.

Un traguito de *valpolicella* para aromatizar la reflexión.

—Hay gilipollas que no tienen valor humano, pero que paren críos a troche y moche. Lo acepto. No tienen ni una pizca de amor en los ojos y los chiquillos parecen muy desgraciados, pero, de acuerdo, no me lo tomo personalmente. Después de todo, habría podido pillar un cáncer. O palmarla a manos de un nazi. No me las arreglo tan mal.

Nuevo trago de *valpolicella*.

—¿Te he hablado ya de mi nazi? ¿No? Muy bien, pues tendréis ocasión de conoceros. Te voy a instalar bien calentito a su lado.

Ya achispada por el alcohol y la velocidad, Berthe aceleró para embriagarse con el aire que le azotaba la cara.

—Puede que nunca sea madre. Es injusto, pero es así. Por eso, o bien paso el resto de mi pobre existencia deprimida, o bien hago todo lo contrario. Voy a vivir plenamente mi perra vida. Me lo debo.

Un claxon ronco interrumpió su monólogo. Por el retrovisor, un coche de policía le pisaba los talones.

—Mierda, ¿qué hace este aquí?

Berthe disminuyó la velocidad y se detuvo en el arcén. El policía aparcó detrás de ella y se acercó.

—Hola, Robert.

—Vaya, Berthe, ¿conduces tú?

—Pues sí, ya lo ves, Luigi no está en condiciones.

—Es cierto.

Había pocos policías en la región. Todo el mundo se conocía por el nombre. Pero Robert también había pasado ratos agradables entre las piernas de Berthe durante la adolescencia. Había una relación fraternal entre ellos, a pesar del uniforme de policía que los separaba.

—Tú tampoco tienes muy buena cara.

Berthe no lo comprendió de inmediato. Se examinó en el espejo y vio los morados en la boca y las cejas como consecuencia del altercado con el italiano.

—Sí, hemos tenido una pequeña pelea.

—Ese cabrón. ¿Quieres que lo encierre hasta que se le pase la borrachera?

—No, no vale la pena. Me lo llevo a casa para que duerma la mona.

—¿Y esto qué es? —preguntó Robert, señalando la botella de *valpolicella* entre los muslos.

—*Valpolicella.* Un vino muy bueno.

—¿Sabes que está prohibido beber al volante?

—Ah, ¿sí? No, no lo sabía. Nunca conduzco.

—¿Al menos tienes carné?

—No. Pero tenía que ponerme a conducir. Después de la lluvia de mamporros que me ha atizado, no me apetecía esperar tres horas al borde de la carretera a que se despejara para regresar.

—¿Te pega a menudo?

—Gracias por preocuparte, Robert. Pero no te molestes, no me dejo pisotear.

—¿Seguro?

Ese noble Robert tenía instinto protector. Había elegido su oficio para mantener el orden, pero también para proteger a los desvalidos. Lo cual incluía a las mujeres que eran golpeadas por sus maridos.

—Seguro. Sé defenderme —lo tranquilizó Berthe.

«No tienes ni idea de hasta qué punto».

—Bueno.

Robert señaló el *valpolicella*.

—Tengo que ponerte una multa, Berthe.

—Haz lo que tengas que hacer, Robert, no te lo tendré en cuenta.

De todos modos, Robert se sentía culpable, era amigo de Berthe. Sabía que estaba pasando por un periodo difícil. Había visto cómo se marchitaban sus rizos y además le parecía que el *valpolicella* le había sentado bien, tenía mejor aspecto que los últimos meses.

—Dímelo si no quieres hablar de eso, pero quería preguntarte... ¿El bebé?

—Sigue sin querer venir —le respondió Berthe en el mismo tono mientras se bebía un buen trago de vino.

Ya no había tristeza en su voz, solo una constatación.

—De ahí el pícnic y el vino. Pero gracias por preguntar.

—Si puedo hacer algo por ti.

—Bueno, puedes brindar conmigo.

El aire era suave y el vino se mantenía fresco. Berthe vació la botella con su amigo policía, al lado de un marido al que acababa de mandar al otro mundo.

Estaban bien, allí.

Dos horas más tarde, Luigi encontró un lugar al lado del nazi.

Berthe acabó de aplastar la tierra con la pala con un movimiento que se había convertido en ritual y se dijo: «Mierda, no siento nada. Ningún remordimiento. ¿Esto me convierte en un monstruo?».

Repasó en su mente las razones que la habían conducido a matar a aquellos tres hombres y sacudió la cabeza.

«No, los monstruos son ellos».

—¿Los monstruos son ellos? —repite el inspector Ventura para asegurarse de que lo ha entendido bien.

—Sí —confirma la asesina.

—Con el nazi, estamos de acuerdo. Su Lucien no era la dulzura en persona, lo entiendo muy bien, pero de ahí a hablar de monstruosidad... Y Luigi... Este como mucho era un cobarde, ¿pero un monstruo?

—Oye, Colombo, ¿estamos en mi juicio, ahora? —dice la vieja, indignada.

—¡Pues sí, Berthe! ¡Tiene que comprender que sí! —lanza Ventura—. Bueno, en cualquier caso lo preparamos. Y déjeme decirle que el juez no será clemente con usted, con todo lo que me cuenta.

—Pero ¿y tú? ¿Tú me juzgas?

Berthe se siente traicionada, ella que había decidido sincerarse con toda la confianza, confundiendo psicoanálisis y detención.

—Yo le tomo declaración, y, lo que me confiesa desde hace unas horas, no, no lo respaldo.

—¿Y lo que ellos me hicieron? ¿Lo respaldas?

—No. Y si estuvieran aquí, delante de mí, pasarían un mal cuarto de hora.

—Mi sufrimiento no se puede contar en cuartos de hora.

—No desprecio su sufrimiento, pero estamos hablando de asesinatos. Así que, con el nazi, no digo nada, pero los otros dos, hasta que se demuestre lo contrario, no habían hecho nada ilegal.

—¿Quieres decir «penado por la ley»?

—Exactamente.

—Crees mucho en la ley, tú, ¿verdad, Colombo?

—Sí, Berthe, creo en la ley.

—Pues yo creo en la justicia.

—Pero la ley está ahí para eso.

—¿Qué? ¿La ley y la justicia están relacionadas? Has fumado demasiado té verde, grandullón.

Pujol revienta de risa, una vez más. El agente está pendiente, solo tiene un afán: esposar a esa loca furiosa y llevarla al patíbulo; sin embargo, lo hace partirse de risa. Interiormente. Más que el rictus de reprimenda de Ventura ante cada una de sus salidas de tono.

—No eres tan gilipollas para decirme que la vida es justa —lo provoca la vieja.

—No, es cierto, no le voy a decir esa gilipollez.

—Pero ¿crees en la ley?

—Hace treinta años que la defiendo y, sí, creo en ella.

—¿Y dónde estabais cuando necesitaba que me defendieran?

Los ojos de Berthe se llenan de la amargura del náufrago que manda señales de desesperación a un barco en la lejanía sin ser visto.

—No había nacido.

—No te hagas el listo. Tú, o cualquier otro, detrás de vuestro Código Civil. Ninguno reaccionó. Estas muertes a fuego lento no cuentan como asesinatos. La ley no castiga a un marido que te pega, que te tortura, que te destruye...

—Si hay pruebas, sí.

—¿Puedes enseñar heridas que no se ven, tú? La justicia y la ley no se llevan mejor que un matrimonio arreglado.

—Pero con ese Luigi Fizzarino era solo un problema trivial de procreación.

—¿Trivial? —se desespera Berthe.

—Sí, trivial, Berthe. Doloroso, estoy de acuerdo, pero trivial. Los hospitales están llenos de parejas que tienen problemas de fertilidad. ¡Es terrible, pero no es anormal!

—Estoy hablando de la posguerra. Una mujer que no conseguía tener hijos era fustigada, mucho más que un marido que pegaba a la suya todos los días.

—Exagera.

—¿Tú quieres a tus hijos, Lino?

—Aquí no soy yo quien tiene que responder preguntas.

—De todos modos, contéstame.

Berthe sabe lanzar destellos de autoridad de una eficacia temible. Entonces Ventura se decide a hablar:

—No los veo muy a menudo. Ya no hablamos demasiado. Pero son mis hijos, sí.

—Y ellos, ¿te quieren?

Algunas preguntas sencillas son demasiado dolorosas para responderlas también de forma sencilla. Habría que hacer frente a la verdad, dejar de lado el rechazo y enfrentarse a la constatación del fracaso. El de una paternidad desastrosa. Y también el de una vida no más exitosa.

—Le he dicho que ya no hablamos demasiado.

—Menuda lástima.

El silencio zumba en el confesionario.

Pujol siente que sobra y escruta su salvapantallas para evitar cualquier contacto visual con su superior. Un hombre pillado en flagrante delito de fracaso se vuelve imprevisible. Potencialmente agresivo. Incluso injusto.

—Sí..., estoy muy de acuerdo —tiene que admitir Ventura.

—Ser padres es un privilegio. Pero ¿cuántas personas lo reconocen? Una lástima —dice la anciana, triste por no haber tenido esa oportunidad.

—Estamos de acuerdo, Berthe, todos hacemos tonterías. ¡Pero a su esposo lo estranguló porque usted no conseguía quedarse embarazada! ¡Estamos hablando de eso! ¡Lo estranguló y después lo enterró! Así que me parece muy bien que lo metiera en su casa como semental, pero de todos modos...

—Sí, lo confieso. En este caso, quizá perdí un poco la sangre fría.

—¡¿Perdió la sangre fría?! —exclama el inspector.

Pujol intenta reprimir una carcajada pellizcándose los labios y se llena la boca de babas.

—¡Pujol! —lo increpa Ventura.

—Perdón, jefe —se excusa Pujol, buscando un pañuelo en los bolsillos.

—¿Perdió la sangre fría? —insiste Ventura.

—Quizá..., un poco... —masculla una Berthe con cara de pena en busca de una excusa en el linóleo troceado a sus pies.

Suena el móvil de Ventura.

—¡Qué! —ladra el inspector al descolgar.

—Siete cráneos humanos y nueve animales. Probablemente gatos. Y un perro —enumera Bernier al teléfono.

—¿Me repites eso? —pregunta Ventura, tocado por la lluvia de ganchos de un asalto especialmente vehemente.

—Hemos encontrado siete fiambres. El resto son animales.

—¿Siete? —repite el inspector, que necesita estar seguro.

—Siete —confirma Bernier—. Te mando una foto para que lo comprendas. Es bastante espectacular.

Berthe, que solo oye una parte de la conversación, pero que

es una *crack* en jeroglíficos y crucigramas, llena las casillas y se hace muy pequeña en la silla.

El *smartphone* de Ventura emite un sonido electrónico. El inspector clica en el archivo multimedia que acaba de recibir. La foto muestra a Bernier, poco fotogénico, en medio de un parterre de huesos humanos y animales. Aunque Ventura no sea un experto, la composición le parece espectacular. Comparte el efecto visual dirigiendo la pantalla hacia Berthe.

—Su sótano.

—Es increíble, ¿verdad? —dice, impresionada.

—Estoy muy de acuerdo —admite Ventura, mientras observa de nuevo esa foto extraordinaria en el sentido más literal de la palabra.

—La tecnología moderna —precisa ella.

—¿Qué?

—No, digo que es increíble la tecnología moderna. Hay una foto en tu teléfono. En mis tiempos, se necesitaban tres días para que la telefonista te comunicara con el 22 de Asnières.

Pujol se carcajea entre las manos. Suspiro de Ventura. Chispa de malicia en el fondo de los ojos de Berthe.

—¡Así que no tiene ningún remordimiento! —continúa sorprendiéndose el inspector.

—Oh, sí, muchos. Tengo todo un pozo lleno. ¿Pero en el sótano? No...

Ventura observa a la centenaria. La escudriña como una escena de crimen, buscando un indicio, pero no, no encuentra nada. Ni el más mínimo asomo de remordimiento.

—Pujol, cuando haya terminado de sonarse en el uniforme, vaya a buscarme un café. ¡Bien cargado!

—Y una chocolatina para mí —aprovecha Berthe.

«La cara dura de la vieja», piensa Ventura, antes de completar el pedido.

—Y una chocolatina para la señora Gavignol.

—Así me gusta, vuelves a ser majo, Lino. Te encontraba menos agradable desde que terminamos de comer.

—Hablamos de sus asesinatos múltiples, así que, sí, endurezco el tono.

Berthe sigue igual de pícara y le da unos golpecitos en la mano.

—Pero dejas que tenga mi chocolatina. Eres muy amable.

«Mantener el rumbo, concentrarse en la investigación», se repite como una letanía el inspector enternecido. Se dice que un poco de consuelo tampoco le hará daño a él, así que le dice a su subordinado:

—Pujol, dos chocolatinas.

Pujol asiente y sale.

—También eres goloso, ¿eh, pillo? —lo pincha la abuela.

—Bueno, sigamos —dice Ventura, haciendo como que no ha oído—. Ya vamos por siete cadáveres. Me ha confesado tres asesinatos. Un nazi. Dos maridos. ¿Quiénes son los otros cuatro?

Berthe se apaga de nuevo. Las risas han terminado, habrá que volver a desenterrar los sucios recuerdos, ahora que sus huesos han vuelto a la superficie.

—Son los otros.

—¿Los otros, qué?

Esta vez, es el terror lo que se inmiscuye en la voz de la centenaria:

—Los otros monstruos.

Berthe celebró la llegada de la década de los cincuenta al son de la música popular. Desde la muerte de Luigi, rastreaba los bailes y bailaba hasta marearse, abandonada a la música de los acordeones y las guitarras gitanas. No sería madre y había decidido ser mujer. Escuchaba a su cuerpo y lo hacía *valsear*, *swinguear*, contonearse. A los hombres, les daba vueltas la cabeza. Así que Berthe mariposeaba, sin desafíos ni expectativas. Ligera y desenvuelta.

Berthe se entregaba a aquellos fines de semana febriles en pueblos alejados. Ya tenía mala reputación en su pueblo, donde las madres de familia estaban celosas de su radiante plenitud. Berthe recibía amor cada sábado, de manera efímera y de extraños; sentía una alegría de vivir insolente, y personificaba para algunos una afrenta a su frustración.

Berthe había obtenido el divorcio sin dificultad. Se había desprendido del atuendo Fizzarino para volver a ser Gavignol. Una vez más. Su marido la había abandonado por vete a saber qué bombón. La infidelidad de Luigi no necesitaba demostración. El italiano tenía reputación de mujeriego. La prueba era que había dejado embarazada a una tal Suzanne, encantadora panadera de Saint-Flour, a la que también había dejado en la estacada, ese cabrón. Dejar preñada a una mujer, cuando no se trataba de la suya, constituía una violación del contrato de matrimonio que el más estúpido de los abogados no podía cuestionar.

Por supuesto, nadie encontró nunca el rastro de Luigi, ni siquiera Suzanne o la *Mamma*. Pero Berthe se mantenía firme. Después de todo, era a ella a la que habían puesto los cuernos. Cuando la *Mamma* le mandó un telegrama para pedirle explicaciones, Berthe le escribió en una carta florida lo que pensaba de su relación castradora con su hijito. En francés y sin guantes. Cuando una de sus hermanas francófila se la tradujo, la *Mamma* estuvo a punto de sufrir un ataque al corazón. No por ello empezó un psicoanálisis, pero el diagnóstico tuvo el efecto esperado: nunca más volvió a dar noticias suyas.

Berthe no se sacó nunca el permiso de conducir, pero se guardó el Alfa Romeo del difunto Luigi y pensaba utilizarlo para salir más allá de su territorio, bailar hasta la salida del sol, dejar que la cortejaran en el asiento trasero y regresar de madrugada, con los zapatos en la mano, para acostarse en su gran cama mullida y decirse que, por fin, gozaba de una buena vida.

Aquellos años fueron frívolos y alegres. Sin ataduras, Berthe se dejaba llevar por el flujo de su placer excitante. Es cierto que, a veces, aquello le parecía un poco vano, pero mientras hubiera embriaguez...

El chiringuito al que acudía con más frecuencia lo regentaba Marcel, comicastro de anchas espaldas, siempre tocado con un canotier de paja y una marinera de las que no pasan de moda ajustada a su torso acogedor. Marcel, además de ser un hombre con un encanto indiscutible, era un bailarín de especial talento. Berthe había dado vueltas en los brazos de muchos galanes que bailaban muy bien el *swing*, pero Marcel tenía algo más. Era aéreo. Sus pies rozaban el suelo, sus movimientos tenían la fluidez de un arroyo, podía encadenar los pasos más complejos con una facilidad embriagadora. Berthe no solo se dejaba guiar, también se abandonaba por completo. Y el abandono en los brazos de un hombre no era moco de pavo para una mujer que ocultaba una Luger en la guantera. Pero los guantes de Marcel eran embelesadores. Cuando agarraban a Berthe para un *swing* desenfrenado, ella seguía sus movimientos, sin resistencia. No bailaba, volaba. Se le mezclaban los colores delante de los ojos, los pies se deslizaban sobre el parqué encerado, y esa dejaba de pensar. Vivía en el momento presente, el placer inmediato. Aparte de la pasión que había experimentado con Luther, esa nunca se había sentido tan bien como en aquellos vuelos que compartía con su bailarín.

Marcel conocía la historia de Berthe. Como todo el mundo. Después de la guerra, a la gente le gustaba divulgar noticias suculentas, y las desventuras de la chica Gavignol tenían todos los ingredientes. Pero él no la juzgaba. La hacía bailar. Una y otra vez.

Una noche que un guitarrista vapuleaba las cuerdas con una canción de Django Reinhardt, los bailarines se arremolinaban bajo la luz de las lamparillas cuando un cordón de Marcel se deshizo. Berthe lo pisó e hizo tropezar a su pareja, que la arrastró en la caída. Los dos se encontraron uno encima del otro en medio de la pista bajo los aplausos alegres de los demás bailarines.

—He resbalado. Perdona —dijo Berthe confusa.

—No te excuses. Es delicioso sentirte encima.

Berthe enrojeció ante las palabras del granuja.

—Nos están mirando.

Berthe se sentía pudorosa de repente, así expuesta en el escenario y con Marcel, que dejaba que una de sus manos se aventurara en la curva de su espalda.

—No les hagas caso.

Puso sus cálidos labios sobre los de Berthe y ella se abandonó a él, esta vez sin importarle la mirada de los demás. Mejor: se ofrecía como espectáculo. «Después de todo, si queréis recrearos la vista, es gratis». Se revitalizaba con la ovación a medida que se estremecía con la inverosímil sensualidad de aquel beso, muy inoportuno pero maravillosamente exquisito.

Berthe se casó con Marcel tres semanas más tarde, el 5 de septiembre de 1951, y se convirtió en Mollignon, aunque de todos modos se preguntaba si no habría hecho una gilipollez.

Marcel había desarrollado su talento de bailarín para impresionar a las mujeres, porque sabía que, si las atraía a la cama, no ocurriría lo mismo. Berthe no fue la excepción a la regla. Excitada, invitó a su futuro amante al asiento trasero de su Alfa como hacía cuando el baile la había puesto eufórica, el bailarín olía bien o quizás ardía por que alguien la penetrara. De naturaleza ya poco arisca, se mostraba, con la embriaguez de una noche bailando y bebiendo Picon, más receptiva a las aventuras sensuales sobre el cuero de un coche de fabricación italiana. ¿Y qué? Se había hecho una promesa: ¡le sacaría provecho a la vida!

Pero, cuando Marcel, menos seguro que en la pista, le desabrochó el sujetador mientras se abría la bragueta, Berthe se sorprendió al sentirlo enredado en movimientos torpes, él, que encadenaba los pasos de baile con virtuosismo. Es cierto que, en aquel campo, Berthe tenía una auténtica destreza y un apetito indiscutible. Atribuyó el lado caótico de Marcel al alcohol y tomó ella la iniciativa, como haría un buen bailarín de *swing*.

Para empezar, dejó al descubierto sus voluptuosos pechos para ofrecérselos a su amante, calmarle el pánico y caldear sus ardores. La maniobra tuvo los resultados esperados. Marcel se sumergió entre los pechos, que eran magníficos, y se deleitó en ellos con la debida glotonería. Berthe pudo concentrarse en la continuación de la coreografía, colocando la mano de Marcel en sus nalgas, para tener por fin libre acceso a la bragueta. Era laborioso, pero mejoraría mucho cuando hicieran el amor en osmosis al son de Django, se dijo mientras le introducía la mano en el calzoncillo. Sin embargo, la rigidez que sintió procedía de la nuca de Marcel, que no reaccionó como esperaba ante la intrusión estimulante de la mano. Berthe buscó un rato antes de comprender que la salchichita que tocaba, apenas más grande que un dedo índice, resumía la promesa de placer que le ofrecía el amante. Miró a Marcel, que había dejado de chuparle los pechos. Sabía que tenía un pene ridículo. Había crecido con él, solo que él se había quedado pequeño. Había tenido que fabricarse una sexualidad caótica y llena de frustraciones que había sabido colmar con la embriaguez dela música. Pero, ese momento en que la mujer a la que se disponía a hacer suya le lanzaba aquella expresión desorientada en la que se mezclaban piedad y decepción, lo había soportado tantas veces que cada vez se cortaba más.

Berthe vacilaba. Marcel era dulce y tierno, le había dado más placer en la pista que muchos amantes entre los muslos; en la cama no sería una panacea, se había dado cuenta en aquel momento, pero eso no impedía que pasaran un buen rato. Marcel no se lo podía creer: sin hacer caso de sus pobres atributos, Berthe se ofrecía a él, entera y generosa.

Así que nada de panacea. Pero el baile había sido bueno. Vendrían otros. Y, bajo el centelleo de aquella hermosa noche estrellada, era todo lo que le importaba a la bailarina.

No obstante, después de seis meses de matrimonio, la magia vacilaba para dar paso a la rutina. Y el brillo en los ojos de Berthe había desaparecido. Porque una cosa son las noches en el asiento trasero de un Alfa Romeo, después de unas copas entre pecho y espalda, bajo un claro de luna romántico, y otra las veladas que transcurren en la monotonía de la vida cotidiana.

Marcel se cerraba a medida que sentía a Berthe frígida bajo los vaivenes de su pelvis. Después de seis meses sin vibración, era urgente que el amante comprendiera que tenía que compensarla.

—¿Cómo que «te lama»?

—Pues sí.

—¿Pero dónde?

—Aquí.

Berthe señaló los muslos abiertos. Dios, qué explícita tenía que ser con aquel muchacho torpe. Pero Marcel, petrificado bajo una tonelada de complejos, no parecía comprender, no quería ver y reaccionaba al contrario de lo que habría debido.

—No te voy a chupar el coño, Berthe.

—¡Oh, vaya! Tampoco hace falta que seas vulgar.

—No te voy a chupar el coño, y ya está.

—No dices esto cuando quieres que te chupe la pollita.

Marcel se lo tomó mal y se cerró como una ostra. La paciencia de Berthe disminuía y se lo hacía saber. «Pues mira, querido, yo no soy el Ejército de Salvación. Esto tendría que ser un toma y daca», Berthe lo pensó con mucha fuerza, pero se lo guardó para ella. Sentía que era mejor no presionar mucho al macho en el terreno genital.

No obstante, compartían buenos momentos juntos. Cuando Berthe preparaba la sopa en la cocina, Marcel la seguía y subía el volumen del aparato de radio si una melodía cautivadora lo invitaba a hacerlo. Entonces ponía la mano alrededor de la cintura de la cocinera y la hacía girar a lo largo del brazo. Berthe daba vueltas, vueltas y más vueltas, y después, retenida por el agarre experto del bailarín, daba un salto con ritmo y hacía piruetas alrededor de la pesada mesa donde descansaban las verduras a medio cortar.

A Berthe le gustaban aquellos paréntesis de ligereza. Le hacían olvidar los malos momentos del sexo, los resentimientos debidos a la frustración, la asfixia de las cosas no dichas. Cuando la música los rodeaba, eran uno. Sus cuerpos se comunicaban en armonía, se encontraban, se deslizaban, se unían y se separaban sin cesar. En la choza auvernesa que había visto morir a los dos primeros maridos y a un nazi, Berthe y Marcel se entregaban a coreografías dignas de Ginger Rogers y Fred Astaire.

Pero, en la cama, lo que se tocaba era otra partitura.

—Tu coño peludo no es nada apetitoso. No pondría ahí la boca y tampoco los dientes.

—¿Cómo lo hacemos, entonces? Porque, si tengo que confiar en tu ridículo aparato para que me des placer, me quedaré con el marrón más tiempo que mi pelo, que se pondrá blanco antes de que me excite.

Paf, una torta en los morros. Berthe se la había ganado a pulso, aquella. Todos los hombres razonaban de la misma manera y lo expresaban con los mismos argumentos, era un auténtico fastidio.

Berthe estaba harta de coleccionar fiambres en el sótano y se decía que, de todos modos, se podría dialogar para resolver los conflictos sin caer en la violencia.

Así que adoptó un tono más suave:

—Marcel, te quiero. Y sé que tú también me quieres. Cuando bailo contigo, siento a los ángeles que me soplan en el pelo. Estoy bien contigo. Estoy bien en tus brazos. Pero, en la cama, la cosa no funciona. No estás dotado de artillería pesada, eso no es ningún secreto de Estado.

Marcel se puso rígido de nuevo y subió la mano por encima de Berthe.

—¡No! ¡Por favor, no! ¡No hagas eso! —suplicó—. No me obligues. Por favor..., no me obligues...

Orgulloso por haber recuperado el dominio, Marcel no comprendió el extraño ruego de su mujer. No sospechaba que estaba dividida entre la voluntad de salvar su pareja y el impulso de pegarle un balazo entre las cejas y que no se hablara más del tema.

«Joder, pero ¿de verdad pretender que a una le den placer es pedir demasiado?».

Con las piernas todavía separadas, Berthe ardía de rabia frente a su marido con micropene, que agitaba débilmente la mano por encima de ella. Menuda piedad.

—Marcel, no te pido gran cosa. Yo te doy placer, tú me das placer. Es como en el baile. Si yo no te sigo, no nos movemos, no vibramos.

—No tiene nada que ver.

—Lo tiene todo que ver. Hay inmensos bailarines muy bajos. ¡Incluso he conocido a uno con una pierna!

—Estás desvariando, cállate.

—Marcel, no vamos a poder continuar así. Si no tienes ninguna consideración conmigo, no me entregaré a ti.

—Eres mi mujer. Harás lo que se espera de ti.

—¡Pero qué dices! Estamos en 1952. ¡Despierta! Tienes que dejar de lado esa imagen arcaica de la mujer despreciada. ¡Te recuerdo que ahora incluso tenemos derecho al voto!

Hablaba de política con la expectativa de un merecido *cunnilingus*. Berthe sentía que el argumento estaba fuera de lugar, pero de todos modos valía la pena mencionarlo. Los hombres todavía necesitaban educación sobre la emancipación exponencial del género femenino. Pero un sexo de mujer, aunque sea el origen del mundo, también podía enturbiar la escucha de un marido acomplejado por el tamaño del suyo.

—Otra solemne tontería, esa historia del derecho al voto.

—Marcel, me agotas.

Berthe puso fin a la conversación cerrando las piernas e inclinándose en busca de las bragas.

—¡No te muevas, no hemos terminado!

—Pero si nunca hemos empezado, pobrecito mío. ¿En qué momento me has visto poner los ojos en blanco? ¿Me has oído alguna vez jadearte en el oído? ¿Has sentido las uñas clavarse en tu espalda? ¿Y nuestros vientres resbaladizos porque sudamos desde hace horas mientras nos fundimos de placer? Nunca hemos empezado, Marcel. ¡Nunca!

Berthe buscaba las bragas en el suelo cuando sintió una mano que la agarraba del pelo y tiraba de ella hacia atrás. El dolor fue intenso. Brutal. Berthe sintió que le arrancaba una parte del cuero cabelludo. Apenas tuvo tiempo de volver la cabeza; al hombre que se le tiró encima no lo reconocía. Ya no era el Marcel que la hacía volar sobre el parqué encerado de su chiringuito, el bailarín que la llevaba muy alto a las estrellas a tutearse con la Vía Láctea, el cariñoso que la hacía girar en la intimidad de la cocina mecida por la melopea radiofónica y acompañada por el apetitoso aroma de la sopa que, esta sí, hervía.

El hombre que se echó sobre Berthe ya no tenía nada de humano. Detrás de esos ojos enloquecidos, ardía su animosidad, mostraba los dientes como un perro rabioso, y el dolor que Berthe sintió en la vagina la atravesó.

Primero gritó, después vomitó. ¿Cómo era posible que Marcel le hiciera tanto daño con una polla tan pequeña? La cabeza daba golpes contra la pared y el culo estaba expuesto. Berthe vomitó otra vez. Aturdida por el dolor, a punto de desmayarse, no tuvo fuerzas para gritar ni para apartar la cara de sus vómitos.

Perdió el conocimiento cuando su marido la molía a puñetazos.

Ni siquiera Pujol se atreve a aclararse la garganta. Esta vez, es Ventura el que se levanta para traer un vaso de agua a la abuela. Sin decir nada. No es necesario. Su cara refleja con claridad lo que piensa. Así que adopta un tono de circunstancias, se calla y espera que Berthe esté lista para continuar.

La anciana se bebe el agua. Se la toma sin levantar la cara. Todavía tiene los ojos allí, en la cama donde le dieron una somanta de palos. Pero el frescor del agua le sienta bien.

El reloj emite un repentino tictac ensordecedor. El inspector nunca se había dado cuenta de que su mecanismo hiciera tanto ruido. Siempre ha preferido la discreción de los relojes digitales. Ahora recuerda por qué.

La deglución de la abuela entra en simbiosis con el ritmo de las agujas a medida que bebe. Ventura espera la inspiración. La profunda. La que marca la continuación del relato del testigo.

Pero no se produce.

Todavía no.

Entonces se levanta y va a abrir la ventana. Renovar el aire que se ha enrarecido. Hasta el sofoco. El fresco que viene del exterior entra a tientas. Como si no quisiera molestar. Esta vez, Berthe levanta los ojos. Aprecia la elegancia que demuestra Ventura. Sabe hostigarla cuando es necesario, pero también juzgar los momentos inadecuados y decretar una tregua.

Delante de la ventana, Ventura observa a los curiosos correr para protegerse. Se ha levantado viento y la llovizna no anuncia nada bueno. Ni fuera ni dentro.

El inspector ha sido educado hasta ahora, pero la ventana abierta le da una buena excusa para saltarse el pacto establecido con la abuela incomodada por el tabaco. Así que se inclina hacia fuera y enciende un Gauloise. Sin filtro. Y sin culpabilidad.

Berthe se da cuenta. Está claro que aprecia el tacto de ese muchacho.

Pujol, al que le falta sofisticación, echa un ojo al salvapantallas y se pregunta lo que están haciendo y por qué su superior ha interrumpido el interrogatorio cuando el Aurillac juega contra el Olympique de Marsella esta noche.

—Estoy lista.

Berthe lo ha dicho de una manera casi imperceptible. Lo suficiente para que Ventura la oiga, asienta, dé una última calada de cancerígena nicotina, tire la colilla al jardín de la comisaría y cierre la ventana detrás de él.

Se sienta.

—Cuando quiera.

La sopa era repugnante. Hacía cuatro días que Marcel daba de comer a Berthe, que estaba metida en la cama intentando recuperarse. Marcel era un pésimo cocinero, pero un buen golpeador. Berthe se reía con dulzura al pensar en las palizas que le pegaba Lucien. Aficionado. Marcel estaba en una categoría superior. Una que deja secuelas. Berthe, además de la vagina tumefacta, tenía el coxis roto. Explícale eso al médico. Marcel se las arregló bien: se había caído por las escaleras.

«Pero bueno, vamos a ver, tengo el coño como una coliflor y el culo partido en dos porque me salté un peldaño. Y el otro va y se traga la excusa. Son todos cómplices». Berthe estaba de mala uva y se precipitaba en su juicio. Un billetito y un poco de calvados habían ayudado a validar el diagnóstico.

Un mes en la cama sin moverse, eso era lo que le esperaba. Tener que tomarse una sopa infame servida por su verdugo. Impotente, Berthe no podía hacer nada sola. Ni siquiera ir a buscar su Luger y continuar la conversación con su solícito marido donde la habían dejado.

El sabor áspero del nabo mal cocido se mezclaba con la hiel de la venganza que maceraba en la boca. Tenía que dejar de provocar al loco y recuperar las fuerzas para defenderse. No dejarse pillar de nuevo por sorpresa. Y liberarse.

Berthe maquinaba su escapatoria con cada cucharada. Marcel la alimentaba como al bebé que nunca había tenido, emitía grandes «Aaaaaaaah» y profería pueriles «Come, eso es, muy bien». Cuantas más tonterías hacía, más se imaginaba Berthe que le abría las vísceras con el cuchillo y se las hacía tragar con los mismos gorjeos: «Venga, otro bocado. Así, abre bien la boca, hay que acabárselo todo. Todavía queda un poco de intestino. ¡Muy bien, tienes que comerte los siete metros enteros! ¡Jodida basura!».

Berthe babeaba. Marcel veía en eso una fiebre postraumática.

«¡Mi pobre amigo, si supieras las ganas que tengo de liquidarte!».

Después de dos semanas de convalecencia, Berthe sintió que recuperaba las fuerzas. La comida infecta no tenía nada que ver, Berthe se alimentaba de su rabia asesina. Los días se sucedían sin que ninguno de los esposos hiciera alusión al «incidente». Berthe hablaba poco desde entonces, vete a saber por qué. Marcel tampoco volvió sobre el tema. Como si hubiera enterrado ese recuerdo nauseabundo con los otros canallas en el sótano.

Marcel se acostaba por la noche al lado de su mujer y le daba un beso inocente en la frente. Cada vez que se acercaba a ella, Berthe no podía reprimir un reflejo de protección. Un sobresalto que la lanzaba del coxis al cerebro reptiliano. Un animal herido y su verdugo en la misma cama no hacen buenas migas.

Noche tras noche, Marcel apagaba la lámpara de cabecera y Berthe dejaba de respirar. Hasta que lo oía roncar. Con el miedo en el vientre, miraba fijamente el techo en la oscuridad y solo veía una cosa: la Luger.

«¡La Luger! ¿Qué hace ahí?».

Marcel se inclinó para recoger del suelo la bandeja de la comida y llevársela a la cocina. Metida en su pantalón, bien sujeta entre el cinturón y la espalda, estaba la Luger.

«¡¡No, no, no, no!!». Berthe tuvo sudores fríos.

Marcel abrió la puerta, se dio la vuelta con un movimiento de cabeza paternal que la hacía vomitar un poco más cada día y se marchó a la cocina.

«No, no, no, no...», gritó Berthe en silencio. Febril, miró fijamente el techo y no vio más que su desesperación.

Una lágrima solitaria se le escurrió a lo largo de la mejilla y empapó la funda de la almohada.

Los días siguientes, Berthe no consiguió tragarse la sopa.

—Tienes que comer, Berthe.

«¿Qué coño dices? ¿Estoy postrada aquí por tu culpa y juegas a las enfermeras?».

—No tengo hambre, Marcel —dijo con educación.

—¿Es la sopa? ¿Quieres que ponga remolacha? ¿Para variar?

«¡No es la guarrada de tu sopa, es la guarrada de tu jeta la que no consigo digerir!».

—No, querido, la sopa está muy buena. Solo que estoy harta de estar inmovilizada en esta cama.

—Por eso. Si quieres salir, tienes que recuperar las fuerzas.

La iluminación. «¡Mierda, tiene razón!». Desde que había visto la Luger, Berthe se estaba deprimiendo. Es decir, se dejaba morir. Si Marcel quería ayudarla a volver a ponerse en pie en lugar de mantenerla inmóvil, Berthe tenía que aprovecharse. Después de todo, no sabía qué otros juegos satánicos le reservaba aquel perro loco.

—De acuerdo, quiero una cucharada.

—Estupendo, esa es mi niñita.

Marcel abrió mucho la boca y emitió un «¡Aaaaaaaaah!».

«¡Gilipollas!».

Dos semanas más tarde, Berthe seguía sin poder caminar. La torturaba una idea fija: apoderarse de la clave de su libertad. La carabina de Nana. Que la abuela guardaba para proteger a su nieta. Y que pronto la salvaría. Una vieja calibre 22. Encima de la chimenea. Demasiado arriba. Muy arriba. Cuando se tiene el coxis roto.

El médico había prescrito unos días más de convalecencia, después de un vaso de calvados. Más tarde vendría el bastón, mientras la máquina se reparaba.

«Tu bastón te lo vas a tragar», renegaba la impaciente.

Marcel nunca había mencionado la Luger desde que la había encontrado. Algo que a Berthe le parecía más angustioso todavía. Aquel enfermo sabía muy bien que la había visto. Y tenía tanta sangre fría que no había considerado necesario proferir amenazas.

Marcel dormía con el arma debajo de la almohada y, si el frágil coxis de Berthe le gastaba alguna broma, el loco tendría tiempo de hacerle pagar su temeridad. Berthe sabía que tenía que liquidar a su marido cuanto antes. Incluso con los músculos chochos por las semanas de cama. No tenía otra opción. Berthe retuvo la respiración y se enderezó en la cama, que emitió un chirrido traidor. Apretó las nalgas, como si aquella acción tuviera algún efecto sobre los muelles oxidados. Marcel roncaba, siempre imperturbable. Berthe, en apnea, puso el pie en el parqué, que también chirrió. «Puta mierda...», juró, mientras apretaba las nalgas con más fuerza, despertando con ello el dolor del coxis. Puso mala cara, se mordió la mejilla, pero no era el momento de dar marcha atrás. Apoyada en el bastón colocado a su lado, se enderezó, el dolor la laceró y las piernas le flojearon, pero aguantó.

—¿Qué estás haciendo, mi amor? El doctor te ha recomendado que no camines todavía —dijo Marcel, con una voz soñolienta.

Berthe se detuvo en la oscuridad. El miocardio dejó de bombear. El coxis la bombardeaba. Nada se desarrollaba como había previsto.

—Voy a hacer pipí.

—Utiliza el orinal.

Berthe percibía una pizca de irritación en el tono de su marido. Tenía que eliminar de inmediato la menor chispa de sospecha.

—Tengo la regla. Sé que no te gusta que deje sangre en el orinal.

Silencio.

Suspiro.

Marcel se dio la vuelta y adoptó una postura más cómoda.

—No hagas ruido cuando subas.

La aversión de los hombres por las menstruaciones era insondable, pero, en el caso presente, salvadora.

Berthe dio un paso adelante. Dolorosamente. Tuvo cuidado de cerrar la puerta detrás de ella para que Marcel no la oyera.

En cuanto consiguió, mal que bien, llegar al comedor, Berthe tiró de la silla hasta debajo de la chimenea. Apretaba los dientes. El coxis le mandaba recuerdos con cada movimiento. «¡Está bien, puedes aflojar, no te olvido!». Se subió a la silla, que también crujió —«Vaya por Dios»—, y después extendió el brazo hacia la carabina. «¡Mierda, Nana, nos habrían mandado diez veces al otro mundo mientras tú cogías esa maldita carabina!». Berthe rechinó los dientes de nuevo, pero el dolor lancinante dio paso a la alegría en el momento en que tuvo el arma entre las manos. Berthe sintió que el calor le invadía las venas. La energía de la venganza se propagaba. Berthe estaba entusiasmada. Se sentía indestructible. «¡Me las pagarás!».

Antes de bajar de la silla, Berthe tuvo una duda. Abrió la culata. Nunca se sabe. Hacía semanas que anticipaba la reparación de la cara de su dulce marido, no tenía que verse frenada por una simple historia de munición. Sería estúpido.

Berthe emitió una risita desesperada al ver que el cañón estaba vacío.

«Nana... Joder...».

Una lágrima se estrelló a sus pies. Berthe apretó de nuevo la mandíbula y devolvió la carabina a su lugar. Después volvió a acostarse al lado de su carcelero, con la muerte en el alma.

Al día siguiente, Berthe, sentada en la cama, con el bastón en la mano, se disponía a levantarse oficialmente. Solo tenía una idea en la cabeza, la sección de armería de su droguería. Cartuchos del calibre 22.

Y, como si Marcel hubiera leído sus pensamientos, pronunció esta sentencia:

—No me gusta esa droguería. La vamos a vender. Ya no tendrás necesidad de trabajar.

Aquel hombre estaba realmente loco. La iba a secuestrar. Convertirla en su esclava. Y nadie se preocuparía. ¿Su marido quería mantenerla en el hogar? En 1952, someter a una mujer no tenía nada de crimen. Lo llamaban «una mujer de su casa». Berthe estaba atrapada.

Marcel nunca la había amenazado directamente. Aparte del hecho de que llevaba una Luger en la cintura, había sido un marido cariñoso.

Berthe lo miraba pensando en la carabina descargada y tragó saliva.

Entonces sonó el timbre de la entrada.

—¿Esperas a alguien? —preguntó Marcel, suspicaz.

—No.

Marcel fue a abrir la puerta.

Berthe cerró los ojos. En espera.

—Es para ti. Una chica que se llama Rose.

En el fondo de sí misma, Berthe sonrió.

Cuando abrió los ojos, tenía delante a una preciosa muchacha de dieciséis años. Volvía a ver a la chiquilla que había bañado para limpiarle la sangre de su hermano hacía diez años. La chiquilla que le debía la vida.

La sonrisa de la adolescente era radiante, pero sus ojos ocultaban mal su desconcierto. Dejó una maleta en el suelo, estaba claro que Rose venía a buscar ayuda.

—¿Puedo quedarme unos días aquí?

Marcel tomó las riendas de la conversación:

—¿Tienes algún problema con tus padres?

—Mi padre me ha echado.

Rose se puso la mano en el vientre. Marcel comprendió el sobrentendido y se le encendió una luz en los ojos. Era evidente que la perspectiva de albergar a una pecadora lo alegraba. Las pecadoras tienen algo bueno, ya están mancilladas. Ninguna moral puede protegerlas. Rechazadas por su familia e incluso por la Iglesia. Pobres almas descarriadas.

Así que uno se puede aprovechar.

—Puedes quedarte aquí unos días. Hasta que te reconcilies con tu padre.

El bueno de Marcel. Todo corazón.

—Te voy a enseñar tu habitación.

Rose siguió al carcelero por la oscuridad del pasillo.

Detrás de ella, quedó olvidada la maleta.

Marcel abrió la puerta de la habitación de invitados. Había

tomado la precaución de ocultar la Luger bajo la camisa antes de dejar pasar amablemente a Rose. La adolescente le sonrió, tímida, dio un paso hacia el interior y después Marcel cerró la puerta detrás de ellos.

Unos segundos más tarde, sus alaridos atravesaron la madera apolillada.

Marcel inmovilizó a Rose en la cama. Intentaba amordazarla sin éxito. Le pegó una torta, que se mostró más eficaz.

—¡¡Berthe!! ¡Berthe! ¡Ayúdame!

—¡Berthe está postrada en la cama, no puede hacer nada por ti!

Rose era veloz y a Marcel le costaba dominarla. La pequeña rugía. Marcel la inmovilizaba, la golpeaba, pero Rose conseguía sistemáticamente librarse de su dominio y el juego del gato y el ratón volvía a empezar. Marcel estaba entusiasmado. Al gato le gusta el juego. Un tiempo.

Marcel pegó la Luger a la mejilla de Rose para que comprendiera.

—Ahora, déjate hacer.

Marcel dio la vuelta a Rose y le levantó las nalgas. Era evidente que le gustaba aquella postura. Rose, con la cabeza contorsionada sobre la almohada, suplicaba a su agresor que la soltara.

Sus gritos rebotaban en vano contra las paredes de la habitación cerrada.

Rose no conseguía apartar los ojos de los de su agresor. Unos ojos de perro rabioso. Que la miraban fijamente. Y que de repente salieron proyectados. Cuando la cara de Marcel explotó.

Por segunda vez en su vida, Rose se encontró rociada con los sesos de otro. Después de los de su hermano, estaba cubierta por los de su violador.

Aturdida, con un zumbido en los tímpanos debido a la detonación, Rose empujó el cuerpo de Marcel fuera de la cama. El cadáver sin cara cayó con un golpe sordo sobre el parqué.

En el hueco de la puerta, se dibujaba la silueta de una mujer de cabellos rizados, apoyada en equilibrio contra el marco. Con una carabina humeante en la mano.

Calibre 22.

La víspera, cuando volvía a poner la carabina sobre la chimenea, Berthe había estado pensando. ¿A quién podía pedir ayuda? ¿Con sus fiambres en el sótano y una Luger en el bolsillo de su marido? ¿Con un médico corrupto y la mitad del pueblo en contra? ¿Quién la escucharía?

Entonces pensó en Rose. Que le debía la vida. Y tal vez aceptaría salvar la suya a cambio.

Berthe había descolgado el teléfono lo más discretamente posible y le había pedido a la operadora que la comunicara con los Thuillier, esperando no despertar a toda la familia. Rogaba al cielo, que no había sido muy clemente con ella hasta el momento, que respondiera Rose.

—¿Diga?

Era la voz de Rose al otro lado del hilo telefónico. Una voz entrecortada por el llanto. Detrás de ella, su padre voceaba como un carretero. Berthe había susurrado en la oscuridad, tenía poco tiempo para exponerle su plan antes de llamar la atención de su marido dormido.

—Rose, soy Berthe.

—¿Berthe?

—La droguera.

—Berthe, no puedo hablar contigo. Es tarde y...

—¿Qué? ¿Es el granuja que te ha preñado? —había vomitado el padre detrás de ella.

—No, papá, es la droguera.

—¿Por qué te llama a estas horas esa bruja?

El recuerdo de la muerte de Riton seguía muy vivo en la mente de todos. Y Berthe había caído en desgracia. Rose sabía lo que había pasado realmente aquel día y lo que le debía. Berthe contaba con aquella deuda moral y se lo explicó a Rose en pocas palabras.

—Rose, te necesito. Es una cuestión de vida o muerte.

Rose se tragó las lágrimas.

—Te escucho.

—Ven a visitarme mañana, pon la bronca de tu padre como excusa, pero, sobre todo, SOBRE TODO, tráeme una caja de cartuchos. Calibre 22.

—Pero ¿dónde los puedo encontrar?

—Apáñatelas. Rose, va en serio. ¡Es vital!

Berthe había colgado sin dar tiempo a Rose de responderle y esperaba que la adolescente hubiera entendido la gravedad de su llamada de auxilio.

Cuando sonó el timbre, Berthe lo supo. El vínculo que su drama había sellado entre ellas había guiado los actos de Rose. En todo caso, lo había esperado con mucha fuerza.

Cuando vio que Marcel acompañaba a la adolescente al dormitorio, Berthe supo que tenía los segundos contados. Salió de la cama y lanzó un grito de dolor, ahogado por los de Rose. El horror había empezado en el dormitorio. El coxis la hacía sufrir atrozmente, pero Berthe consiguió arrastrarse hasta la maleta olvidada allí. Contuvo la respiración y la abrió. Una caja de cartuchos estaba cómodamente colocada entre un montón de bragas azules.

—Valiente pequeña —soltó Berthe, con un bufido de alivio.

Rose gritaba más fuerte en el dormitorio. Berthe dejó de hacer caso al dolor de su cuerpo, cojeó por la escalera y se apoderó de la silla para subir hasta la carabina.

—Ya voy... Ya voy...

Berthe intentó armar el fusil, pero el temblor le hizo caer la caja de cartuchos.

—¡Vaya mierda!

Berthe bajó de la silla, se inclinó para recoger uno y lanzó un grito bestial. Su cuerpo, que no se había movido desde hacía más de un mes, se desgarraba. Con babas en los labios y las mandíbulas apretadas, Berthe metió dos cartuchos en el cañón y cerró la culata.

Ahora que Marcel yacía a sus pies, con el careto en pedazos, Berthe ya no sentía dolor. La vida volvía a circular por sus venas. El alivio la anestesiaba.

—¡Pedazo de loca! ¡Iba a violarme! —gritó Rose, histérica.

—Lo siento mucho, Rose, yo...

—¡Me has tendido una trampa! ¡Cerda, me has tendido una trampa!

—Es cierto, te he utilizado como cebo..., pero has comprendido por qué.

Arrinconada en un lado de la cama, con las bragas desgarradas en los muslos, Rose acabó por mirar el cuerpo en el suelo. Marcel. Con la cara destrozada. El calzoncillo bajado. Y sí, lo comprendía.

—Joder, qué polla tan pequeña.

Rose lo dijo con la espontaneidad de su edad. Las dos mujeres se sorprendieron y después estallaron en carcajadas. Una risa saludable. Berthe estrechó a Rose contra sí. Fuerte. Después vertió una lágrima en su cuello.

—Gracias.

Aquella noche, Rose fue la que cavó. Berthe tenía el coxis deslavazado y necesitaba una compinche de crimen. Cuando Berthe le señaló la pala y el lugar donde clavarla, Rose no lo dudó.

La Luger había recuperado su lugar en el bolsillo de Berthe y, esta vez, no pensaba soltarla.

—No tengo que decirte que todo esto debe quedar entre nosotras.

—Desde luego —dijo Rose, con una madurez sorprendente.

La ejecución de su hermano por un nazi debió de dotarla de sensatez, o alterar cualquier forma de emoción; Berthe dudaba.

—Toma.

Berthe le tendió un vaso del aguardiente de Nana.

—¿Qué es?

—Un ritual.

Rose brindó sin hacer más preguntas. Las dos mujeres bebieron en una calma recuperada.

—Todo esto porque no me quería lamer —murmuró Berthe, todavía asombrada.

Después Rose volvió a la pala. Un «pof» seco le llamó la atención. Rose sacó un poco de tierra y puso al descubierto los huesos de una mano. El bueno de Lucien. Rose levantó los ojos hacia Berthe, que la miraba fijamente sin decir nada. La situación hablaba por sí misma.

Rose se dijo que todas las leyendas que corrían sobre Berthe estaban muy lejos de la realidad y se puso de nuevo a cavar.

—¿Todavía te parece que era yo la que se pasaba?

Berthe no ha tocado su chocolatina. El alambre de púas que le aprieta la garganta le ha cortado cualquier forma de apetito. No habría podido tragar nada. La vuelta del terror lo bloquea todo.

—No. Ese Marcel era efectivamente una basura —dijo Ventura, con una gravedad sobria.

Él también había soltado su dulce. Después del primer bocado, el horror descrito por la pobre anciana se le había atravesado en la garganta.

—Y en este caso sí, se puede hablar de legítima defensa.

—¡Ah, menos mal!

Berthe se tranquiliza al ver que la justicia por fin le tiende la mano. Iba a acabar por creerse loca al tener que justificarse continuamente por su supervivencia.

—Pero la acumulación juega en contra suya —precisa el inspector.

—¿Qué dices?

Berthe manipula el volumen del audífono, no está segura de haber oído bien.

—¿Sabe qué quiere decir «asesino en serie»?

Sola contra todos. La historia se repite. La injusticia vacía bruscamente a Berthe de la poca energía que le queda.

—Estoy cansada, Lino. Ahora me gustaría volver a mi casa.

—Pero eso no es posible, Berthe. Está detenida, ya se lo he explicado.

—¿Cuándo podré volver a casa?

—¿Con lo que me acaba de contar? No estoy seguro de que pueda volver nunca.

El frío se extiende por los huesos de Berthe.

—¿Qué?

—No paro de explicárselo desde que hemos empezado este interrogatorio, pero no me escucha. Se la acusa de siete asesinatos. Acaba de confesar cuatro.

—Pues por eso: colaboro.

—Y está muy bien. Pero la gravedad de los hechos... —dice el inspector, muy fastidiado.

Berthe valora lo que quiere decir la ley por primera vez desde su interrogatorio. Y la centenaria se escurre de la silla.

—¡Pujol!

Ventura se precipita al lado de Berthe mientras chasquea los dedos hacia Pujol, que corre a prestarle ayuda. El inspector mete la mano, ardiente, bajo la helada cabeza de la abuela. Palpa la fineza del pelo. No ha debido de amortiguar gran cosa, esta cabellera de abuela. Una simple abuela, piensa.

«¡Mierda!».

—Lino... Estoy cansada... —murmura el pequeño ser descompuesto entre sus brazos.

—Lo sé, Berthe. Ahora descansará. Nos vamos a ocupar de usted.

Berthe cierra los ojos. Ventura experimenta por un momento el temor de que aquella extinción sea definitiva. Busca en su interior antiguas reminiscencias de catecismo olvidadas desde la infancia y reza al cielo para que Berthe vuelva a abrir los ojos. Porque aprecia a esta abuela. Y arde por conocer la continuación de su historia.

¿Es porque siente que le ha llegado la hora? La última imagen que le viene a Berthe, antes de caer en el abismo, es la de una niña que da saltitos. Alegre y despreocupada.

Libre.

Una tarde de noviembre, Berthe regresaba de la escuela dando saltitos por un camino fangoso, apuntando a los charcos excavados por las lluvias de un otoño especialmente desapacible. Empujada por esa atracción por el barro que solo sienten los niños, Berthe canturreaba al ritmo de los saltos cuando un gañido la acompañó a coro. Un animal sufría a lo lejos e intentaba hacérselo saber a quien pudiera impresionarle. El lloriqueo venía del camino que conducía a los campos del hijo de los Grouviot. Berthe dejó de saltar y se desvió con un paso directo.

Cien metros más allá, tres críos rodeaban a un pobre chucho en apuros. Solo la presencia de la intrusa fue suficiente para frenar sus actos. Armados con palos, los tres niños se divertían torturando a un bastardo de *spaniel* de pelo naranja y blanco, teñido ahora de rojo por la sangre. Le habían perforado un ojo, cojeaba, con la pata rota, le colgaba la lengua, rezumaba espuma por el morro y parecía alegre, expresión engañosa de los perros cuando tienen la boca abierta.

Los tres encantadores angelitos se quedaron quietos en su posición belicosa. Solo el perro se movía todavía, con el ojo bueno fijo en Berthe, que su instinto animal había identificado como potencial ayuda salvadora. Sin embargo, Berthe solo era una niña de ocho años frente a tres granujas dos años y diez centímetros mayores que ella.

Berthe los desafiaba con cejas fruncidas acusadoras. Los granujas eran gilipollas, es cierto, pero no lo suficiente para ignorar lo que su conciencia intentaba recordarles desde hacía veinte minutos, cuando empezaron a divertirse reproduciendo en el perro lo que los alemanes habían hecho con sus padres no hacía tanto tiempo. Con la misma distancia fría. El mismo placer culpable.

—¿Qué miras, estúpida? —le lanzó el más delgado, que también parecía el más tiñoso.

Normal, pensó Berthe, es enclenque, por lo tanto débil, así que ladra para no mostrar que tiene miedo. Se comprenden muchos comportamientos humanos observando a los animales, y Berthe, que había crecido en el campo, deducía que el delgaducho era el mequetrefe de la banda, no el más fuerte, pero probablemente el más agresivo. Además, era pelirrojo, lo cual tuvo que provocar sarcasmo y actos mezquinos, así que aplicaba a los más débiles que él los malos tratos que él mismo había sufrido.

—¿Por qué hacéis esto? Este pobre perro no os ha hecho nada.

Los tres chiquillos que tenía delante no mostraban señales de una gran agudeza intelectual en sus rasgos marcados por la consanguinidad, pero Berthe era curiosa. No se le ocurrió que también ella podría encontrarse en el lugar del chucho.

—Era como tú, le apestaba el aliento —ladró el mequetrefe enclenque.

—Así que quisimos darle una lección —añadió el más pequeño de ellos.

A este, Berthe lo conocía. El pequeño Martin. Tenía su edad. Estaba en su clase. Un niño más bien tímido y reservado. Sin demasiada confianza en sí mismo. Su padre también había muerto en combate. Frágil, maleable y, por lo tanto, fácil de arrastrar hacia la gilipollez. Un niño es influenciable. Sobre todo, un huérfano de guerra.

—A mí no me apesta el aliento. Y aunque el perro no huela bien, esto no es motivo para reventarle un ojo. Martin no siempre huele bien. Un día hasta se hizo caca en la clase porque le dio miedo salir a la pizarra, y no por eso le sacamos un ojo —berreó Berthe.

La inocencia de una niña que cree que puede ablandar a su asaltante haciéndole oler su mierda.

—Cállate la boca, yo nunca me he cagado encima —se justificó Martin.

Ante la mención escatológica, sus dos acólitos estallaron en esa risa tontorrona típica de su edad. Martin estaba ofendido y enseñó los dientes. El perro resoplaba con fuerza, con la lengua colgando y el ojo bueno todavía clavado en la esperanza, aunque vana, que representaba Berthe.

Martin esgrimió el bastón y dio un paso amenazador hacia la chiquilla, que sin embargo no reaccionaba. El más fuerte de los tres, probablemente ya púber, cortó el paso al pequeño Martin con su brazo musculoso. Debía de descargar heno en la granja, porque era fornido como un joven buey.

—No te muevas, mocoso, yo me ocupo de la señorita —ordenó a Martin.

—¡Sí, lúcete, Léon! —lo animó el tercer granuja.

Léon no llegaba a los doce años y se creía un cabecilla de la capital. Debía de haber visto a un golfillo parisino hacerse el listo en una feria y se había impregnado de sus actitudes, pensando que eso podría impresionar a algunos más allá de su zona. No a Berthe. Léon se acercó, dos cabezas más alto que ella. Berthe no pestañeó.

—Hay que reconocer que tienes cojones, chiquitina.

—¿Qué son cojones?

Ataque de risa de los chiquillos. Incomprensión de Berthe. Gañido del perro torturado. Una vez terminada la risotada, el cabecilla se embaló:

—Bueno, vale, me has hecho reír un montón, así que te dejo marchar. Pero no quiero volver a ver tu jeta.

—No, no me voy.

—Empiezas a jorobarme.

Léon empujó a Berthe hacia atrás. Voló tres metros y acabó con el trasero en el barro. No lloró, pero el ceño se le frunció un poco más. Se acercó a Léon con paso firme y le lanzó el insulto más terrible que pudo imaginar:

—¡Eso está feo!

—Ah, ¿tú crees? Muy bien, espera, todavía no has visto nada.

El perro cerró el ojo, temeroso. Berthe tuvo otro reflejo. Agarró los huevos del cabecilla con las manos y apretó muy fuerte, dando golpes secos como si intentara arrancar unas frutas todavía verdes.

—¡¡Eso está feo!! —insistió, para hacerle comprender lo que parecía habérsele escapado la primera vez.

De los ojos del cabecilla escaparon lágrimas de suplicio, y unas sacudidas le recorrieron el cuerpo. Aquella reacción no la había copiado del golfillo parisino. Siguió la tetania, consecuencia del choque testicular bien conocido por todos los hombres, pero que Berthe descubría con estupor mientras Léon yacía a sus pies, con las manos pegadas a la entrepierna, doblado en dos en el barro y emitiendo lloriqueos que ya no lo diferenciaban del animal al que maltrataba unos minutos antes.

Sus dos acólitos se piraron, mostrando desprecio hacia Léon y temor hacia la chiquilla que acababa de derribar a Goliat.

—¿Dónde estabas? Te he buscado por todas partes.

Berthe se iluminó al oír la voz de Nana.

—¡Nana! —gritó Berthe, tendiéndole los brazos, lista para su tradicional coreografía del saco de patatas.

Una vez colocada allá arriba, al calor del mullido hombro de su abuela, Berthe soltó una excusa de las que no se pueden desmontar:

—No soy yo, es él.

Nana observó al muchacho emasculado y al perro tuerto. No necesitó más para dilucidar la escena del crimen.

—¿Tú has hecho esto?

—Sí. Como me has enseñado.

Entonces Nana se rio, orgullosa de su nieta. En efecto, durante una conversación delante de una sopa de tupinambos y zanahorias, aromatizada con efluvios de remolachas fermentadas a sesenta y cinco grados, Nana le había dado un consejo. Una receta que podía parecer a primera vista nebulosa a los oídos de un querubín, pero que adquiriría todo su sentido al ponerla en práctica.

—Mi pequeña Berthe, puede ocurrir que te encuentres en momentos en los que tengas que demostrar a los chicos que eres más fuerte que ellos.

—Pero, Nana, son chicos. Ellos son los más fuertes.

—Desengáñate, cariño. Eso es lo que nos quieren hacer creer. Pero es muy importante que no te dejes engañar.

—Pero, Nana, los chicos son grandes y fuertes.

—Es verdad, cariño. Pero también son muy gilipollas. Ya verás que, cuando seas mayor, comprenderás que no tienes que dejarte dominar y, para eso, tendrás que utilizar la cabeza.

Berthe la había escuchado con la mirada dubitativa y la boca abierta. No comprendía nada, pero sabía que las enseñanzas de Nana siempre acababan por madurar, como las cerezas del jardín.

—Pero, antes de utilizar la cabeza, vas a utilizar las manos. O los pies. Y vas a apuntar aquí.

Nana se había señalado la entrepierna. Berthe seguía sin comprender nada, pero pensaba en las cerezas verdes y se decía que un día descifraría el enigma por sí misma. Ese día acababa de llegar. Sin siquiera tener necesidad de pensar en ello, sus manos pusieron en práctica lo que la abuela le había enseñado. La lección había entrado bien. En la cabeza de Berthe y en la de Léon. Y los dos madurarían con ello.

—Nana, el perro, le han hecho daño, ¿nos lo podemos quedar?

—Claro, cariño. Vamos a ir a buscar la carretilla para llevarlo.

Nana dio la vuelta alrededor del muchacho a sus pies.

—Y tú cuida bien del chucho hasta que volvamos.

Acompañó su consejo con una buena patada en el culo. No se golpea a un adversario en el suelo, pero a Nana no le gustaba que se maltratara a los animales y todavía menos a las mujeres, y aquel mocoso los había atacado a los dos.

—¡Pequeño gilipollas!

Nana tomó la dirección de su casa. El perro gañó su desesperación. Berthe lo tranquilizó de inmediato con su vocecita poética:

—Ya volvemos. Vamos a buscar la carretilla.

El perro apoyó la cabeza en el barro. Su respiración se había calmado. Una niña de ocho años se iba a ocupar de él, estaba a salvo, lo sabía.

Sin embargo, colocada en el hombro de Nana y mecida por su marcha contoneante, Berthe no conseguía animarse. Una pregunta no dejaba de atormentarla.

—¿Nana?

—Dime, cielo.

—¿Qué son cojones?

Berthe abre los pesados párpados oprimidos por mil capas de arrugas. Como los años, acaban por pesar demasiado. Con cada despertar, Berthe se pregunta si el esfuerzo sigue valiendo la pena. Hoy todavía más que otras veces.

—Nos ha dado un buen susto, señora Gavignol.

La enfermera que le toma el pulso brilla con un aura resplandeciente bajo un falso techo de fluorescentes macilentos. La joven desprende un frescor primaveral en un sótano moribundo que huele a moridero.

—¿Estoy muerta? —pregunta la vieja, aturdida.

Aunque la enfermera parece un ángel, el decorado de alrededor muy bien podría ser el del purgatorio. Y Berthe, que no cree en Dios desde que nació, de todos modos se pregunta si san Pedro la enviará hacia el infierno o hacia el paraíso. No sabe qué medicamentos le han administrado, pero las alucinaciones que ha tenido le dicen que eran potentes.

—No, señora Gavignol, está muy viva.

La enfermera la baña con una nueva oleada de sol —esa vieja planta reseca en su cama improvisada lo necesita— y le parece tranquilizador añadir:

—Tiene una salud de hierro, morirá centenaria.

—Tengo ciento dos años, cielo.

La sonrisa de la enfermera se desploma y estalla en mil pedazos sobre las baldosas.

—Perdón, yo...

—Pero tu pronóstico no está equivocado, ya ves, sigo aquí.

La desdentada sonrisa de Berthe acude en apoyo de la descompuesta sonrisa de la enfermera, que recupera la forma, un poco mellada, pero aguanta.

—Ha gemido mucho mientras estaba inconsciente, le he inyectado un tranquilizante.

—Es por culpa de ese gilipollas de Léon.

—¿Cómo dice?

—He soñado con el día que le reventó el ojo a Hugo. Hugo era mi perro.

Extraña pesadilla, se dice Berthe, que no había vuelto a pensar en aquellos sucesos desde... ¿cuándo? Decenios. Al revivir el pasado, su subconsciente resucita los retazos en desorden. ¿Hay que deducir de ello que el pequeño Léon es el origen de su impulso vengativo hacia los hombres? ¿O es alzhéimer que la hace desvariar? Sin embargo, no se lo han diagnosticado, pero todo tiene un principio, especialmente a su edad.

—Tenga, tiene que hidratarse.

La enfermera tiende un gran vaso de agua a la abuela, perdida en sus pensamientos.

—Ese gilipollas... —dice Berthe, mientras aplaca la sed.

—Es usted adorable, señora Gavignol. Me hace pensar en mi abuelita.

Berthe le da golpecitos en la mano y niega con la cabeza.

—Eres muy amable, cielo..., pero te equivocas.

La enfermera deja caer de nuevo su sonrisa al suelo. Un poco ofendida, se vuelve hacia su otro enfermo.

Berthe toma entonces conciencia de que no están solas en la enfermería. Un muchacho de rostro tumefacto, con el arco superciliar recién cosido y el labio partido, está sentado en la cama de al lado. No llega ni a los veinte años, pero tiene la mano esposada al barrote de la cama. Flota el rencor en sus ojos negros, a los que les cuesta ocultar la dulzura. Es a causa de esa dulzura o del color de la piel, pero ese muchacho le recuerda a Luther.

—¿Cómo te llamas, hijito? —le pregunta Berthe.

La enfermera, que acaba de desinfectarle las heridas, oculta la cara del herido, que tiene que inclinar la cabeza para ver a la vieja.

—Mouss —responde, poco dispuesto a la conversación.

—¿Mouss?

Berthe toquetea su maldito audífono.

—Mouss —se irrita el muchacho.

—Mouss —repite Berthe, para aprendérselo—. Es bonito. Es dulce. Yo soy Berthe.

Mouss profiere un vago sonido gutural por toda respuesta. «La juventud y su apertura al diálogo...», piensa la vieja.

—Me recuerdas a alguien, Mouss... Alguien a quien amé mucho.

—¿Yo?

Mouss no ha podido contener esa exclamación. ¿Un negro hace pensar en alguien a quien amó mucho a una vieja blanca más mascada que un chicle? «¡La abuela va fumada!».

La enfermera se aparta y hace una llamada con el teléfono de servicio.

—¿Inspector Ventura? Sí, soy la enfermera. La señora Gavignol se ha despertado.

Berthe echa una ojeada envenenada por encima del hombro atrofiado. «Aquí huele a delación». De repente, la enfermera le parece menos angelical, así que se vuelve hacia la oveja negra.

—Sí, tú.

—¿En serio ha amado usted a un chorbo como yo?

—¿Qué dices?

Berthe maldice el audífono, mueve la ruedecita del volumen y espera que le descodifique ese lenguaje urbano.

—Su hombre. ¿Era negro?

—Sí.

—¿Negro como yo? ¡Un tintao, vamos!

—Maldito audífono.

Berthe se quita el aparato de la oreja, lo sopla y después se lo mete en la boca, lo embadurna de saliva y lo escupe, satisfecha de su operación de limpieza.

La cara de Mouss se desencaja de asco.

—Un negro, sí —confirma.

—¿Y lo amó?

—Con locura, sí.

Da golpecitos en la mano del delincuente. La fina rugosidad de su epidermis reaviva en ella la sensación de la de Luther.

—Espero que vivas un amor tan bello como aquel, guapo.

Mouss, con la boca partida y el color propicio al delito, no puede creer el cariño que le prodiga esa vieja que habría imaginado votando al FN y denunciándolo por haber pasado demasiado cerca de su césped bien cortado. Desde que ha empezado el día, a él también le ha faltado el calor humano. Le gusta.

—¿Así que ya está despierta, Berthe?

Ventura entra en la enfermería, con una chocolatina en la mano.

—Le he traído su chocolatina, no tuvo ocasión de terminársela antes.

—Ahógate con ella.

—No me diga que está enfadada conmigo.

El inspector no puede impedir sentirse herido.

—No te las des de listo. Bueno, ¿me pones las esposas enseguida o primero me das una somanta de palos?

La montaña rusa de sorpresas continúa dando vértigo a Mouss.

—¿Me promete que no se escapará? —pregunta el inspector.

—No me tientes, Colombo.

Berthe vuelve a su desorientado joven de piel de ébano y ojos de seda, y le hace una caricia maternal en la mejilla hinchada por los golpes.

—Adiós, Mouss, que te mejores.

Berthe da un paso en dirección al inspector, que se ha acercado, y le mete la mano bajo el brazo para utilizarlo como apoyo.

—Me ha asustado, ¿sabe? —confiesa.

—¿Qué os pasa que todos decís eso? Sois vosotros los que me queréis muerta, así que no os hagáis los considerados.

—Es usted dura con nosotros.

—Continúa en ese tono y te voy a enseñar cómo utilizo la Luger.

—¡Señora!

Mouss se ha permitido esta intervención después de haber dudado, pero la pregunta le quema en los labios rotos.

—Disculpe, pero... ¿por qué está aquí?

—No te metas donde no te llaman —lo fulmina Ventura.

—Oye, tú, no hace falta que seas grosero —lo riñe Berthe.

Después se vuelve hacia Mouss con su mejor sonrisa de abuela.

—He matado a siete tipos y los he enterrado en el sótano.

El blanco de los redondos ojos de Mouss brilla en medio de su negra cara.

—Bueno, ¿nos vamos?

Ventura intenta acelerar el paso sin dislocar la pelvis de la anciana y sin esperar la respuesta.

Cuando cruzan el umbral de la puerta, Mouss se atreve a hacer una última pregunta:

—¿Y qué le habían hecho esos tipos?

—Me maltrataron —responde Berthe, mientras desaparece por el pasillo que la lleva a la continuación del interrogatorio.

Mouss, alucinado, recupera la calma que había perdido por la estupefacción.

—¿Habla en serio?

La enfermera se queda callada, atormentada por la culpabilidad de haber podido comparar a aquel monstruo con su abuelita.

Mouss silba, admirado.

—¡Joder con la vieja, es la Caracortada de Cantal!

—¡Bueno, vale, entendido!

La enfermera echa chispas. El delincuente se repliega en sí mismo y masculla con sus tres pelos de barba:

—Merece un respeto, la abuela.

—Me gustaría que me explicara una cosa —dice Ventura mientras se sienta en el fondo de su fiel butaca de interrogatorio.

—Ah, bueno, menuda novedad. ¿Qué quieres saber ahora, Colombo? ¿Quiénes son los otros tres?

—Sí. Pero antes quiero que me hable de su vecino.

—¿Quién? ¿De Gore hijo? —pregunta Berthe, zampándose la chocolatina.

La siesta le ha abierto el apetito, así que no va a privarse. Casi acabará por sentirse en casa en esta oficina de paredes cáscara de huevo caducado. La ventaja de su elevada edad, a pesar de unas articulaciones encalladas, es la flexibilidad.

—El mismo.

—¿Y entonces? ¿Qué quieres saber sobre ese gilipollas?

—Se ha despertado de la operación mientras usted dormía. Y, aunque tiene el trasero destrozado por su disparo del 22, ha decidido no presentar una denuncia.

—Eso demuestra que no es rencoroso.

—Es lo menos que se puede decir. ¿Qué hace? ¿Escupe el chocolate?

Prefiere comerse un bocado del dulce.

—¿Berthe? No me obligue a confiscarle la chocolatina.

Berthe da un puñetazo en la mesa.

—¡Continúa en ese tono y...! ¡¿Qué has hecho con mi Luger?!

—Déjese de amenazas —dice Ventura, hastiado—. Está guardada con las otras pruebas, y su expediente ya va lo suficientemente cargado para que no añada el asesinato de un inspector de policía.

—Al contrario. Eso no pesará más en la balanza, ¿verdad?

«Mierda, tiene razón», se dice Ventura, y se felicita por no haber dejado por allí el arma potencial de sus otros crímenes. Echa una mirada a Pujol, al que no se le escapa nada, contrariamente a Berthe, que lo mancha todo de chocolatina, y se pregunta si de todos modos no habría que esposar a esa psicópata consumada que todavía se permite una petición.

—¿Pueden traerme un té?

—¡Oh, no estamos en el restaurante, aquí! Tengo una investigación que debe avanzar.

—Pero es para mojar la chocolatina. —Lloriquea la vieja.

«Dios, cómo conmueve, la abuela. Eso es peligroso, con una asesina», se dice el inspector.

—Pujol, vaya a buscarme un café.

—¿Corto? —pregunta el agente.

—No. Largo. Este me tiene que durar. Tengo la sensación

de que la cosa va justamente para largo. Y un té para nuestra invitada.

Alegría de Berthe, que deja de lado su chocolatina para terminársela con el té que le traerán.

—Bueno, como me caes bien, Lino, te voy a explicar por qué ese gilipollas de De Gore no dirá nada.

Una vez enterrado Marcel, Berthe preparaba un café bien merecido para Rose y para ella en la cocina. Por fin tranquilas.

—Ahora me vas a decir quién te ha hecho esto.

Berthe señaló el vientre de Rose.

—El notario.

—¿Por qué bajas los ojos?

—Me da vergüenza.

—¿Qué?

—Haber quedado embarazada.

—Créeme, no hay nada vergonzoso en eso. Al contrario, alégrate, eso significa que todo funciona bien en tu interior. Es una suerte...

Rose detectó todo el sufrimiento de la mujer estéril.

—Si hay alguien que debe sentir vergüenza es el cabrón que te ha hecho esto.

Berthe quería barrer la conmiseración que se estaba instalando entre ellas. Rose tomó un sorbo de café. La conversación adquiría el tono reconfortante que había esperado de sus padres la víspera, antes de que le dieran un tortazo y la echaran de casa sin previo aviso. Con apenas el tiempo de meter tres bragas en la maleta y pasar por el trastero de su padre para coger una caja de cartuchos, Rose se había encontrado en la calle y sola en el mundo, pero dispuesta a volar en ayuda de Berthe. La sincronicidad entre la llamada telefónica y la bronca con su padre la había superado. Cuando se ha sobrevivido al drama marcado con una cruz gamada al rojo vivo, se cae con facilidad en la mística.

—No me digas que lo hiciste por placer. El señor De Gore es feo como un cerdo.

—No, lo hice por dinero.

—¿Te pagó?

—Sí. Cada vez. Como a las otras.

—¿Las otras?

—Simone. Marie. Jeannette. Y probablemente otras que no conozco.

—Todas menores, ¿no?

—Le gusta la carne fresca.

—Otro buen tipo —lanzó Berthe, apretando la Luger sin darse cuenta.

—¿Me la prestas?

—No, cielo, vamos a dejar aquí las tonterías. Para mí, es diferente, se ha convertido en un estilo de vida. Pero tú todavía eres pura, todavía puedes salir adelante.

—Pura se dice rápido.

—Vas a coger tu maleta y te vas a ir a la ciudad. Vas a olvidar lo que ha pasado aquí y vas a construirte una nueva vida. Y sin remordimientos; no dejas nada que valga la pena detrás de ti.

—No tengo dinero.

—Yo te daré. Soy viuda por tercera vez y empiezo a tener una buena pensión.

Rose no pudo reprimir la risa ante el tono relajado de la Viuda Negra. Después se señaló el vientre.

—¿Y él? ¿Qué hago?

—Pues lo educas e intentas darle mejores valores que el ejemplo de esos cabrones.

—No quiero tenerlo.

A Berthe se le hizo un nudo en la garganta. Sospechaba desde el principio que la pequeña se inclinaría por esta decisión. El Misericordioso jugaba de nuevo con sus potentes hilos. Rose no estaba allí por casualidad. Sus destinos entraban en colisión. Después de mandar a Marcel al infierno, ahora tenía que ocuparse de un ángel.

—¿Estás segura?

—De Gore es un desecho. Su hijo será un bastardo. Veré a esa basura al verlo crecer. No conseguiré amarlo. No será nada bueno para él dejarlo vivir.

—¿De cuánto estás?

—De dos meses y medio...

Con la muerte en el alma, Berthe contemplaba a aquella joven llena de vida que llevaba otra en el útero. Pensó en el suyo, que no había conseguido acoger a ninguno, y se dijo que, definitivamente, todo aquello era muy injusto.

—Voy a buscar las agujas de hacer media.

La noche olía a naftalina. El señor De Gore dormía con un sueño profundo en su gran cama vacía desde el fallecimiento prematuro de su mujer, a quien se llevó la sífilis después de la guerra. Enfermedad deshonrosa que De Gore, todo un caballero, había maquillado como tuberculosis. Sin embargo, nadie se dejó engañar en el pueblo, la De Gore probablemente era una fulana.

De la misma manera que la enfermedad de su mujer lo avergonzaba, ese notable respetado no experimentaba ninguna barrera moral al arrebatar la virginidad a menores inocentes. El hombre representaba la ley, pero Berthe sentía el deber cívico de recordarle algunos artículos fundamentales. Después de dejar a Rose en el autobús, con la maleta cargada de vituallas y una suma de dinero suficiente para construirse un principio de nueva oportunidad, Berthe fue a hacerle una pequeña visita al hombre que además tenía que firmarle el certificado de defunción de su marido recién enterrado.

De Gore emitía graciosos gemidos de lechoncillo en su sueño cuando un sabor de metal frío lo despertó. Cuál no fue su estupor cuando descubrió que estaba chupando una Luger y que la mujer que lo amenazaba no era otra que esa loca de Gavignol.

—Entonces, cerdo, ¿te gusta mi biberón?

De Gore tuvo la mala idea de ofenderse. El macho dominante que llevaba dentro lanzó un gruñido. Berthe previó que se disponía a pegarle una torta.

—Eh, eh, eh, eh, eh, grandullón. Trágate la testosterona ahora mismo y date cuenta de que tienes una pistola en la boca; de lo contrario, pinto tu triste habitación con tu cerebro, que, aunque no esté sano, tiene el mérito de ser colorido.

De Gore frunció el ceño, desconcertado por la diatriba nocturna de la justiciera armada con una Luger.

—Ahora me vas a escuchar con atención. Marcel acaba de volarse la tapa de los sesos, por accidente, por supuesto. Limpiaba la carabina de la abuela y no pudo digerir el disparo del 22 que le dio en los dientes. Esto para la versión oficial que vas a validar. Para la oficiosa, que quedará entre nosotros, detrás del gatillo estaba yo, no fue ningún accidente y, sobre todo, no era el primero.

De Gore seguía esperando despertar de lo que parecía una tremenda pesadilla, mientras echaba pestes contra el vaso de absenta que se había metido antes de acostarse.

—Ahora te preguntas por qué te digo todo esto y, sobre todo, por qué confío plenamente en que no me vas a denunciar.

Los dientes del notario chocaron con el metal de la pistola cuando asentía.

—Porque tienes una Luger en la boca, que ya se ha cargado a tres maridos y un nazi, así que un notarito de provincias no me va a intimidar.

De Gore soltó un chorro de orina bajo las sábanas. Su cerebro necesitaba tiempo, pero su cuerpo se tomaba cada palabra de Berthe muy en serio. La eficacia de una Luger que te cercena las encías.

—La otra razón es que la hija de los Thuillier ha venido a verme y estoy al corriente de tus pequeños guateques. Eso no está nada bien, señor notario.

De Gore abrió los ojos como platos y apretó el esfínter.

—Ahora levántate, nos vamos a tu despacho.

El notario vaciló durante un segundo al imaginar la burla de Berthe ante su pijama mojado.

—¿Tengo que insistir?

Berthe amartilló la Luger. De Gore volvió a mojar el pijama, pero eso ya no le preocupaba demasiado.

Una vez en el despacho, firmó las actas notariales que Berthe necesitaba.

—Te dejo que cumplas con todas las formalidades ante las autoridades competentes. Yo no quiero aguantar a los polis y al enterrador. No hay enredos que una buena corrupción no pueda desenredar.

—No se librará tan fácilmente. La policía acabará por saberlo...

—Sería una lástima para ti.

—¿Qué tengo yo que ver con todo esto?

—La hija de los Thuillier y sus amigas te han tendido una trampa. Han tomado fotos muy explícitas de tus revolcones. Tus citas crápulas en el bosque no son muy discretas.

—Miente.

—Acabo de hacer una carnicería a una de tus víctimas con una aguja de hacer media para librarla de tu descendencia y me he cargado a cuatro tipos cabrones antes de ti. Puedes poner en duda mis palabras, lo comprendería, no tengo aspecto de estar completamente en mi sano juicio, pero la Thuillier domina la Leica de su padre y ha metido las fotos en una taquilla anónima. Solo ella, yo y un amigo cuyo nombre me callaré conocemos el número. Tengo que llamarlos todos los meses. Si no tienen noticias mías o si se enteran de que estoy detenida, publicarán las fotos.

De Gore escrutaba a Berthe e intentaba descifrar el camelo. Como gran aficionado a la malilla, había aprendido a leer las mentiras de los adversarios durante el juego. Pero Berthe no era una jugadora, era una asesina.

—Me parece que todavía dudas.

Berthe cogió un abrecartas dorado y lo clavó en la mano del notario, que gritó como un cerdo degollado.

—¿De acuerdo? ¿Has comprendido que no bromeo?

De Gore miraba fijamente la sangre negruzca que le salía de la mano y nunca más dudó de la seriedad de su clienta.

Así fue como Berthe se convirtió en Gavignol por tercera vez.

—Ahora, si me entero de que todavía haces perversidades con una jovencita inocente, ya no apuntaré a la mano.

Berthe retiró el abrecartas de la herida e hizo como que lo iba a clavar en los huevos del notario. Acuse de recibo y traumatismo cerrado. Después de aquella noche, a De Gore no se le puso dura nunca más.

—Ya veo.

—Tenía que hacer algo para protegerme —se justifica Berthe.

—Habría podido entregarse a la policía —sugiere Ventura.

—Listillo.

—Y por supuesto, ahora, el hijito cubre al papá —deduce el inspector.

—Lo has comprendido todo. Cuando le legó su gabinete, el padre de De Gore también le endilgó sus actividades apestosas.

—Muy elegante.

—Yo llamo a las cosas por su nombre y a un granuja también. El heredero era tan corrupto como su padre y no tenía más ética, así que mi caso no le impidió dormir. En cambio, eso lo convierte en un... ¿Cómo se llama en tu jerga? ¿Cómplice?

Fina estratega con sus aires seniles, la vieja no se las apaña mal en materia de defensa.

—La listilla es usted —dice el inspector echando una ojeada al reloj—. Bueno, no me gustaría pasar la noche aquí. Los otros tres, venga, suelte los nombres, acabemos con esto.

—Siento mucho decepcionarte, pero vas a pasar la noche en blanco. A menos que prefieras soltarme.

—¿Qué? ¿No quiere confesar?

—No hago otra cosa desde hace horas. Pero no confesaré sin explicártelo, eso quiere decir que la cena con tu señorona te la vas a tomar recalentada y solo.

—De verdad que es usted una mujer encantadora.

—Te devuelvo el cumplido. Bueno, no pierdes nada con el cambio, porque la noche la pasas conmigo.

El inspector ni siquiera se toma la molestia de reaccionar.

—Pujol.

—Sí, jefe.

—Son las siete pasadas, vaya a buscar a alguien que lo sustituya.

—Bien, jefe.

Pujol sale, contento de volver a casa a tiempo para el partido, aunque una parte de él habría preferido seguir el culebrón hasta el final.

—A ese no lo echaré de menos. —Babea Berthe.

—Hace su trabajo.

—Como tú, ¿verdad, Colombo?

—Como yo, Berthe. Simplemente pretendemos hacer respetar la ley.

—Y que se haga justicia, ¿no?

—Exactamente.

El inspector quiere evitar el debate y sigue con el interrogatorio:

—¡Venga! El siguiente asesinado. Escucho.

—El siguiente fue una gilipollez.

—¿Y los otros no lo eran?

—¿Qué parte? —pregunta la viuda, cándida.

—Vale, vale... —dice Ventura, vencido—. Continúe. Así que este era una gilipollez. Muy bien, eso me parece curioso.

Después de la muerte de Marcel, Berthe había optado por el aislamiento. Llevaba una vida de lo más normal y tenía la Luger al alcance de la mano para que siguiera así.

Sus clientes la apodaban la Viuda Negra a sus espaldas. A veces, incluso ante sus narices. Pero era la única droguería de la zona, así que la clientela le era fiel, al revés que los maridos.

Apartada de la vida social, Berthe buscaba un paliativo, que encontraría por casualidad un día de chamarileo en Saint-Flour. Cuando discutía sobre el precio de un jarrón de loza, su oído sorprendió la conversación de la librera del puesto de al lado. La vendedora había venido de París para vender sus clásicos y también recomendaba obras modernas, pero no suscitaba demasiado interés en aquella clientela provinciana hasta que Berthe, atraída por el título, se puso a hojear la que sería una de sus obras preferidas: *El segundo sexo.*

Berthe entabló una conversación exaltada con la librera, que resultó ser una feminista convencida y estaba encantada de encontrar en aquel lugar apartado de Francia a una mujer igual de abierta en este sentido. A Beauvoir, se le unieron Colette y George Sand. Berthe dejó el jarrón que había elegido y optó por gastarse el dinero en un montón de libros que le recomendó la experta.

A partir de entonces, Berthe dejó de preocuparse por las pullas. Esperaba pacientemente la puesta del sol para refugiarse a la luz de la lámpara de cabecera en la inspiración de aquellas autoras que le encantaban. Berthe había encontrado buenas amigas en la literatura.

Sola ante la problemática, muy visceral en ella, de la dominación de los hombres, descubría en la escritura de aquellas mujeres eruditas las palabras justas que denunciaban el yugo masculino que ella había decidido erradicar de manera más literal. Berthe no tenía palabras, solo tenía cartuchos. Por consiguiente, los razonamientos de aquellas autoras la inspiraban. Con aquellas obras feministas, Berthe ya no se sentía aislada, en su pequeña choza de las profundidades de Cantal, cuando se decía que se podía ser mujer y respetada.

Berthe barría el porche de la entrada bajo la solana de un verano especialmente seco cuando un extraño energúmeno puso los zapatones y el caballete en su patio. Llevaba una barba hirsuta, unas gafas redondas, fumaba en pipa y tenía cara de iluminado. Lo seguía un viejo labrador con un aspecto tontamente dócil.

—Buenos días, querida señora. Perdone mi intrusión, pero su bonita casa me ha deslumbrado. La luz del sol rebota en ella con armonía y la imagen que desprende, perfectamente campestre, me estimula la imaginación.

Berthe no estaba acostumbrada a aquella forma de hablar. Las palabras bonitas la divirtieron.

—Gracias. Me lo tomo como un cumplido.

—Pues sí, lo es. Me presento, soy Norbert Dufoix.

El fumador de pipa le tendió una mano salpicada de pintura que Berthe estrechó con educación.

—Berthe. Gavignol. Y es señorita.

—¿Señorita? ¿Pero cómo es eso posible? —preguntó el pintor con malicia.

—Es una larga historia... —esquivó Berthe.

—¡Me encantan las historias! La longitud no las hace menos placenteras. Sobre todo si son rocambolescas.

«Muy bien, muchacho, conmigo vas bien servido».

El hombre desprendía una despreocupación que a Berthe le parecía refrescante. Los hombres que Berthe había conocido hasta entonces tenían el sentido del comercio y la seriedad correspondiente. Norbert parecía reírse de todo, con su aire diletante y un perro que apestaba. Soplaba un viento de libertad en la entrada.

—Ardo por poner mi caballete unas horas en su patio y dibujar los alrededores, ¿le importaría mucho?

—Está bien, como si estuviera en su casa. Pero no asuste a las gallinas.

—Le prometo que seré tan cordial como invisible para su familia alada.

Berthe estalló en carcajadas. No le ocurría algo así desde hacía largo tiempo. Norbert se rio de sí mismo con ella.

La complicidad entre ellos fue inmediata.

Norbert daba grandes pinceladas en el lienzo con un aspecto concentrado y un pincel metido entre los dientes. Berthe le llevó un vaso de limonada y estudió, fascinada, la pintura que tomaba forma. Un azul chillón crepitaba contra un magenta agresivo y unos chorretones amarillos repartían gotas de luz en las paredes desiguales del boceto con desestructuraciones cubistas.

—Qué cosas, oiga, nunca había visto mi choza así.

—Su apariencia modesta le confiere en realidad un aspecto de lo más bello.

—Tiene usted un pico de oro.

—De oro, no lo sé, pero parlanchín, sí soy.

Berthe no pensaba entrar en el juego de seducción del artista, pero se divertía con su aplomo.

—Le he preparado una limonada fresca. Debería cubrirse, el sol es traidor en esta época del año.

—Gracias, es usted una anfitriona de primera calidad.

—Vaya... Usted tampoco se queda corto en cumplidos. Me apetecía, así que he hecho suficiente para los dos.

Pequeña ducha fría para calmar los ardores del don juan de pacotilla. Berthe hablaba sin rodeos y, desde Marcel, mantenía a cualquier pretendiente a distancia.

—Ya veo que no conviene piropearla.

Berthe lo desafiaba con la mirada, sin responder. Una provocación muda para ver cómo se las arreglaría el artista.

—No se preocupe, no intento abusar de su hospitalidad.

«¿Con tu pipa y tu perro apestoso? Tranquilo, no me preocupas demasiado».

—No me molesta —dijo Berthe sin amenaza.

—Pensándolo bien, en realidad sí, me gustaría abusar.

Berthe dio un paso atrás y se llevó la mano a la Luger.

—Me gustaría dibujar su rostro —añadió el pintor, que no sabía hasta qué punto había estado cerca de que le destrozaran el suyo.

Berthe puso el seguro a la Luger y dijo, en un tono agradable.

—¿Mi cara?

—¿Algún pintor la ha dibujado ya?

—Pues..., no, nunca. Antes de usted, nunca había conocido a un pintor.

—¡Qué lástima! ¡Un arte tan noble! Yo solo soy un modesto representante, pero me gustaría solicitar su permiso para crear una obra en común.

—Pero yo no sé crear.

—Usted será mi musa, y el lienzo resultante será nuestro. Una obra es la creación del pintor y de su modelo.

Berthe tenía la clara sensación de que el vendedor de pintarrajos la estaba llevando al huerto, pero la compañía le sentaba bien. Se había vuelto infrecuente, así que la aprovechaba. La limpieza del gallinero esperaría.

—Vale, entonces está bien.

—¿Dónde podemos instalarnos, para tener un poco más de intimidad?

—¿Por qué necesita intimidad? —preguntó Berthe, de nuevo en guardia.

—El proceso de creación requiere un teatro propicio. Y su patio es campestre, pero no se presta demasiado al desnudo.

—¿Cómo que al desnudo?

El dedo de Berthe recuperó su lugar en el gatillo.

—Pues sí, sus rasgos tienen una personalidad impresionante y sus rizos son increíblemente gráficos, pero yo solo pinto desnudos.

—¿Te estás burlando de mí?

Norbert perdió su máscara de charlatán.

—Esto..., yo..., perdón.

—Vienes a hacerte el seductor en mi patio para pedirme si puedes pintarme el culo, ¿me tomas por idiota?

A pesar de la canícula, Norbert sintió un escalofrío que le recorría la espina dorsal.

—No, no, es que... de verdad solo pinto desnudos.

Norbert perdió la inspiración y se justificó abriendo la carpeta de dibujos. Sacó un puñado de croquis al carboncillo. Siluetas tensas, contorsionadas, lánguidas. Rasgos dementes, nerviosos. Cuerpos desnudos. De mujeres. Pero también de hombres.

Berthe soltó la Luger.

—¿También dibuja hombres?

—Por supuesto. El desnudo es mi pasión. En todas sus formas.

—¿Incluso hombres? Eso no es trivial.

—Me gusta capturar la curva de la anatomía. Sea la que sea. No vea en ello la mirada de un hombre lúbrico.

—No vemos muchos artistas en la región, lo lamento mucho —se tranquilizó Berthe.

—Entonces, ¿qué responde a mi proposición? Por supuesto, le regalo el dibujo como agradecimiento a su hospitalidad.

Berthe vaciló. ¿El hombre quería tener una atención con ella? ¿Incluso artística?

¿Por qué no?

—¿Dónde me pongo?

—Este rincón me parece ideal.

Berthe se dejó guiar hacia una acumulación de heno por encima de la cual el sol pasaba entre las tablas flojas de la granja, disipando una luz cálida e íntima.

Colocada sobre una paca, Berthe esperaba la continuación, incómoda.

—Bueno, Berthe —dijo Norbert esperando algo evidente.

—¿Sí? ¿Qué? —preguntó Berthe, confundida.

—Estamos aquí para pintar un desnudo.

—¿Y?

Norbert no añadió nada y esperó a que Berthe llegara a la conclusión por sí misma.

—¡Ah, sí, mierda, la ropa!

Una mujer tan hermosa y de maneras tan rudas; Norbert había encontrado un tema de oro.

Berthe empezó a bajarse los tirantes y después sintió un malestar inesperado.

—¿Le molestaría darse la vuelta?

—En absoluto.

Norbert estaba acostumbrado al pudor antes de la exhibición y obedeció sin discutir.

—¿Norbert?

—¿Sí, Berthe?

—Su perro. Me come con los ojos. Me incomoda.

—Oh, perdón. Ven aquí, Renoir.

Norbert sacó al labrador de la granja y después se puso a preparar la paleta de carboncillos.

—Tómese su tiempo, Berthe, y avíseme cuando esté preparada.

Un «clong» metálico resonó cuando Berthe dejaba caer la ropa a sus pies. «¡Mierda, la Luger!».

—¿Va todo bien, Berthe?

—Sí, no es nada, solo... un martillo que corría por aquí. Puede darse la vuelta.

Eso hizo Norbert.

Berthe así expuesta, con el pelo salvaje suelto sobre los hombros, los pechos desnudos magníficamente erectos y las braguitas finas como única prenda, era una imagen de un erotismo alocado. El pintor tuvo que recuperar el control sobre el hombre excitado y empezó a afilar sus carboncillos.

—Y, bueno, Berthe, le recuerdo que se trata de un desnudo.

—¿Y?

—Las bragas, Berthe.

—Ah, sí, qué tonta soy. Ya está.

Norbert tragó saliva. Y el pintor desapareció, eclipsado por el hombre asaltado por una erección grandiosa.

—¿En qué postura me pongo? —preguntó Berthe, inocentemente.

Norbert rompió el carboncillo entre los dedos.

La sesión de desnudo sería memorable para Berthe. Durante dos horas, no se había movido. Los rayos del sol le lamían la piel, una brisa refrescante soplaba entre sus cabellos y la postura lánguida ofrecía una imagen divinamente femenina al pintor, que había reprimido su erección y llenaba hojas enteras de croquis con una compulsión más intensa que un polvo.

Desde el psicópata de Marcel, Berthe no había hecho el amor. No habría podido soportar el contacto de una mano velluda sobre ella, y todavía menos la presión de unos brazos viriles. Las heridas físicas habían cicatrizado, pero el choque emocional seguía en carne viva. En el fondo de la granja, cómodamente indolente en su colchón de heno, protegida de las miradas indiscretas, pero entregada a la del desconocido que la dibujaba, Berthe recuperaba el placer de un intercambio sensual y sin peligro.

La inspiración inundaba a Norbert, que ya no conseguía dejar de dibujar. La revelación del magnífico cuerpo de Berthe lo transportaba. Por un instante, incluso creyó que tenía talento.

—Berthe, lo que usted me da... es celestial. ¡Gracias! ¡Un millón de veces, gracias!

¿Una donación? Berthe estaba acostumbrada a hombres que tomaban, sin pedir y sin dar las gracias. ¿Norbert era diferente?

—Norbert, ¿siempre ha sido pintor?

—Siempre.

—¿Cómo supo que quería serlo?

—¿Se preguntó algo así cuando tuvo necesidad de respirar por primera vez?

—No lo recuerdo, era un bebé.

—Es una manera de hablar, Berthe.

—Ya lo había comprendido.

Norbert levantó la mirada de las hojas hacia su modelo con una sonrisa pícara.

—Pintar nunca ha sido una elección, sino una evidencia. Una necesidad. Vital.

—Lo envidio. Nunca he sentido algo así.

—Todos los artistas lo sienten.

—Yo no tengo ninguna pasión —dijo Berthe, con una oleada de melancolía en la voz.

—Podría enseñarle.

—¿A ser artista? Creía que se nacía con esa capacidad.

—Es cierto. No todo el mundo tiene ese privilegio.

Berthe pestañeó. La arrogancia de aquella frase había traicionado el ego del artista.

—Pero usted podría ser mi musa.

—¿Y usted sería mi pintor habitual?

—Su esclavo.

A Berthe le encantó su autoburla encendida. Después de haber vivido con un verdugo, ¿un hombre que se ofrecía como esclavo? Berthe quería profundizar.

Bueno, en la idea.

Norbert soplaba la sopa con ruidos de succión poco agradables. Estaba lejos del pico de oro y el artista intrigante. Berthe había cedido a las trompetas del ego y se había convertido en Dufoix, el 28 de enero de 1956, en respuesta a los halagos. A Berthe le gustaba la atención sensible que le ofrecía. La esculpía con los ojos y después con el carboncillo. Berthe se sentía hermosa, magnificada. Norbert no veía en su modelo un trozo de carne, como todos los depredadores que lo habían precedido. La ponía por las nubes, sobre un pedestal. Ella era su musa. Él era su esclavo.

Frente a Berthe, ahora se atiborraba un pintor aficionado que había puesto los pinceles y el perro apestoso en su choza seis meses antes y que desde entonces estaba en Babia y se creía Manet. Berthe no tenía sentido gráfico, así que no opinaba sobre los lienzos de su nuevo marido. Norbert había cruzado Francia, con su caballete a la espalda, sus lienzos en el macuto y su selecto perro de raza al lado. Se consideraba un artista, pero los gendarmes lo habían fichado como vagabundo. Norbert no tenía dinero, pero ¿acaso no es esa la suerte de todo artista? Además, genial, por lo tanto, maldito. No conocerá la fama, al menos en vida.

—Van Gogh, por ejemplo, se cortó la oreja de frustración.

—Ah —dijo Berthe, con la mirada perdida.

—El genio no puede reconocerse en su época. El pueblo necesita tiempo, incluso los expertos, para detectar el diamante bajo el carbono.

—Bajo el carboncillo, quieres decir.

—No, querida, el carbono. El mineral del que procede el diamante —corrigió Norbert. Como buen Pigmalión, intentaba educar a Berthe en todos los ámbitos.

—Ya lo sé, Norbert, era una broma —replicó Berthe con irritación.

—Bueno, sea como sea, se necesita tiempo para que los adinerados lo reconozcan a uno.

—Lo comprendo muy bien, pero el jamón cuesta dinero. Y yo ya pagué la compra el martes pasado.

—No vendí ningún cuadro el martes, ya lo sabes.

—¿Hay que esperar a que mueras para que llegue el éxito y entre el dinero?

—No seamos tan mórbidos y vilmente materialistas —puntualizó Norbert mientras cogía un extra de jamón.

El pintor no tenía ni un centavo, pero sí un buen apetito. Berthe se preguntaba si, además de con un artista fracasado, se había casado con un gorrón.

Las cenas se desgranaban como un rosario de desilusiones. Norbert tenía los pies sobre la silla, con los dedos en abanico, mientras Berthe hacía la comida.

—Necesito quince francos.

—¿Para?

—Se me ha acabado el azul petróleo. Me gustaría pintar el campo de los Ranvignac.

—Siembran maíz, ¿por qué necesitas azul?

Norbert sonrió ante la incultura de su musa.

—Mi pobre Berthe. Eres un modelo excepcional, pero decididamente no sabes nada de pintura.

—No, pero soy una experta en contabilidad. Y quince francos son una semana de compras, jamón incluido.

Al principio, como una Venus saliendo del mar, Berthe valoraba sus momentos de creación intensa, en los que ofrecía su feminidad al pintor, que la trascendía. Al cabo de unos meses, se sentía más bien la Venus de Milo, con los brazos cortados, cuando su hambriento pintor le mendigaba unas monedas.

—Para comprar aguada.

—Para emborracharte, sí.

—Yo no me emborracho, me embriago para liberar la mente de los problemas de los mortales y buscar la inspiración en la evanescencia.

—Sí, claro, cuando vuelves titubeante con tu aliento de borracho y vomitas en la escalera, soy yo la que tiene que limpiar la evanescencia con la bayeta.

—A veces pienso que, incluso en mi propio hogar, soy un artista incomprendido.

—Sí, eso es, quita los pies de aquí, que me voy a sentar.

Berthe empujó los pies de Norbert, que monopolizaban la silla, para sentarse a su lado y compartir una sopa en aquel ambiente amistoso.

—Y tu perro apesta, ¿es que nunca lo bañas?

Norbert levantó los ojos al cielo, suspiró y fue a buscar la correa.

—Vamos, Renoir, ya que somos unos artistas malditos.

—Te lo advierto: esta noche, si vomitas, tú limpias.

Norbert fue a echar un trago al bar del tabernero, al que lo unía una complicidad de macho.

—¿Así que la jefa te sigue chinchando?

—No me hables, Albert, y sírveme una copa de blanco.

—Hay que reconocer que ella es la que lleva los pantalones en tu casa —se burlaron los otros habituales del bar.

Con los cojones lastimados y los bolsillos agujereados, Norbert se lanzaba noche tras noche a las broncas de borrachos para olvidar el patetismo de su situación.

Berthe esperaba el regreso de su marido leyendo a Beauvoir en la cama y echaba pestes contra sí misma. «Modelo», otra palabra bonita para no decir que el hombre, una vez más, reducía a la mujer a un objeto.

—No voy a poder gastarme el dinero para los dos todo el año, Norbert.

—Tu droguería va muy bien. El arte es más difícil de vender que los detergentes.

—Es una cuestión de igualdad.

—¿Cómo?

—Me parece normal que compartamos los gastos.

Viniendo de una mujer en 1956, a Norbert aquello le parecía tan fuerte como el café, y se sirvió otra taza de una hornada recién filtrada por su musa. Berthe tenía el vago recuerdo de que Norbert le había prometido ser su esclavo y se preguntaba en qué nueva mierda se había metido.

—¿Entre un pintor y una comerciante? ¿Cómo te atreves a comparar mi arte con tu mercancía?

—Entre un hombre y una mujer, Norbert. Olvídate de tu arte por un segundo.

—Pero no la hay, querida.

—¿Qué?

—Igualdad entre el hombre y la mujer. Es un hecho. La propia naturaleza nos ha hecho diferentes. Nuestra musculatura, nuestros pelos, incluso el grosor de la piel. Todo nos diferencia y eso es lo bueno.

—No te estoy pidiendo una clase de anatomía. Te hablo de derecho cívico. Todos tenemos dos brazos y dos piernas, así que disponemos de los medios de traer dos salarios a casa. No hay ninguna razón para que sea yo la que pringue.

—La droguería pertenecía a tu marido, ¿verdad? Un hombre, me parece. Desde mi punto de vista, eres rentista y te aprovechas del sistema.

—¿Rentista? ¿Me has visto levantarme al alba para descargar las camionetas hasta pillarme un buen lumbago y cerrar la persiana muy tarde porque la mamá Chambrole ha olvidado la papilla de su retoño?

—Eres trabajadora, no digo que no. Pero sin tu marido no tendrías esta tienda.

—Y, sin mí, tú no tendrías carne en el plato.

—Ya te he explicado que mi caso social es diferente.

—Sí, claro, nosotras, las mujeres, no tenemos el lujo de poder elegir. Antes que nada somos conejas, suponiendo que tengamos la suerte de que eso funcione bien. ¡Los pañales y los fogones! Solo que yo te digo que los tiempos han cambiado y que quiero igualdad, así que me vas a pagar un alquiler.

—Pero esta casa te pertenece.

—Acto simbólico.

—No os comprendo a vosotras, las mujeres. Lleváis una buena vida. Tenéis comida, ropa, casa, las responsabilidades incumben a vuestros maridos. No tenéis ninguna cadena en los pies y ahora me hablas de igualdad.

—¿Y la necesidad del acuerdo del marido para tener una cuenta en el banco y utilizar su propio dinero no te parece que es una cadena en los pies, a ti? ¿Tener que mendigar para tener derecho al voto es libertad? ¿Cómo llamas a arriesgarse a una multa porque llevas pantalones? Ser artista no parece que te impida ser gilipollas.

—¿En qué periodo del mes estás?

Berthe clavó el tenedor en la madera de la mesa. La efervescencia subía.

—¡Oh, joder! ¡No me salgas con la regla! ¡Tú no!

—Confiesa que tiene una influencia sobre tu humor.

—Es tu gilipollez lo que tiene una influencia sobre mi humor.

—La vulgaridad no te llevará a ninguna parte.

—En cuanto una mujer intenta hacer valer sus derechos, vosotros la reducís a sus paños higiénicos. Es bajo, vil y estéril.

—De lo de estéril tú sabes alguna cosa.

Norbert se sentía acorralado y optó por el arma de la mala fe.

—No vayas por ese camino, Norbert. No lo hagas.

—Solo digo que leer a Beauvoir te calienta los sentidos, pero que no eres digna de compasión. Tienes una casa encantadora y un comercio próspero. Yo vagabundeo de pueblo en pueblo para vender mi arte. ¿Quién merece más compasión? No hay un hombre y una mujer en esta historia, solo un superviviente y los demás.

—¿Así que tú crees que yo no soy una superviviente?

La temperatura ambiente rozaba la fisión nuclear.

—No tienes aspecto de estar mal.

—No tienes ni idea de las cosas por las que he pasado.

Norbert la miraba con desdén desde arriba, desde el pedestal de su superioridad masculina, y, además, de artista.

—No necesito leer a Beauvoir para darme cuenta de que existe un problema en cuanto a la situación de la mujer, vivo día a día desde que nací. Pero me siento menos sola cuando la leo y ella dice lo que siento con palabras claras e inteligentes.

—Eso lo cambia todo —se burló Norbert con un bostezo.

—No pensé que te diría esto un día, pero eres peor que los otros.

—Oh, no te subas a tus grandes caballos, Lady Godiva. La protesta femenina ahora va bien. Habéis conseguido el derecho al voto, ¿qué más necesitáis?

—¡La lista es larga! La igualdad de derechos, el final de la discriminación, la...

—Bueno, escucha, he cenado bien, pero esta conversación me cansa, me voy a acostar.

Norbert apartó su plato sucio y se levantó para irse al dormitorio.

—¿Adónde vas?

—A la cama.

—Tu plato.

—¿Perdón?

—Tu plato. No lo has quitado de la mesa.

Norbert se carcajeó.

—Ya no soy un niño, querida. Y tú no eres mi madre.

—¿Así que yo tengo que hacerte de criada?

—Yo soy libre, Berthe. Y las tareas del hogar no me interesan.

Norbert giró sobre sus talones mientras se estiraba.

—No hemos acabado la conversación.

—Yo he terminado.

—¡Norbert!

—Buenas noches, Berthe... —dijo con una voz adormecida sin tomarse la molestia de darse la vuelta.

—¡Mírame cuando te hablo, hijo de cabrón!

—Insultar a mi padre no te conducirá a n...

Norbert volvió la cabeza y no pudo terminar la frase. La bala de la Luger le arrancó la mandíbula y se llevó consigo la réplica. La sorpresa fue más fuerte que el dolor. La descarga de endorfinas anestesió sus sentidos descuartizados y Norbert miró fijamente a Berthe con los ojos muy abiertos. Ella no estaba orgullosa, había apuntado al pecho. Habría tenido que continuar con su entrenamiento después de la visita de Luther.

Renoir se sobresaltó al oír la detonación y se escondió detrás de las piernas de su amo.

—*Gah hia gueuh gua gneuh...*

Norbert intentaba hablar, pero el resto de la lengua se movía en el vacío y profería sonidos incomprensibles. Berthe se acordó del señor Landrun, que volvió de la Gran Guerra con la garganta rota. Después de dieciocho operaciones reparadoras, Landrun consiguió articular palabras cortas bajo la máscara de cera que le ocultaba la monstruosa cara. Landrun se voló la tapa de los sesos dos años después de su regreso de Verdún.

La buena noticia para Norbert era que Berthe abreviaría su sufrimiento antes. Lo apuntaba con la Luger temblando, no de pavor, sino de cólera.

—Todos sois iguales.

Amartilló la Luger, cansada de encontrarse de nuevo en aquella situación.

El muerto viviente emitió un grito agudo, ahogado en la sangre de la garganta, y se precipitó contra ella. Berthe disparó, asustada. La fuerza de la descarga le retorció el antebrazo. La bala salió treinta centímetros demasiado a la derecha y le arrancó la mano a Norbert en lugar de la cabeza, a la que apuntaba. A pesar del terror, Berthe no pudo impedir pensar que era la mano que sujetaba el carboncillo. Norbert tenía razón: si había laureles, sería después de la muerte.

El zombi se tiró al cuello de Berthe e intentó desarmarla. Renoir corría a su alrededor gimoteando. Norbert gritaba juramentos incomprensibles a Berthe y le lanzaba chorros de sangre. Berthe estaba acostumbrada a la hemoglobina —su vida matrimonial era muy teatral—, bajó los párpados para protegerse los ojos, echando pestes contra Renoir, que le impedía reflexionar, y después pensó en Nana. «¡Por los cojones!». Dios, qué sabia era su abuela. Berthe dio un rodillazo en los huevos del zombi, que emitió un aullido a la luna. Sus manos soltaron a Berthe para cubrir las partes genitales apaleadas.

A bocajarro, era imposible no dar en el blanco. Los intestinos de Norbert repintaron la cocina. El cuerpo se desplomó con todo su peso sobre Renoir, que dejó de ladrar después del último «¡guau!» estridente.

Calma de nuevo en la cocina del infierno. Sangre por todas partes. En la cara de Berthe. A modo de puntillismo en el papel pintado con motivos de hortensias. A modo de charco alrededor del cadáver sin mandíbula. Y Renoir ya no se movía, con la cabeza vuelta a ciento ochenta grados.

—Chúpate esa, por la evanescencia.

Berthe cavó una nueva tumba en el sótano para enterrar a un zombi y un perro con la cabeza vuelta y que apestaba.

«Mierda, ¿dónde voy a encontrar papel pintado de hortensias en esta época?».

—Efectivamente, era una gilipollez —concede Ventura.

—Hay que decir que tenía una bonita sonrisa. Además, hablaba bien.

—Dígame, Berthe, hay algo que me mosquea en su historia.

—¿Por qué los maté cada vez?

—No... No, no —reflexiona en voz alta Ventura—. He comprendido que no era de las que se dejan pisotear.

—Ah, ¿sí? Bueno, ¿y por qué no paras, entonces?

—No, lo que me gustaría comprender —continúa el inspector sin prestar atención a la observación— no es por qué los mató. Es... ¿Por qué se casó con ellos? Es extraño, ¿no? Cuatro maridos. Cuatro asesinatos. ¿Nunca aprende la lección?

—¿Cuántas veces me has dicho que te has casado?

—Tres —responde Ventura, sintiendo que se ha aventurado en un terreno que podría resultar comprometedor también para él.

—¿Y tú, entonces? ¿Tampoco aprendes la lección?

—Pero yo no he matado a ninguna de mis mujeres.

—Ya me lo imagino, pero lo que me gustaría comprender es por qué te casas con ellas. Si cada vez te divorcias.

Ventura debe admitir que no tiene la respuesta. Así que se calla.

—Bueno, yo los maté, es cierto. Considero que yo tenía circunstancias atenuantes. Tú no. Sobre este punto no estamos de acuerdo. Eso no te ha impedido vivir tres fracasos sucesivos y de todos modos repetir. Tres divorcios o tres veces viuda, la constatación es la misma: tanto tú como yo somos infelices en el matrimonio.

—No me he divorciado de mi tercera mujer.

—¿No? ¿De verdad? Entonces, ¿para cuándo? —lo pincha la viuda, incrédula.

Ventura vacila. Después se dice que, si espera de la abuela que sea honesta, debe hacer lo mismo.

—Por el momento, nos tomamos un *break*.

—¿Un «brec»? ¿Qué es un «brec»?

—Un *break*. Una pausa, eso.

—Ah, ¿sí? ¿Y para qué?

—Para darnos una oportunidad.

—Tercer matrimonio, ya estás en «brec», ¿pero todavía quieres darte una oportunidad? ¿Quién es el que miente en esta habitación? Yo me enfrentaba al problema, eso es todo. A mi manera, pero tenía el mérito de ser eficaz.

—Demasiado.

Ventura quiere recuperar las riendas de la situación. No le gustan los ataques de la vieja, que lo ponen frente a sus contradicciones, pero también frente a sus miedos. Ella dice en voz alta lo que él no se atreve a confesarse en voz baja: su tercer matrimonio es un fracaso, es incapaz de amar, o al menos de construir una relación amorosa duradera, acabará solo... La presa de la mente está a punto de ceder. Esta vieja mentalista es un adversario temible.

—Volvamos a los cadáveres, ¿de acuerdo?

—¿Qué? ¿Se te va a enfriar la bandeja del microondas? Estás en «brec», te lo recuerdo, nadie te espera con un platito cocinado.

—Es inútil que se ponga mezquina, Berthe.

—¿Y tú? ¿Qué estás haciendo desde hace horas?

—La interrogo.

—No, me juzgas.

—Todavía no, Berthe. Pero la inculpo. Sí. Por asesinato.

—Y yo confieso. Así que deja de buscarme las cosquillas. Déjame confesar, pero no me juzgues y yo haré lo mismo.

Silencio de plomo en la oficina. Solo el fluorescente se atreve todavía a chisporrotear.

La policía que sustituye a Pujol, en cambio, prefiere ser discreta. Aunque su predecesor se ha tomado el tiempo de ponerla al corriente de la situación antes de pasarle el relevo, no se ha puesto el chaleco antibalas antes de entrar. Habría tenido que hacerlo, los daños colaterales se producen de improviso.

Ventura contraataca:

—Y en el caso del pintor del domingo, ¿también el señor De Gore la ayudó a salir del embrollo?

De Gore dormía el sueño de los injustos cuando una sensación fría en la boca lo sacó de sus sueños. El sabor de la Luger.

Frente a él, aquella loca de la Gavignol.

—Hola.

De Gore se meó en la cama.

—Debería hacerse examinar la próstata.

El incontinente se tragó la humillación para concentrarse en la amenaza.

—¿Qué puedo hacer por usted, Berthe?

La viuda agitó su contrato de matrimonio.

—Un poco de papeleo.

De Gore suspiró y después se levantó de la cama. Se masajeó maquinalmente la cicatriz del abrecartas de la palma.

—Tiene usted una relación graciosa con el matrimonio.

—Yo no diría que graciosa.

—Es una manera de hablar.

—Es que creo en él cada vez.

—¿Realmente?

—Bueno..., no, no realmente. Pero siempre hay una pequeña chispa.

—¿Una chispa? ¿Con su pintor de la plaza de Tertre?

—¿Qué es la plaza de Tertre?

—Deje de hacerse la tonta, Berthe. Quédese viuda y deje de sembrar cadáveres en su sótano.

—Prometido.

Berthe levantó la mano riendo, divertida con el sermón.

—Sí, bueno, no prometa a la ligera. Su historia es un auténtico genocidio marital.

—¡Ya está bien, ahora vas a cambiar de tono!

Berthe levantó la Luger, esta vez ya no tan divertida.

De Gore firmó los papeles con la boca cerrada. Mamá Luger era un poco temperamental.

—De Gore y yo no estábamos a partir un piñón, pero nuestro negocio funcionaba.

Ventura mira con desdén a Berthe, con esa cabeza de *bulldog* incrédulo que se ha vuelto familiar para la vieja a lo largo del día.

—Quedan dos.

—Tengo hambre —despista Berthe.

Ventura no se olvida de la elevada edad de la asesina y sabe que está obligado a cuidarla si no quiere que la palme ante sus narices.

—Vale, vamos a hacer una pausa. ¿Quiere comer sola o prefiere que la acompañe? No hay ninguna obligación.

—Pero volverías más pronto a casa, lo comprendo.

—Yo no he dicho eso.

—Comer sola es lo que hago cada día desde hace cuarenta años. Eres un auténtico tocapelotas, Lino, pero me haces compañía.

—Encantado de que mi compañía le guste.

—No he dicho que me guste. He dicho que me haces compañía. Hace mucho tiempo que he dejado de ser exigente con la calidad de mis relaciones.

Berthe emite un gemido debido a un esfuerzo que no ha sido visible para ninguno de los testigos de la habitación.

—Ayúdame a levantarme. Ya no tengo fuerzas.

Ventura sabe que la noche va a terminar con la vieja esposada, que la va a enchironar *manu militari*; sin embargo, en este instante, se imaginaría con facilidad llevándola con cuidado en los brazos hasta el comedor. Una jornada de paradojas.

Ventura se dispone a levantarse cuando un mensaje hace vibrar su móvil encima de la mesa. Lo lee.

—Vaya, es usted una estrella.

—¿Cómo?

Ventura pone el móvil en las manos de la vieja.

—No veo nada.

—Lea el artículo.

—Te digo que no veo nada. Tu trasto está todo negro.

Agita la pantalla apagada.

—Barra.

—¿Qué?

—Con el dedo, barra la pantalla.

—¡Eh, oye, no he venido a hacerte la limpieza!

—Bueno.

Ventura coge el móvil y enciende una tele que se encuentra encima del casillero. Zapea hasta la cadena de información.

—El placer de la información continua, difundida con urgencia y sin verificación de los hechos —comenta.

De guardia delante de la choza de Berthe, una reportera gráfica toma el micro ante el miniproyector del cámara.

—Nos encontramos delante de la casa de Berthe Gavignol. El escándalo macabro ha estallado esta mañana tras su aparatoso arresto, cuando la jubilada abría fuego sobre las fuerzas policiales. Los equipos de investigación han encontrado en el sótano varios esqueletos de animales, pero también de humanos. Un auténtico cementerio. Nuestras fuentes hablan de siete cuerpos. A los ciento dos años, la que recibe el apodo de la

Viuda Negra actualmente está siendo interrogada por el inspector Ventura sobre el presunto asesinato de estas siete personas, algunas de las cuales eran sus maridos.

Ventura apaga.

—Informaciones de calidad, las que me muestras.

—Y todavía no lo ha visto todo. Está arrasando en Facebook.

—¿En qué?

—Se habla de su caso en todas las redes sociales.

—No tengo ni idea de lo que me hablas.

—Creía que eso le interesaba.

—Lo que me interesa es lo que hay en el menú de la noche. Espero que sea más comible que al mediodía, de lo contrario me voy a la cocina y les enseño cómo se prepara un pollo al limón digno de este nombre. Y me da igual que estemos en una comisaría y que haya quien sea susceptible respecto al nombre.

—Hay pollo[27] con ciruelas —la informa la policía, enternecida.

Berthe se gira hacia la voz para responderle con su sonrisa más afable.

—Gracias, preciosa. Oh, vaya, tienes un pelo magnífico.

La morena piel de la policía magrebí se oscurece al ruborizarse.

—Gracias, señora.

—¡Ah, mira!

Berthe toma a Ventura como testigo.

—Ella me ha llamado señora. Es educada.

—Gracias, Beyoun, puede retirarse. Vuelva después de cenar —ordena el inspector.

---

27. En francés, pollo es *poulet*, que en argot significa «madero». (*Nota de la traductora.*)

—Bien, jefe.

La policía cierra el ordenador, cuando Berthe la interrumpe, sermoneando a su jefe:

—¡Ah, no, oye! Yo te hago un reproche y tú diriges la ofensa contra la pequeña, que no ha hecho nada, para no hacerlo contra mí. ¿Así que mi historia no te ha enseñado nada?

—¿Qué? ¿Quiere hacerme enfadar, Berthe? —dice el *bulldog*, harto.

—No. Quiero que aprendas a ser respetuoso. ¡Sobre todo con las damas!

Berthe coge la mano de la policía.

—Pelo ondulado. A tu edad yo lo tenía magnífico, como tú. Pero no tan espeso. ¿Qué te pones para desenredarlo?

—Aceite de argán —se atreve a decir Beyoun, con prisa por obedecer las órdenes de su superior.

—Bueno, señoras, hablaremos de cosmética más tarde, si les parece bien —interrumpe Ventura.

—¡Sí, sí, vamos! No hace falta ser grosero —refunfuña Berthe.

—Usted era la que tenía hambre, aclárese.

—El siguiente te lo contaré mientras comemos. Ya lo verás, será rápido. Ni siquiera tendrás tiempo de acabarte la sopa.

Después, Berthe da unos golpecitos en la mano de Beyoun, con un guiño cómplice.

—Volveremos, no te preocupes, todavía hay cosas que contar.

Ventura y Beyoun intercambian una mirada interrogadora.

—¿Cómo que «todavía hay cosas que contar»? —se inquieta Ventura—. Oh, Berthe, no me diga que oculta otros cadáveres en el armario.

—No te pongas nervioso, te va a dar un ataque al corazón antes que a mí. Venga, vamos, Colombo. Nos cargaremos a ese pollo.

Verano espléndido. Berthe contemplaba las estrellas mientras se bebía una tisana en el porche. Se había comprado una mecedora, le gustaba balancearse cuando caía la noche y perderse en el cielo y en sus pensamientos.

Acababa de soplar cuarenta y seis velas en un pastel de cerezas que se había comido sola en la cocina al son de *Summertime*. Había encontrado un viejo vinilo en una tienda de segunda mano, había mandado arreglar su gramófono de mecanismos oxidados y se pasaba las veladas con Sidney, su saxo soprano y sus libros.

Y algunos recuerdos.

Luther visitaba a menudo su mente y nunca había abandonado su corazón. No por ello Berthe se dejaba llevar por un pasadismo anticuado. Al contrario, era cada vez más activista y conocida bajo cuerda por ayudar a las jóvenes que querían abortar.

La vida había decidido probar a Berthe. No podía ser madre, no importaba, ayudaría a las que podían a no serlo demasiado pronto. Los caminos del Señor son insondables. Los del útero son menos recalcitrantes. Basta con una buena aguja de hacer media y cierta destreza. La operación podía convertirse con rapidez en una carnicería, y Berthe ya tenía suficientes cadáveres en el sótano, pero tenía un don para la eliminación de los embriones, tanto como para la de sus maridos. Hay talentos así. Berthe no estaba orgullosa, pero gracias a eso salvó a muchas chicas de dramas que les habrían destrozado la vida.

Berthe se había acostumbrado a la soledad, pero se alimentaba de los momentos privilegiados que compartía con estas muchachas procedentes de toda Francia. Algunas reputaciones viajan deprisa, sobre todo entre personas desamparadas ante una situación que les parece inextricable. Sin embargo, el secreto de Berthe estaba bien guardado, solo se difundía entre chicas de confianza, y cada mes varias de ellas tocaban a su puerta, con la cara descompuesta y la panza hinchada.

Berthe intentaba desdramatizar su situación con su benevolencia. Y, si esto no era suficiente, la Gran Frida seguía funcionando. Había tenido que taponar algunos tubos con cinta aislante, pero el aguardiente de Nana todavía era bueno. Las chicas se marchaban, llenas de gratitud y una pizca de melancolía en el fondo de la mirada, que el tiempo borraría. Habían pasado unas horas o unos días bajo el ala protectora de un ángel de la guarda femenino, cuando a menudo eran expulsadas de las casas de los que se suponía que las querían.

Ángel de la guarda o creadora de angelitos, a Berthe no le gustaba que las chicas la embrollaran con sus simbolismos divinos. Las pequeñas necesitaban ayuda y amor, y Berthe estaba allí para dárselos. Tenía a paladas.

Bueno, es una manera de hablar.

Aquella noche, las estrellas surcaban un cielo especialmente claro del mes de julio. Un año antes, los soviéticos habían demostrado su superioridad sobre los americanos con el programa Luna 2. Una sonda terrestre había llegado por primera vez al suelo lunar. Aparte del viaje a Sicilia, Berthe nunca había salido del Macizo Central. ¿Quizá el ser humano conseguiría un día viajar a la luna? ¿Y quizá ella abandonaría su choza y recorrería el mundo? Esta segunda hipótesis le parecía menos probable.

—Ejem, ejem, buenas noches, Berthe.

La soñadora tuvo un ligero sobresalto ante la aparición de Baptiste Goujon, el farmacéutico.

—¿Baptiste? Pero ¿qué hace usted aquí a estas horas?

—Yo... me he armado de valor —dijo tímidamente el farmacéutico, aclarándose la garganta.

—No veo la relación.

—He dudado durante mucho tiempo y me ha parecido que ahora, sin duda, ha llegado el momento de...

—Baptiste, siempre se lo digo, vaya directo al grano. Nos hace estar de plantón durante horas en la farmacia con sus vacilaciones.

El pobre Goujon dejó caer su valor en la boñiga de vaca sobre la que se encontraba por descuido. Goujon era un hombre enclenque, torpe y tímido. Y por encima de todo hipocondríaco. A los cincuenta y dos años, seguía soltero. Incluso corría el rumor de que todavía era virgen.

—Berthe, se lo ruego, no me facilita las cosas.

Goujon quizá no tenía nada de Charlton Heston, pero era un buen tipo. A fuerza de enfrentarse a los depredadores, Berthe había desarrollado una empatía por cualquier ser frágil o desamparado. Y Goujon tenía aspecto de cordero extraviado.

—Perdón, Baptiste, tiene usted razón. Dígame, lo escucho.

—Pues mire, resulta que yo..., cof, cof..., raaaaaah... ¡¡cof, cof!!

El pobre muchacho intentaba causar buena impresión y he aquí que escupía los pulmones. Desamparado, de acuerdo, ridículo, no había que presionarlo demasiado.

—Perdón, yo..., cof, cof..., esa rinitis alérgica..., cof..., pulmones inflamados..., cof..., lo siento..., cof...

—¿Quiere una tisana para que se le pase?

—Sí, muchas gracias.

Berthe volvió a pensar en la luna y se dijo que ese bueno de Goujon le estaba arruinando su velada meditativa, y le tendió su taza. *Summertime* terminaba detrás de ella y no arreglaba nada las cosas. La imagen de Luther se superponía a la del farmacéutico enfermo. Berthe cerró los ojos, suspiró y sacudió la cabeza para volver a su visitante.

—Su tisana..., cof..., tiene un sabor extraño...

—Sí, es una decocción que preparo yo misma. Tomillo, miel, valeriana y ajo para el hígado.

—¿Ajo? ¿Ha puesto ajo dentro? Soy alérgico al ajo —dijo aterrorizado Goujon.

Berthe levantó los ojos al cielo. La luna iluminaba su desconcierto.

—Bueno, que no cunda el pánico, no he puesto mucho. Así que dígame, Baptiste, ¿qué lo trae por aquí?

—¿Está segura? Porque siento un picor en la garganta. El edema de Quincke nunca está muy lejos y...

—No sé quién es su Quincke, no he leído su obra. Vista su cara, la cosa parece dramática, pero está refrescando y tengo sueño, ¡así que dígame!

Baptiste se sintió frustrado, pero, al ver que nada se desarrollaba como había previsto, dejó de lado su vejación y se lanzó a una declaración amablemente patética.

—Berthe..., queridísima Berthe...

—¿Sí, queridísimo Baptiste?

—No me interrumpa, se lo ruego.

Si Baptiste no midiera quince centímetros menos que ella, Berthe ya le habría dado una patada en el culo.

—Perdón, adelante, lo escucho.

—Como usted sabe, regento la farmacia de nuestro bonito pueblo desde hace ahora treinta y tres años. He vivido al lado de mi difunta madre hasta el final de sus días, el año pasado, lo cual me ha alejado de cualquier posibilidad de fundar una familia. Los años pasan y he llegado a la conclusión de que ha llegado el momento de casarme.

Berthe se mantenía inmóvil bajo la luz del porche. Una mosca zumbaba a su alrededor, alterando el silencio de su mutismo.

«¿Me va a pedir que me case con él, este gilipollas?».

—Baptiste, ¿adónde quiere ir a parar?

—No hay demasiadas maneras de decírselo, así que iré directo al grano y sin rodeos, porque soy un hombre decidido y...

—Baptiste, abrevie.

—Sí, perdón. Berthe, ¿quiere ser mi mujer?

«Ah, pues sí...».

—Mi querido Baptiste, me siento muy halagada, pero, como usted sabe, ya he estado casada y...

—Sí, lo sé. Todas mis condolencias.

—No creo que sea un buen partido. Soy viuda. Muchas veces.

—Lo sé.

—Pero, entonces, ¿por qué?

—Porque usted es mi única oportunidad de no convertirme en un viejo solterón.

En el género de la declaración chunga, Goujon se llevaba la palma. Berthe estaba alucinada.

—Gracias, es usted un auténtico caballero.

—No se lo tome a mal, Berthe. Es usted una mujer magnífica. Más allá de las esperanzas de un hombre como yo. Soy muy consciente de mi apariencia. Desde hace años, la observo, la admiro, la...

Goujon empezó a brillar en la oscuridad, por el apuro.

—¿Me...?

—La deseo —se atrevió a decir, con una voz de monaguillo que confiesa un pecado capital.

Berthe no estaba sorprendida, sabía el efecto que causaba en los hombres. Antes de enterrarlos. Que a Goujon se le pusiera dura ante ella no era una gran novedad. Lo cierto es que a su declaración le faltaba romanticismo.

—¿Qué le hace pensar que podría decir «sí»?

—Su reputación.

—¿Qué le pasa a mi reputación?

—Divorciada, viuda y abortista, aunque esta parte no es de conocimiento público.

—¿Cómo lo sabe?

Berthe se puso en guardia y comprobó por encima del hombro de Goujon que nadie los escuchara.

—Por los productos que me compra para sus operaciones.

—¿Ha venido a chantajearme?

El tono se volvió rancio.

—Nada de eso, no, no lo piense.

—¿Entonces?

—Quiero lavar su reputación ofreciéndole que adopte la mía.

«Los hombres. Todos iguales. Nuestros salvadores. Todavía querrá que me entusiasme».

—No necesito su buena reputación, Baptiste. No me avergüenzo de lo que soy.

—¡Por favor!

Goujon ahora mendigaba su mano. Berthe le habría dado tres francos para que fuera a comprarse algo parecido a la dignidad.

—¿Cree que voy a casarme con usted por piedad?

—No... Por supuesto que no... Pero Berthe, seamos honestos, usted no rejuvenece.

—Es usted encantador, realmente.

—No se lo tome así. Sabré ser un marido tierno y atento. Seré una presencia, un compañero. Envejeceremos juntos. ¿Se imagina en esta choza dentro de veinte años? ¿Dentro de treinta años? ¿Sola? ¿Detrás de una carabina como única protección?

Berthe se vio como una anciana apergaminada detrás de su calibre 22. La imagen la hizo reír.

—Pues, en realidad, sí, me veo bien.

—Berthe, le pido que reflexione sobre mi petición. Los inviernos son largos y tristes en el Macizo Central. Y yo le propongo acompañarla en el camino de vida que nos queda.

Berthe observaba a aquel hombrecito patético. El microsurco giraba en el vacío una vez terminada la canción. Había tenido cuatro maridos y un amante magnífico. ¿Qué esperaba de su destino? Delante de ella, estaba un compañero potencial. Incoloro, inodoro e insípido. Este no sería peligroso. No correría el riesgo de acabar en el sótano.

Así que, después de todo...

La boda tuvo lugar de manera muy discreta, el 12 de agosto de
1960. Berthe y Baptiste habían dicho «sí» a la unión para no
acabar sus días solos. Era una pobre motivación, pero Berthe
se había convertido en Goujon y había encontrado un compañero para mucho tiempo, esta vez.

Dos días después de una celebración poco brillante, Berthe
se cepillaba los rizos salvajes frente al tocador y se convencía
de que había tomado la decisión correcta. En términos de relación marital, a menudo había razonado por cálculo o por ob-
cecación. Fuera de la farmacia, Baptiste hablaba poco. O nada.
Era soso y aburrido a morir. Pero no a matar.

—¿Has visto las aspirinas, querida? Tengo una migraña de
mil diablos.

—Ya te he dicho que no me llames querida.

En lo referente al amor, probablemente habría que esperar más tiempo.

Baptiste, ataviado con un calzoncillo largo a rayas, una ca-
miseta y unas ligas para calcetines de bonito efecto, hurgaba
en los cajones de la cómoda con irritación.

—En esta casa no se encuentra nunca nada.

—Pero bueno, tú eres el farmacéutico. Las aspirinas son lo
tuyo.

—Esta migraña me está matando.

Berthe volvió a su cepillo sin hacerle caso. Baptiste hacía

apenas un mes que se había mudado y su hipocondría la sacaba de sus casillas.

—Ah, por fin.

Baptiste encontró el tubo de aspirinas y lo agitó delante de Berthe, como un grial; después, con prisa por acabar con el dolor, quitó el tapón del tubo con los dientes y se lo tragó.

—Ggggg...

El tapón se alojó en la tráquea y le impidió respirar. Berthe asistía al lamentable espectáculo y no podía creer lo que veían sus ojos.

«Pero ¿qué está haciendo este gilipollas?».

Baptiste se estaba ahogando.

—Ggggg... krrrr... krrrrr... gggh...

Con las manos en la garganta, Baptiste se desplomó sobre las rodillas, sin aliento. Privado de aire, hacía grandes aspavientos para que Berthe le golpeara la espalda. Berthe tardó un tiempo en salir de su estupor, pero acabó por precipitarse hacia el inútil de su marido. Le golpeó la espalda, ejerció una presión en el hueco del estómago y le pegó unas bofetadas. Baptiste sacudió la cabeza, colorada, y apartó las manos ineficaces de su mujer, en busca de una solución en otra parte.

No encontró ninguna.

Baptiste se derrumbó sobre el parqué. Con la baba en los labios y los ojos desorbitados. Sin vida.

Berthe miró con desdén el cadáver a sus pies.

—¿Es una broma?

Por uno al que no pensaba matar.

Accidente doméstico. El certificado de defunción de Baptiste sería fácil de redactar y el epígrafe, aunque no fuera brillante, sería original: «Muerto en brazos de su mujer, recién casada y viuda por quinta vez. Un tapón y la mala suerte atravesados en la garganta». Incluso su muerte era estúpida y desaborida.

Berthe invitó al notario para que la apoyara en aquel trance. De Gore en realidad acudió para las «formalidades». Al ver a su quinto marido tirado en el suelo, sin vida, dirigió una mueca de fastidio a Berthe. «¿En serio?».

Berthe se encogió de hombros. «Te juro que esta vez no he hecho nada».

Con el médico por testigo, la conversación fue silenciosa, pero Berthe sintió la reprimenda del notario y la encontró muy injusta.

—Voy a avisar a la morgue para que se lleven el cuerpo —dijo el médico.

—Es que... preferiría que se quedara cerca de mí.

—El velatorio, por supuesto. Pero primero tenemos que embalsamarlo.

—Ah, ¿sí? ¿Eso se hace?

De Gore le lanzó una mirada oscura. Berthe se encogió de hombros de nuevo.

—¿Qué? ¡No lo sabía!

—Yo... creía que..., bueno, usted ya ha sido viuda. Y en varias ocasiones —balbuceó el médico, incómodo en aquella casa considerada encantada.

—Sí, es que..., perdón. Es un choque muy grande cada vez.

De Gore puso los ojos en blanco.

—Cuesta acostumbrarse a estas cosas —añadió Berthe.

De Gore alucinaba.

—¿Al fallecimiento de sus maridos? Sí..., es difícil... acostumbrarse.

El tono informal de la viuda daba escalofríos al médico.

—Le devolveremos el cuerpo para el velatorio. La dejaré que vea con el servicio funerario si opta por la cremación o el enterramiento.

—¡El enterramiento! —gritó Berthe.

Los asistentes se sobresaltaron ante su entusiasmo.

—Perdón, el enterramiento —repitió Berthe en un tono más solemne—. Es una tradición en esta casa. Un pequeño ritual, eso es.

«¡Que se calle ya!», rogaba De Gore, masajeándose las sienes.

—¡Pero ya me encargo yo, no se preocupe! Estoy acostumbrada.

Las palabras de Berthe no tenían ningún sentido. El choque, probablemente. El médico la habría examinado, pero prefería largarse lo más rápidamente posible.

A De Gore, se le ocurrió intervenir:

—La señora Goujon quiere decir que...

—Gavignol —lo corrigió Berthe.

Ofuscación del médico. Hastío del notario.

—Bueno, está muerto, ¿no? Ahora ya no me llamo Goujon.

De Gore hizo como que no había oído nada y continuó:

—El testamento de mi difunto cliente estipulaba su voluntad de ser enterrado. Puede disponer, doctor. Yo me ocuparé de las especificidades —concluyó De Gore, frotándose los ojos, como para eliminar la pesadilla absurda en la que estaba metido.

Por una vez que no era responsable de la muerte de uno de sus maridos, Berthe no quería disimularla. Se esforzaba por elaborar una excusa enrevesada para un crimen, pero, para un accidente tan grotesco como el de Goujon, no se iba a estrujar las neuronas.

Una vez efectuadas las formalidades, le devolvieron el cuerpo embalsamado. Tenía las mejillas rosadas, el pelo bien peinado y llevaba una elegante americana. Ese pobre Baptiste tenía mejor prestancia muerto que vivo. Triste balance.

Ningún lugareño acudió al velatorio. Es cierto que el farmacéutico no tenía amigos, pero sí una clientela fiel que la superstición mantenía alejada. La Viuda Negra había enterrado a cinco maridos. Algunos iluminados decían que habían visto fantasmas en el patio. Los transeúntes daban un rodeo para evitar la choza de la bruja.

A las dos de la madrugada, Berthe pensó que no llegaría nadie.

Fue a buscar la pala.

Al día siguiente, el enterrador sepultaría un ataúd vacío. Como había hecho con Marcel y Norbert. De Gore deslizaría unos billetitos en su bolsillo para el entierro. El enterrador tenía deudas de juego y ahogaría su mala conciencia bebiendo Picon.

La viuda reincidente tenía razón. Antes de que el inspector se acabara la sopa, ya había soltado la verdad sobre el fallecimiento de su quinto esposo, tan soso como la crema de verduras que se tragaron como entrante.

—¿Se da cuenta de lo que me acaba de confesar, Berthe?

—¿Qué, esta vez?

—Ah, pues que este no es un asesinato.

—¿Sí? ¿Y?

—Bueno, es una buena noticia. En fin, desde cierto punto de vista, es un dato que me parece más bien tranquilizador.

—Ah, ¿sí? ¿Por eso no me vas a inculpar por los otros? —insinuó Berthe, sin demasiadas esperanzas.

—Buen intento, pero no. Pero desde esta mañana que enumera sus asesinatos a sangre fría...

—Sangre fría, sangre fría —interrumpe Berthe—, cómo te pasas.

—Vale, tiene razón, sus asesinatos, en cualquier caso. Bien, pues saber que, de los cadáveres del sótano, hay uno al que no ha matado usted me parece tranquilizador. Eso la hace más...

—¿Qué? ¿Humana?

Berthe siente que el juicio del inspector le está hinchando las narices.

—No —intenta corregirse Ventura.

Después se lo piensa mejor.

—Sí. Tal vez sí. Eso demuestra que no es una psicópata. Es una asesina en serie, eso no se puede negar, pero no está completamente desconectada de la realidad. Es…

—Humana —confirma la centenaria—. Sí, lo soy. ¿Y sabes cómo lo sé?

—¿Porque se ha topado con un montón que no lo eran?

El rostro de Berthe se abre, contenta de la connivencia que le ofrece Ventura.

—Exactamente.

—Empiezo a conocerla bien, Berthe.

La vieja da golpecitos en la mano del inspector, que continúa:

—Dicho esto, me gustaría que me aclarara un punto: ¿por qué se tomó la molestia de enterrar a este? Parece haberse convertido en vicio.

—En vicio, no. Más bien fue un reflejo.

—La veo venir. Reflejo de supervivencia, va a decir, pero este no quería hacerle daño. Se diría que estaba orgullosa de su colección.

—Orgullosa, no. Hastiada, sí. Confieso que, con el quinto, había perdido un poco las referencias. Lo justo, lo malo, ya no podía diferenciarlo. Creo que no estaba lejos de volverme loca. Es cierto, me arrastraba un impulso. Además, los otros se habrían puesto celosos. Desde cierto punto de vista, era coherente.

—Desde cierto punto de vista —aprueba Ventura, sin poder impedir que le parezca lógica en su locura.

Berthe se apodera del plato de pollo con ciruelas y presenta el vaso vacío ante las narices de su querido inspector.

—Sírveme un vaso de vino tinto, que te cuento el último.

A los noventa y ocho años, las velas desbordaban del pastel de cerezas. Habría tenido que modernizarse con las nuevas en forma de cifra. Berthe ya no veía muy bien, a pesar de las gafas de culo de botella que le torturaban el puente de la nariz. Pero no se rendiría, soplaría el pastel en cada uno de sus cumpleaños, aunque tuviera que morir a los ciento dos años.

Sonó el timbre en el momento en que se disponía a soplar la vela 8. La 9 ya le había vaciado su primera reserva de aire.

—¿Quién puede venir a joderme en plena tarde?

A los noventa y ocho años, una sopla el pastel de cumpleaños a la hora que quiere, es un privilegio de la edad.

Un hombre enjuto con un bigote corto estaba sobre su felpudo, con un maletín al lado de los pies y una carpeta en la mano.

—¿Señora Goujon?

—Gavignol. Señorita.

—Ah, yo creía que... —se enredó el hombre, confundido al verificar sus documentos.

—Sus papeles no están al día. ¿Quién pregunta?

—El señor Tremouille, recaudador de impuestos. Encantado.

—No le devolveré el cumplido.

Tremouille perdió unos gramos de seguridad ante el mal aspecto de la abuela. Después Berthe se fundió en una gran sonrisa acogedora.

—Encantada. ¿Qué puedo hacer por usted?

—Yo..., pues..., bueno..., yo..., resulta que actualmente informatizamos todos los expedientes y...

—Ah, yo no entiendo nada de esos chismes tecnológicos, no voy a poder ayudarlo.

—No, pero..., no..., no necesitamos su ayuda.

—Entonces, ¿qué narices hace aquí?

La sonrisa había desaparecido de nuevo y con ella el resto de seguridad del recaudador.

—Yo..., pues..., el caso es que, al examinar sus documentos, me he dado cuenta de que... no todo está claro... en su situación... marital.

—Ah, eso no me extraña nada.

—Sí, hemos identificado bastantes errores... De declaración... Su condición de... viuda...

—Muchas veces.

—Eso es. Y...

—Condolencias aceptadas.

—Oh, perdón..., sí..., yo..., mi más sentido pésame.

—¡Ah, los jóvenes! No tienen educación. Deberías mostrarme respeto, ¿sabes?, quizá he recibido a tu madre en la cocina. Mi único remordimiento, en este caso, es no haber utilizado las agujas para ti.

Tremouille la miraba fijamente, perdido.

«Completamente senil, esta pobre vieja. Me va a llevar todo el día».

—Estoy bromeando.

Tremouille relajó el rostro.

—Ah..., bien... Ja, ja, ja..., es divertido.

Le señaló el expediente.

—¿Tiene tiempo? Me gustaría repasar sus declaraciones en detalle con usted.

—Muy bien. Entre, querido señor, voy a buscar la pala.

—¿Cómo? —preguntó el recaudador, diciéndose que, a aquel ritmo, se iba a perder *Plus belle la vie* aquella noche.

Berthe cerró la puerta detrás de él.

¡Bang! ¡Bang!

«¡Aggg! ¡Mis lumbares! Ya no tengo edad para estas gilipolleces...».

Ventura se traga el último bocado de pollo y se limpia la boca con la servilleta de papel, dejando marcas de jugo de ciruela en el blanco mucho más inmaculado que la conciencia de su interlocutora.

—Tiene usted unas poquitas de malas pulgas, de todos modos.

—¿A ti te gustan los recaudadores de impuestos?

—No. Pero no me pongo a liquidar a todos los que no me gustan...

—Pues se haría una buena limpieza. Si hubiera más gente como yo, habría menos gilipollas a nuestro alrededor.

—¿Se da cuenta de la barbaridad que acaba de decir, Berthe? Teniendo en cuenta que a los gilipollas que tenía a su alrededor sí los mató.

—Oh, ya no se puede ni bromear.

—Siete asesinatos. No es como para hacer bromas.

—Porque tú no tienes sentido del humor.

Ventura se quita el sabor de las ciruelas con un trago de uva fermentada, viñedo más bien mediocre de una finca cercana, y escudriña a esta vieja que es más compleja a medida que se quita el velo.

—Te hago rabiar. Venga, no te pongas de morros. Lo admito,

con el recaudador me faltó paciencia, pero con esos tipos es más rápido ir a buscar la pala que argumentos para librarte de ellos. Al envejecer, se adquieren hábitos.

—Pero, bueno, ¿se está oyendo?

—Qué, ¿todavía te sorprendo?

—Sí, lo confieso, todavía me sorprende. En fin, como conclusión, para la prescripción, digamos que está muerto. Aunque, en su caso, probablemente eso no habría cambiado gran cosa. Bueno, vamos a escribir ese informe, ¿o quiere tarta antes?

—¿Qué? ¿Ya hemos acabado?

—¡Cómo es! ¡De verdad! —continúa alucinando Ventura.

—Yo no quiero postre. En cambio, no diré que no a un calvaditos.

—Lo siento, pero vamos a olvidarnos del calvados. ¿No quiere postre? ¿Seguro?

—¿Tanta prisa tienes por acabar conmigo?

—Escuche, Berthe, la quiero mucho, pero, sí, me gustaría regresar a casa. Ha confesado los siete asesinatos. Expediente cerrado.

Ventura se levanta de la incómoda silla de plástico, estira las vértebras, cansadas por una jornada agotadora, exhala un estertor de relajamiento y después un discreto eructo, y se frota las manos, dispuesto a cerrar por fin el informe.

—¿Qué te dice que solo había siete?

Ventura se queda paralizado. Con los ojos fijos en el vacío. No se atreve a dirigirlos hacia la vieja.

«Mierda, ¿qué dice ahora esta loca?».

—Pues... Han terminado de cavar en el sótano y han contado siete cráneos humanos. Así que deduzco...

—¿Qué te dice que los enterré a todos allí?

Ventura clava los ojos en la vieja. Luce un rostro radiante

de una paciencia ancestral, la de los viejos que se pasan el día en un banco contemplando cómo la vida transcurre a cien por hora a su alrededor, cuando ellos saben todo lo que esta precipitación tiene de vano.

—¿Quiere confesar otros asesinatos?

—Solo digo esto: que no hayas encontrado más cuerpos no significa que no haya habido más asesinatos, Colombo. ¿Qué narices te enseñan en la escuela de quepis?

El inspector tiene que bajarse los pantalones. Se frota los ojos. En profundidad. Largo rato.

Después saca el móvil del bolsillo y barre la pantalla.

—¿Esperas noticias de tu dulcinea? Creía que estabais en «brec».

—No, de mi hijo.

—Oh, ¿tienes que irte a relevar a la canguro? Los jóvenes tienen prioridad —dice la abuela, comprensiva.

—Mi hijo tiene veinticinco años. Se ocupa de mi perro cuando no estoy en casa. Pero hoy no estaba disponible y...

—Y se hace tarde. Vaya plan. No hay que hacer esperar a los animales. He tenido ocho gatos, sé de lo que hablo. Eso puede esperar a mañana, Lino. En fin, si todavía estoy viva.

Este humor socarrón es eficaz debido a la plausibilidad de la amenaza. La vieja es capaz de estirar la pata durante la noche y dejar a Ventura con fiambres no identificados en la naturaleza, cuando su asesina estaba dispuesta a contarlo todo.

—¿Me concede tres cuartos de hora? ¿El tiempo de ir y volver?

—Ve, yo haré un poco de *footing* mientras te espero.

Ventura mueve la cabeza. «Ah, esta mujer...».

—Pero, lamentándolo mucho, durante este tiempo me veo obligado a encerrarla en una celda.

—Ah, ¿ya vuelves a ser desagradable?

—¿Qué quiere, Berthe? Yo soy un poli y usted es una criminal. Hay ciertos escollos inevitables.

Berthe da un paso dentro de la celda de detención provisional y se da la vuelta. El inspector cierra la reja ante sus narices, sin demasiadas ceremonias.

—Le prometo que iré rápido.

—Vete ya, no te culpabilices, solo soy una vieja enferma a la que encierras en un gallinero.

Harto, Ventura prefiere no replicar.

—Ya vuelvo.

—Dime, antes de marcharte, ¿qué perro es? Alégrame la vida y dime que es un sabueso.

Ventura se pregunta si, en definitiva, no tendría que dejarla pudrirse ahí, esta noche. Sería cruel, pero el cansancio y el veneno de la vieja le tientan.

—Hasta la vuelta, Berthe.

—Hasta la vuelta, Colombo.

La abuela arrastra los pies hasta el banco y se sienta entre Mouss, el joven negro de rostro tumefacto, y una chica de aspecto decidido sorprendentemente angelical a pesar del atuendo de prostituta realzado por la pizca de vulgaridad de una peluca malva.

—Cómo lo ha tundido, al guindilla. —Se ríe Mouss—. ¡Caracortada en la sala!

—No comprendo nada de lo que dices, hijo.

—No, digo que usted me hace delirar. No se deja avasallar para ser una vieja. Respeto.

—Sí, bueno, deja sitio a mis viejas nalgas y ve a buscarte una gramática.

Berthe se mete entre el delincuente y la prostituta. Entusiasmado, Mouss hace las presentaciones:

—Tanya, esta señora se ha trincado...

Mouss vacila, cuenta y después se vuelve hacia Berthe.

—¿A cuántos papis se ha trincado?

Berthe se inclina hacia la prostituta, con una mueca desorientada.

—¿Qué dice?

La cara del ángel, divertida por la inocencia de la centenaria, se relaja bajo la peluca malva.

—Dice que ha matado usted a varios hombres y pregunta que a cuántos.

—Ah, ¿mis maridos? Sí, he enterrado a cinco y a un recaudador de impuestos.

—¡Joeeer! ¿Lo oyes, Tanya? —se excita Mouss—. ¡Seis tipos! ¡Merece un respeto!

—Y un nazi... —precisa la asesina.

—¡Guay!

Tanya se encoge de hombros, poco impresionada, contrariamente a Mouss.

—No comprendo todo lo que cuentas, chico, pero te voy a poner ahora mismo en tu lugar. No merece ningún respeto haber matado a siete hombres. No digo que me arrepienta, se lo tenían merecido; en fin, desde mi punto de vista. Pero no es ningún honor. En absoluto.

—Pero, de todos modos, se los pulió. ¿Fue para que la respetaran?

—Sí, así fue. Pero el respeto no debería pasar por la violencia. Nunca.

—Pero, entonces, ¿usted, por qué recurrió a ella? —pregunta la prostituta, con una educación en completa contradicción con su atuendo.

—Porque tenía que defenderme. Estaba sola. Además, era una mujer. Eso no excusa el acto. Pero lo explica. El problema viene de este tipo de reacciones —dice Berthe, señalando a Mouss.

—¿Qué? ¿Por qué es culpa mía? —se indigna el delincuente.

—Porque la violencia te hace sentir orgulloso, chico. Razonas con lo que tienes entre las piernas, no con lo que tienes entre las orejas.

—¡Oh, ya está bien, señora! ¿Pretende mosquearme? —se irrita Mouss—. ¡Racista!

El ángel de peluca malva se encierra en el mutismo, petrificada ante esta demostración de violencia latente.

—¿Lo ves? Hablamos de respeto, no estamos de acuerdo con los argumentos y el tono aumenta. Si no fuera una vieja decrépita, me arrearías una. ¿Me equivoco?

—¡Pero usted también lo hace! Me habla mal —se revela Mouss.

—Solo son palabras, muchacho. Dime, ¿por qué tienes una cara que parece un día de fiesta en Verdún?

—¿Qué?

Esta vez, es el delincuente el que no comprende a la centenaria. Choque de generaciones.

—¿Por qué estás lleno de hematomas?

—¡Ah, eso! Un chorbo me la lio. Quería colarme un chocolate malo y salió zumbado. Nos calentamos y después se trajo a la peña y me zurraron.

Berthe se vuelve hacia la prostituta para que se lo descodifique.

—Una pelea por un asunto de drogas, señora —le traduce el ángel malva con una educación muy apreciable.

Berthe le toma la mano, de una pureza diáfana, y la estrecha en la suya, llena de manchas y relieves venosos azulados.

—Eres muy amable.

—¿Ella? ¡Es una puta! —le espeta Mouss.

—¿Y tú qué eres, jodida chusma? —ruge la prostituta.

—¡Eh, cierra la boca! —masculla Mouss con una ferocidad glacial.

La magdalena rancia de esta agresividad masculina proyecta a Berthe a unos traumatismos que despiertan en ella pulsiones de asesinato. Y vapores de desolación. ¿El mundo no cambiará nunca?

—¡Eh, calmaos aquí dentro!

Un poli golpea la reja para llamar al orden a los detenidos.

—¡Ella tiene la culpa! —se justifica Mouss, como un mocoso pillado en flagrante delito de tontería anodina.

—Pobre tipo —ataca el ángel malva.

—¿Qué? ¿Acaso no es verdad? ¿No eres una puta? ¿Has visto cómo vas vestida? No te respetas a ti misma, ¿cómo quieres que te respete?

—Hablas mucho de respeto, chico, pero no pareces haber captado bien el concepto —interviene Berthe.

—No, pero es culpa suya, señora —insiste Mouss.

—Crece, muchacho, o no te sorprendas si te encuentras con un palazo en todo el cráneo. Si no soy yo la que te lo arrea, tal vez será esta monada. Quizá será el quinqui al que querías comprar droga. Quizá será alguien a quien ni siquiera conoces. Pero, créeme, continúa en ese tono y alguien te partirá la jeta.

—Sí, está bien, yo paso, me come demasiado el coco, usted.

Mouss cruza los brazos y emite un ruido de succión modulado entre los dientes y los labios:

—¡Tchiiiiip!

—Ahora te has ofendido. No te pido que me comprendas de inmediato, pero escucha. Y medita. Me lo agradecerás más tarde.

—¡Bueno, ya está bien! ¡He comprendido!

—No, no has comprendido. Me mandas a pastar, pero no soy una cabra, así que vuelvo a la carga. Podías pegarme un tortazo, sería la mejor manera de hacerme callar, pero te arriesgas a que no me levante y te caería la perpetua. Sé de lo que hablo, es lo que me espera mañana.

—¿La van a condenar? Pero ¿por qué? —pregunta la prostituta.

—Porque los he matado de verdad, preciosa...

Berthe lanza una mirada amenazadora hacia Mouss.

—¡No lo olvides, muchacho!

Después dice para sí misma:

—Desde cierto punto de vista, es justo...

Y regresa a su sermón dirigido al joven delincuente:

—Espero que, cuando pierdas la sangre fría, pienses en este pedacito de vieja en su calabozo y comprendas lo que te he dicho. No tienes ninguna necesidad de terminar como yo, chico. Y no me hables de racismo. No a mí.

Se saca una foto del bolsillo de un vestido tan estropeado como ella. Mouss hace como que no le interesa, pero después le pica la curiosidad. La foto muestra a un soldado estadounidense, orgulloso y carismático, con la piel de ébano todavía más oscura que la suya. Y no solo porque la foto sea en blanco y negro.

—¿De qué película es? —pregunta ingenuamente el delincuente, que solo conoce la historia por el cine.

—No es una película... Se llama Luther. Y es la persona que más he amado en el mundo...

—¿Puedo?

La prostituta tiende una mano tímida.

—Claro, preciosa.

Berthe confía su tesoro al ángel malva.

—Es guapo —dice, con una complicidad adolescente.

—Oh, sí... Pero era mucho más que eso... Muchísimo más...

Berthe aparta la melancolía para interesarse por el ángel que tiene al lado.

—Tu cara me hace pensar en alguien. Una chica a la que quise mucho. ¿Cómo te llamas?

—Tanya.

—Guapa, yo no soy uno de tus clientes. Conmigo puedes ser honesta.

—Cerise. Sí, ya sé que es estúpido.

Mouss lo confirma con una risa burlona. El ángel malva le manda una mirada negra.

—Oh, es extraño —alucina Berthe.

—¿Qué?

—Mi amiga... se llamaba Myrtille.

Desde hacía un tiempo, el cambio que tenía lugar en su entrepierna, acaparaba toda la atención nocturna de Berthe. La madre se dormía con un libro, empezado hacía meses, Nana se acababa el cigarrillo, sufría una última quinta de tos que se hacía pasar con un trago de aguardiente, las luces se apagaban y Berthe se encontraba sola y despierta en su habitación, minúscula y silenciosa, mecida por el canto ligero del aire que se colaba a través de los postigos agrietados. Berthe se movía entonces lo más lentamente posible para no alertar a todo el pueblo. Respiraba con un aliento que le parecía ensordecedor, sin poder evitar su impulso. El placer que acababa de descubrir se había convertido en una cita diaria con su zona erógena. Y todas las noches descubría rincones y recovecos cada vez más embriagadores.

Berthe no se había atrevido a hablar del descubrimiento con su abuela y todavía menos con su madre. No sabía que la masturbación era un tabú, pero sospechaba que, si no pertenecía al dominio público, sería porque aquella delicia no debía de ser muy católica. No es que aquel razonamiento la detuviera, pero prefería ser discreta. Sobre todo, no quería que le confiscaran su nuevo juguete.

Como el alpinista al que le falta un piolet para atacar la última vertiente del Everest, Berthe se preguntó si a su aventura no le faltaría el equipamiento adecuado. A sus catorce años, después de varios meses de ascensión por todas las vertientes del monte clitoriano, iba a quedarse ahí, impotente y frígida. Lo cual era peor que congelada. Así que Berthe decidió citarse con Timothée —quince años, lleno de granos, con los dientes torcidos, los movimientos torpes y el aliento rancio— en el granero del padre Tavenel a las cuatro de la tarde.

A modo de piolet, Timothée estaba provisto de un sexo de tamaño medio y de una calidad eréctil también pasable, porque se veía interferida por la fiebre debida a la edad y la inexperiencia. Berthe no había acudido para que le lanzaran piropos, sino para entrar de lleno en materia, sin preliminares ni poesía.

En cuanto llegaron al granero, Berthe no prestó ninguna atención a los balbuceos de Timothée, se apoderó del bulto que le deformaba el pantalón, cosa que tuvo el efecto de cerrarle el maloliente pico. Pero apenas tuvo tiempo de abrirle la bragueta: lo que buscaba apareció y le escupió encima una baba blanquecina. Sorprendida, Berthe dio un salto hacia atrás.

—Parece que todavía no te has estrenado —le dijo Timothée, con la poca inspiración que su desarrollo intelectual atrofiado le permitía.

—¿Qué? No me esperaba que me escupieras encima, eso es todo.

—Eres una auténtica virgen, no tienes ni idea de nada.

—Sí, he visto a los animales montarse.

—No es lo mismo.

—¿Tú eres un experto o qué?

—Pues sí, ¿qué te crees? Tengo dos primas nada mojigatas. Me han enseñado trucos.

—¿Trucos como qué?

—Bueno, yo sé que tú no tienes pito, sino que tienes un agujero para que yo meta mi cosa.

Timothée era un mal estudiante, además de un cretino, así que a Berhe no le gustó mucho que le diera lecciones. Sin embargo, había que reconocer que parecía más experimentado que ella. Berthe se inclinó hacia el pedazo de piel ajada que colgaba de la bragueta abierta, cogió la carne amorfa entre los dedos, la dobló por la mitad, tiró de ella hacia arriba y después hacia abajo, pasmada ante aquella herramienta tan codiciada. Timothée se puso a reír a carcajadas.

—Vaya, de verdad no tienes ni idea de lo que hay que hacer.

—Es la primera vez que lo utilizo, tienes que explicarme cómo funciona.

—Bueno, es demasiado tarde. Se ha acabado.

—¿Cómo que se ha acabado?

—Pues sí, ya lo has visto. Me he corrido. Así que se ha acabado.

—¡Pero es estúpido!

—Sí, para mí tampoco es fabuloso, pero me he corrido, así que todo está bien.

Y, después de esta conclusión tan altruista, Timothée se cerró la bragueta y se dispuso a salir pitando. Berthe lo atrapó por el cinturón cuando se iba.

—¡Eh, tú! ¿Adónde vas?

—Pues a mi casa. Hemos terminado lo que teníamos que hacer y el padre Tavenel podría aparecer.

—No hemos acabado para nada. Ni siquiera hemos empezado.

—Bueno sí, me he corrid...

—Sí, te has corrido, lo he entendido bien. Pero, ya que estamos aquí, al menos me vas a enseñar la maquinaria, porque, aunque no hemos practicado, me gustaría examinarla.

Berthe desabrochó el pantalón de Timothée, que, de repente pudoroso, se agarraba al cinturón como a una cuerda de rápel.

—¡Eh, estás como una cabra! ¿Qué te ocurre?

—Enséñamelo —se obstinaba Berthe—. ¡Quiero verlo!

Timothée sintió en la voz de Berthe una amenaza que le dio suficiente miedo como para ceder.

—De acuerdo, pero tú primero.

—¿Cómo que yo primero?

—Tus tetas.

Timothée señaló la parte superior del vestido de Berthe, donde apuntaba el esbozo de la excrecencia mamaria. Berthe estaba sorprendida, pero sabía que no se conseguía nada sin trueque. Así que tiró de forma mecánica del cordón del escote y dejó que aparecieran sus dos jóvenes tetitas rosadas. Las mejillas de Timothée enrojecieron de golpe.

—¿Y eso? ¿Me lo enseñas? —articuló Timothée con un aliento más ronco.

Los ojos de Timothée se dirigían hacia la parte baja del vestido. Se hacía el gallito, pero al final no parecía mucho más ducho que ella. Berthe lo comprendió enseguida y se dijo que podría darle la vuelta a la situación en su beneficio. Así que se bajó las bragas. Después se levantó la falda floreada y desveló progresivamente su pelambre todavía oculta por la tela. Se encontraba en medio del granero, expuesta a los ojos concupiscentes de aquel cretino lleno de granos con el que había intercambiado tres palabras desde que lo conocía.

La bestia amorfa entre las piernas de Timothée se enderezó como una lanza lista para conquistar una fortaleza o, en aquel contexto, a una joven virgen muy decidida a descubrir el placer de la penetración. Aunque lo de placer se dice pronto. Timothée se precipitó contra Berthe, tan preocupado por la comodidad de la muchacha, que yacía con las piernas separadas debajo de él, como de la de una vaca por ordeñar. Sus movimientos eran nerviosos y demasiado precipitados para la precaución que exigía el momento.

Berthe sintió un dolor que la traspasaba. Aquella penetración dificultosa, bloqueada por un himen recalcitrante y, sobre todo, por la falta de lubrificación debida a la ausencia de preliminares —no se puede hablar de excitación ante lo laborioso de la empresa—, Berthe la sintió como un cuchillo puntiagudo que la desgarraba por dentro. No obstante, solo era un pedacito de carne, último bastión para proteger su intimidad, que cedía a los ataques de su asaltante. Como después de cualquier invasión bárbara, siguieron la sangre y el dolor. Estaba muy lejos de la voluptuosidad que Berthe obtenía cada noche. De la embriaguez del clítoris ardiente bajo sus dedos, Berthe había pasado a la quemazón de la vagina despellejada por un adolescente torpe y brusco.

El bicho escupió de nuevo, esta vez entre las piernas de Berthe, y el resultado no fue más satisfactorio. El coito había terminado tan deprisa como había empezado y dejó un sabor amargo en la boca de Berthe y sangre entre sus muslos. Entre la desilusión y el dolor, Berthe no sabía lo que era más desagradable. Lo único que sabía era que quería que Timothée se marchara.

Berthe se subió por el tembloroso cuerpo el trozo de tela que le servía de vestido, manchado con su sangre virginal. Cruzó los brazos en el pecho, que intentaba ocultar ante los ojos desconsolados de Timothée. El adolescente, más simplón que malintencionado, se sentía una mierda y había comprendido que era mejor que la dejara sola.

—Bueno, me voy.

Berthe miraba fijamente al vacío, con la cabeza vuelta hacia el heno, en la dirección opuesta a Timothée. El muchacho no insistió. Se subió el pantalón, manchado con la sangre de Berthe, observó un momento a la vulnerable adolescente, pero no supo cómo reaccionar para reconfortarla, así que se marchó sin decir ni una palabra.

Berthe abrió tímidamente la puerta del granero del padre Tavenel. Todo estaba tranquilo en el pueblo. Hizo una inspiración breve y se lanzó al descubierto. Se sujetaba un trozo del vestido con la mano para ocultar lo mejor posible la mancha roja. En unos pasos precipitados, se encontró protegida en el silencio de su casita. Subió los peldaños de cuatro en cuatro, hacia su habitación, se quitó el vestido apresuradamente, lo enrolló en una bola y lo tiró debajo de la cama, esperando que desapareciera en la penumbra como la quemazón entre los muslos. Impregnó el guante en la cubeta de agua reparadora y se lavó a tientas las marcas dejadas por Timothée. Meticulosamente, se limpió la sangre y después se puso el guante mojado a modo de compresa sobre los labios todavía hinchados por el traumatismo. Aquel frescor la calmó durante un corto instante.

Cuando estaba encorvada frente a la cubeta de porcelana, con el guante fresco que se calentaba en contacto con la piel, ardiente, Berthe examinó su imagen en el espejo. Algo había desaparecido de sus ojos. Una pizca de inocencia, tal vez. Un pedazo de infancia. Había dejado su lugar a una primera señal de madurez.

Berthe se dio la vuelta y tropezó cara a cara con Nana. Con el trozo de tela sucia en las manos, su abuela la miró de reojo con esa expresión de los ancianos difícil de descifrar: ¿recriminación o benevolencia? Después esbozó una sonrisa ancestral, la de las madres que saben que su hija acaba de convertirse en mujer, que está desorientada y necesita hablar del tema, algo que hicieron en la intimidad del dormitorio.

La primavera pasó y con ella el dolor entre los muslos de Berthe. Un día especialmente soleado, Berthe se encontraba a la sombra de su roble preferido en un campo apartado del pueblo para repasar su manual de francés. Mecida por la melopea de las hojas movidas por el viento, apartó el libro escolar a un lado y dejó vagabundear su mente por pensamientos eróticos. Con la imaginación demasiado revuelta, Berthe sintió que se le hinchaba el sexo. Subió la mano a lo largo del muslo, sabía dónde buscar para saciar el apetito declarado, cuando una voz la interrumpió:

—¿Qué estás haciendo?

La mano salió de inmediato de debajo de la falda y Berthe enrojeció como las fresas del bosque que la rodeaban. Frente a ella, Myrtille la miraba, enmascarada por la deslumbrante luz del sol. Berthe cerró un ojo para verla mejor. ¿Lo que la excitaba era el hecho de haber sido sorprendida por su impulso masturbatorio o la ambigüedad que emanaba de Myrtille?

—Repaso —respondió Berthe, olvidando aclararse la garganta, cuya ligera ronquera traicionó su malestar.

Lo cual divirtió a Myrtille.

—Es para el examen de francés de...

—Me importa un comino.

Myrtille no lo dijo con mala intención. No le importaba y no lo ocultaba. Berthe no se ofendió; en realidad, en aquel momento, a Berthe tampoco le importaban sus deberes, estaba mucho más interesada en la tensión palpable en el aire.

Myrtille se había mudado al pueblo de al lado con sus padres a principios de año. Inscrita en el instituto de chicas de Saint-Flour, Myrtille se sentaba a dos bancos de Berthe. Las estudiantes habían intercambiado miradas, teñidas de curiosidad y de juego, pero nunca palabras. Myrtille era discreta y desprendía algo salvaje que mantenía a todas las demás compañeras a distancia. Aquel aspecto salvaje no desagradaba a Berthe, al contrario, la atraía. Pero su timidez le impedía dar el primer paso. El juicio de las demás también. A esa edad, aparecen unas barreras ridículas que parecen insuperables. Hasta el día que se encontraron en el campo, sin nadie alrededor, y por fin pudieron dejarse ir. Sin censura ni contención.

Las dos adolescentes se observaron durante un largo momento, mientras los grillos conversaban en su lugar. Después Myrtille abrió el baile:

—¿Por qué nunca has venido a hablar conmigo?

—Tú tampoco has venido a hablar nunca conmigo.

—La nueva era yo. Habrías tenido que ser más acogedora.

—Perdona, tienes razón...

—No te sientas culpable, no es grave.

Myrtille se sentó sobre la manta naranja donde repasaba Berthe. Algo en su mirada ardía con el mismo color del sol. Berthe estaba alterada. Una mezcla de emociones extrañas acentuadas por la mano de Myrtille, que se aventuraba en su muslo.

—Sé que, en el fondo, querías ser acogedora. ¿Verdad?

—Yo...

Berthe había perdido todas las referencias ante aquel tono deliberadamente juguetón. Tenía la suave mano de Myrtille colocada en el muslo y ya no sabía cómo respirar. Myrtille emitió una risa maliciosa ante la turbación de Berthe y después subió la mano a lo largo de la epidermis. Tiró con cuidado del elástico de las bragas hasta los pies. Berthe jadeaba. Sentía gotitas de humedad que fluían entre los muslos. Después fue la cara de Myrtille la que se sumergió allí, sin que ella la invitara o sin que comprendiera siquiera lo que ocurría.

Berthe pensaba que obtenía placer de las caricias nocturnas, que se habían vuelto más episódicas desde el fracaso del granero de Tavenel. En realidad, solo había rozado el goce con la punta de los dedos. Myrtille, con unos lengüetazos y besos exquisitos, la precipitó en él sin palos de ciego. Irresistibles sobresaltos la sacudían. De su pecho, salieron gritos, primero atenuados y después, muy deprisa, firmes, sin que se diera cuenta.

Por fortuna, el campo estaba lejos de todo, de lo contrario todos los aldeanos habrían participado en el recital. ¡Pero menudo recital! Con el último golpe de pelvis, Berthe cerró los muslos contra la cabeza de Myrtille. Sintió sus cabellos que ondeaban contra su piel. Empezó a recordar dónde se encontraba y a ser presa del pánico ante lo inconcebible de aquella situación. No por mucho tiempo. Myrtille le mordió el interior de los muslos para rematar y su cuerpo se convulsionó de nuevo a más y mejor. Un dolor teñido de placer. Y gritó.

Myrtille salió de debajo de la falda, con los labios brillantes por el placer que le había dado. «Oh, vaya, joder, cuántas cosas tiene que aprender Timothée», se dijo Berthe, mientras Myrtille se enderezaba hacia ella, con una mirada carnívora clavada en la suya, antes de tragarse toda su boca en un beso cálido y húmedo. Los sentidos de Berthe ya no sabían a quién gritar que estaban extasiados, así que explotaron.

Al final del beso, Berthe esperaba la continuación, sin saber demasiado qué forma adquiriría. Su profesora parecía dominar la situación y, hasta el momento, a Berthe le gustaban sus ejercicios prácticos, así que estaba dispuesta a hacer de buena estudiante. Myrtille lo sintió, así que se lamió los labios y dijo:

—Te toca a ti.

Myrtille se tumbó de espaldas. Una invitación a Berthe, que no lo dudó mucho tiempo. Tenía tantas ganas como ella. Así que se sumergió en su intimidad. Myrtille tenía el sabor de su nombre. Sabroso y dulce.

Sus citas sembraron el verano de placeres traviesos y de aprendizajes sensuales que habían faltado cruelmente en el granero de Tavenel. Lucien se había quedado desconcertado ante tanta experiencia cuando se encontró en la noche de bodas en la cama de su esposa. Y el pobre tipo solo estaba al principio de las sorpresas.

—¡Vaya, señora, su historia es flipante! ¿Le gusta ablandar la habichuela, pero después se lo monta con un gachó?

Berthe se vuelve hacia Cerise y levanta una ceja.

—Le parece extraño que tenga tendencias homosexuales, pero que se haya casado con un hombre —dice la traductora.

—¿Cómo es posible que una chica tan educada como tú se encuentre en este agujero? —le pregunta la abuela.

—Le devuelto la pregunta, Berthe.

—Porque le metí veintiocho cuchilladas a mi esposo. Y eso fue solo el principio —dice, con un ojo hacia Mouss, que de repente se pavonea menos.

Caracortada; el apodo le va bien a la vieja.

—Y para responder a tu pregunta, chico, a la pequeña la amaba. Y el amor no tiene más de sexo que de color. Y, si no comprendes el primer argumento porque todavía no te has librado de tus prejuicios, seguro que entenderás el segundo. ¿Vale, «Mouss»?

El joven negro levanta la mirada. Sí, el segundo argumento lo entiende.

—Entonces, ¿somos otra vez amigos?

Ventura abre la reja mientras sujeta con firmeza a su perro por la correa. Berthe se ilumina y se golpea las manos.

—Nooooooo, ¿te burlas de mí, Colombo?

Ventura lo sabía, lo esperaba y, por lo tanto, acoge la burla sin rechistar. Berthe se inclina, con riesgo de lumbago, para acariciar al alegre sabueso baboso a sus pies.

—¡Oh, vaya! Me has alegrado el día. Y dime, inspector, ¿cómo se llama?

Ventura vacila. Su mujer, que ha elegido el nombre, tiene un extraño sentido del humor. Siempre que llama al perro, se tira de los pelos.

—Harry el Sucio.

Berthe ha necesitado diez buenos minutos para recuperarse de su risa loca endiabladamente contagiosa. Que el poli recuerde, nunca se había oído una risa colectiva en una celda.

Ventura recarga su vapeador de líquido sabor tabaco negro, y Harry el Sucio se tumba sobre la alfombrilla debajo de la mesa. Berthe, febril como después de un entreacto, da golpecitos en la mano de Beyoun, que la acompaña a su lugar, como una acomodadora. La obra está a punto de continuar. Tres golpes de bastón. Se levanta el telón.

—Adelante, la escucho —dice el inspector.

—Seguro que me escuchas, grandullón. Incluso vas a tener que estar en silencio y dejar de hacerme preguntas. Porque soy muy sensible a esta parte de mi vida. Mucho. Así que, por favor, Lino, ahora te voy a pedir un poco de delicadeza.

La Viuda Negra nunca le ha parecido tan frágil. Desde hace unas horas, Ventura la observa como a la asesina en serie del siglo; se había olvidado de que Berthe no es más que una anciana. Con sus emociones. Y sus sentimientos. Y que debe respetarlos.

—La escucho, Berthe. No la interrumpiré. Se lo prometo.

Berthe se sumerge en sí misma. Detrás de sus heridas a duras penas cicatrizadas. No se precipita. Capta. El dolor. Porque las va a volver a abrir.

Berthe cavaba sin convicción en el sótano. Al menos, con los otros, tenía una buena razón para destrozarse las lumbares haciéndolos desaparecer. Baptiste Goujon, su último marido, habría sido un lastre hasta el final.

De madrugada, cuando empezaban a cantar los pájaros, Berthe golpeaba el suelo y se juraba que nunca, nunca jamás, la volverían a pillar. Le había costado tiempo comprenderlo, pero el matrimonio se había terminado para ella.

Sonó el timbre de la puerta. Berthe subió del sótano, cubierta de tierra, preguntándose qué inoportuno podía llamar a aquella hora intempestiva, y abrió, con una mueca en la cara como recibimiento.

Frente a ella, un hombre la sonreía detrás de un ramo de flores.

A Berthe se le cortó la respiración. Se echó en los brazos del extranjero y lo estrechó fuerte fuerte, muy fuerte, jurándose no soltarlo nunca.

Luther había vuelto.

Hundió la nariz entre sus rizos salvajes. Le llegó el perfume de Berthe y lo recordó. El hechizo. Con los sentidos extasiados y el corazón desbocado al ritmo de una New Orleans Parade, las hipótesis de Luther por fin se alejaron. Había reflexionado mucho sobre su visita y había dudado mucho. ¿Berthe habría cambiado? ¿Lo reconocería? ¿Se habría casado? —«Si supiera...»— ¿Tendría ganas de verlo? Con la nariz entre los cabellos de la salvajina y su vibración contra el pecho, Luther ya no reflexionaba. Sabía.

Al cabo de un tiempo, Berthe aflojó el abrazo, tímida, casi temerosa. Su débil manita se deslizó a lo largo del antebrazo de Luther hasta la gran mano para atraerlo hacia el interior.

Berthe se sentó sobre Luther en la cocina. Su sonrisa tiraba tanto que le dolían las comisuras de los labios. Con la punta de los dedos, recorrió los contornos de Luther. La línea de la frente, el hueco de las sienes, el ángulo de la mandíbula, el descenso de la nuca. Dibujaba aquella silueta que se había pasado tantas noches largas rememorando.

Luther puso las manos en la espalda de Berthe. Se dejaba explorar, pero no se movía. Su tacto sentía cada contracción de la espalda de su salvajina. Necesitó varios minutos antes de notar el movimiento de la pelvis de Berthe. Apenas perceptible. La mano de Luther se deslizó a lo largo de la espalda, apreció la redondez de las nalgas para buscar los labios hinchados bajo las bragas llenas de deseo y rozarlos por encima del tejido. Berthe hizo una gran inspiración, en tono agudo. Los dedos de Luther se hundieron en su ávida abertura. Berthe dejó escapar un grito cortante. Se aferró a los hombros de su amado y le perforó la camisa con las uñas.

Todavía no se habían besado.

El sol ya estaba alto en el cielo cuando se despertaron. No se había pronunciado ni una palabra desde su llegada. Luther se divertía con la extrañeza de la situación. Cocinaba con Berthe una tortilla de patatas y pimientos que tendría que aliviar sus estómagos hambrientos después de haber hecho el amor toda la noche.

El desayuno no opuso mucha resistencia. Berthe y Luther devoraron los platos, se acabaron la cacerola de café muy fuerte y después se observaron. Y estallaron en carcajadas. Después de horas dejando que sus cuerpos se expresaran, tendrían que hablarse. No se habían visto desde hacía quince años. Desde hacía quince años, pensaban en aquel momento. Lo habían esperado, deseado, mitificado. Ninguna palabra le haría justicia. Cualquier palabra sería decepcionante.

Entonces Berthe se tiró al agua y acabó de desconcertar a Luther:

—¿Me enseñarás a nadar?

Luther deshizo las maletas en casa de Berthe y la pareja se entregó a un amor perfecto. Él cobraba una pequeña pensión militar y echaba una mano a Berthe en la droguería o se pasaba los días en los campos ayudando a los hermanos Douais, que llevaban al extranjero en palmitas. Luther también tenía nociones de carpintería y resultó ser un carpintero valioso. Había encontrado su lugar en el pueblo, donde ganaba algún dinero en todos los oficios que requerían una habilidad manual. Tanto si se trataba de coger un martillo como de reparar un motor, Luther daba muestras de un abanico de cualidades impresionantes que le habían valido la admiración de la mayoría de los hombres capaces de reconocer a un trabajador valioso y los reniegos de algunos gruñones a los que incomodaba el color de su piel. Sin embargo, la mayoría nunca habían visto negros, así que *a priori* no tenían nada que reprocharles, a no ser, quizá, su diferencia. Pero Luther había optado desde la infancia por tratar el racismo con desdén. Al menos en apariencia.

Al principio, Berthe había temido por la integración de Luther en el pueblo. Pero, finalmente, su reputación de Viuda Negra fue más fuerte que el color de la piel de su amante. Era mejor un hombre trabajador, aunque fuera negro, que una mujer bocona, sobre todo viuda y emancipada.

Al llegar la noche, Berthe y Luther se fabricaban una burbuja de intimidad. Subían el gramófono, encendían unas velas y se bebían sus tisanas en la mecedora de la terraza. Berthe se abandonaba sobre los muslos de Luther. Él vertía una gota de *whisky* en las tazas. Y se contaban su vida. Luther le había revelado que había perdido a su mujer por un cáncer de útero, y había preferido no extenderse. No era necesario. Berthe, por su parte, no le ocultó nada. Los cinco maridos. El nazi. La noche en que se lo contó todo, él la escuchó sin rechistar. Cuando empezó a hablarle de Lucien, Luther pensó que tenía una imaginación desbordante. Con el nazi, ya no dudó de su veracidad, la oscuridad en los ojos de Berthe no era como para ponerlo en duda.

Cuando el alba hizo acto de presencia, Berthe acababa de hablarle de Baptiste. La tisana estaba fría desde hacía mucho tiempo. La segunda botella de *whisky* estaba vacía. Berthe desvelaba sus secretos enterrados en el sótano, sin vacilación ni contención. Al final del relato, Luther se levantó, metió los brazos por debajo de Berthe y la levantó de la butaca. Allí arriba, en la tranquilizadora inmensidad de Luther, Berthe se sintió comprendida. Y en paz. Luther no dijo nada. No valía la pena. Su aliento en el hueco de la nuca era suficiente.

Después, todas las noches, hablaban, mecidos por el gramófono y los vapores de la tisana con *whisky*. Se decían banalidades o verdades esenciales. Incluso alguna vez no se dijeron ni una palabra, se contemplaron en la oscuridad durante horas y aprovecharon el momento excepcional de estar simplemente juntos.

Aquella noche, bailaban en el porche. Sam Cooke cantaba. Alguien silbó en la calle y proyectó algo. El ladrillo rebotó contra la pared y cayó a sus pies. Luther se enderezó de un salto, con los puños apretados, al acecho del agresor. Por el ruido de los pasos apresurados que se alejaban en la oscuridad, comprendió que el hombre se había volatilizado.

Berthe, que no era una mujer de las que se encogen en un rincón cuando sienten el peligro, también saltó:

—¡Voy a buscar la Luger!

Luther extendió el brazo para detenerla.

—No vale la pena. Ya está lejos. Además, ya no tienes espacio en el sótano.

La broma divirtió a Berthe, a pesar del malestar.

Luther recogió el ladrillo. Una etiqueta colgaba del extremo de un cordel que lo rodeaba. Luther leyó las palabras: «Vuelve a tu casa, negro asqueroso».

—¿Qué está escrito? —se inquietó Berthe.

Aquella escena, Luther la había vivido miles de veces en su país. No pensaba que le ocurriría tan lejos, en Cantal.

—Nada.

Después volvió a bailar con Berthe. Pero el corazón ya no estaba allí.

Berthe se interrumpe. Recupera el aliento. Beyoun tiene un nudo en el estómago. La aprensión de la continuación. Impulsado por su instinto canino, Harry el Sucio se adjudica la misión de consolar a la vieja y le lame generosamente la mano. Ventura abre el cajón y saca una botella de *whisky*.

—Beyoun, ¿nos trae dos vasos, por favor?

Berthe aprecia la deferencia, pero no puede evitar poner mala cara. Vuelve la cabeza hacia la policía que tiene detrás.

—¿Dos? Eres muy poco galante, Lino.

El pobre Ventura, que tiene la sensación de que cada una de sus iniciativas provoca la reprimenda de su madre, hace una señal con el mentón a la policía.

—Tres.

—Gracias —responde con educación Beyoun—, pero no bebo.

—Ah, relájese, pequeña, el jefe ha dicho que puede —bromea Berthe, que se apodera de aquel paréntesis de frescor como de una boya.

—No, de verdad, gracias, señora. No bebo. Soy musulmana.

—Ah, bueno, si es por convicción... No digo que lo comprenda, pero lo respeto.

Apreciando aquella amplitud de miras, la policía magrebí desaparece en busca de los vasos.

—En cambio, yo ya no tengo restricciones, así que no digo que no —dice la centenaria, señalando la botella.

Servido y bebido. El latigazo en la garganta y los lengüetazos del sabueso dan a Berthe la señal de continuar.

—Cuando quiera —la anima el inspector.

—Ya voy, Lino, ya voy.

Berthe toma otro sorbo de *whisky*, sin darse cuenta de que el vaso está vacío. Decepción. Ventura, con un gesto silencioso, se ofrece a servirle otro. Ella niega con la cabeza.

—Guardémoslo para más tarde.

Después de dos años de haberse instalado en la región, Luther había adquirido la costumbre de correr por las planicies y acabar el entrenamiento con un baño refrescante en el lago. Se levantaba al alba, besaba a Berthe, todavía dormida, y se marchaba a correr una hora. Regresaba lleno de energía, dispuesto a disfrutar de un desayuno copioso para después empezar una jornada de duro trabajo.

Aquel día, Luther había hecho varios largos de crol, para relajar los músculos y evitar las agujetas. El agua todavía estaba fresca por el rocío de la mañana y hacía bajar la temperatura de su cuerpo caliente por el esfuerzo. Como buen exsoldado, Luther cuidaba su cuerpo de cincuentón, algo que no desagradaba a Berthe.

Al final de su último largo, Luther extendió la mano al llegar cerca de la orilla para coger el calzoncillo, pero lo detuvo de golpe la boca de un perro, muy abierta frente a él. Un perdiguero le ladraba y le mostraba los colmillos. Luther hizo un movimiento de retroceso y se metió de nuevo en el agua al instante.

Otros dos perros se unieron al primero. Rodeado de tres perdigueros cazadores, Luther no se atrevía a moverse y buscaba una escapatoria en la periferia. Los ladridos agresivos y ensordecedores le impedían concentrarse. El pulso le golpeaba las sienes y la sorpresa de aquellas fauces rabiosas frente a él le había hecho explotar el tensiómetro. En cuanto Luther intentaba salir por un lado, los perros le bloqueaban el acceso con su vaivén por la orilla. Luther estaba atrapado. Se tomó la situación con paciencia, pensando que los dueños no tardarían en llegar.

No se equivocaba.

—Bueno, mis lulús, dejad ya de protestar.

—Oh, mira qué hermosa pieza nos han encontrado.

—¡Vaya, tienes razón! ¡Es una buena captura!

Aunque los perdigueros habían sido adiestrados para matar, el elemento acuático los asustaba. Metido en el agua hasta la nariz, Luther estaba protegido, pero no podía ver a los que llegaban. Cuando oyó las voces lo suficientemente cerca, sintió que podía arriesgarse a salir. Se enderezó fuera del agua, provocando una salva de ladridos doblemente furiosos.

—¡Oh, vaya, pero mira eso! ¡Es un bicho excepcional!

—¡Así que es verdad lo que dicen de que están muy bien dotados!

—Con un aparato así, va a dar miedo a todos los bichos de la región.

Los hombres hablaban de él como si no estuviera allí. Luther comprendió de inmediato que la cosa no iba en broma. Estaba desnudo como un gusano, a tres metros de su ropa y, peor todavía, a varios kilómetros de su colt semiautomático, que se había quedado en casa. Le gustaba correr ligero y ya lo lamentaba.

Frente a él había tres cazadores, con la carabina en el brazo, no amartillada, con el cañón dirigido hacia el suelo. Tenían un aspecto gilipollas y agresivo, pero no mostraban ningún signo exterior de amenaza.

Al menos, de momento.

—Buenos días, señores. ¿Tendrían ustedes la amabilidad de llamar a sus perros, por favor? Muestran cierta agresividad y me impiden acceder a mi ropa.

Luther sabía que, en caso de agresión, la cordialidad era la mejor arma para no alimentar la tensión. En aquel caso concreto, se equivocaba.

—¡Oh, vaya, pero qué bien se expresan estas bestias!

—Con su careto tan carbonizado y su nariz chata, casi nos daría lecciones de francés.

No ofender nunca a un cazador mentecato. Sobre todo, si se es negro y educado. Recordar la lección para la próxima vez. Si la hay.

Uno de los cazadores parecía más estirado, de otro ambiente. Del cuello le colgaba un Cristo de marfil, en el extremo de una cadena de oro. Por lo visto, él y Luther no frecuentaban la misma parroquia. Los otros dos eran sucios y piojosos, con dientes podridos uno y la piel llena de bubones sobre una masa impresionante el otro. Luther ya se había cruzado con aquellos tres hombres en el pueblo, pero no podía poner nombre a sus rostros, que ni siquiera se habían tomado la molestia de ocultar. Aquellos cabrones se exhibían con orgullo, con sus dientes amarillos a la vista, se partían de risa delante del pobre animal que se debatía preso en sus redes.

—Señores, se lo ruego. Sean razonables y llamen a sus perros.

—Creo que nunca he hecho una captura tan buena —dijo el estirado.

—Ya ves, yo creía que regresaríamos con las manos vacías.

—Sí, vamos a tener una buena razón para brindar esta noche.

Los cazadores continuaban hablando de Luther como si él no pudiera comprenderlos. Como si se tratara de un vulgar animal. Un animal que debían abatir. Bonita señal de hospitalidad. Luther iba a terminar por lamentar haber desembarcado en las playas normandas para salvar sus culos racistas. Pero, por el momento, estaba desnudo, rodeado de tres tipos armados con carabinas a falta de un cerebro equilibrado y de tres perdigueros que no diferenciaban entre un hombre negro y un jabalí. Los perros son iguales que sus amos.

—Señores, comprendo que esta situación pueda resultarles divertida, pero las bromas tienen un tiempo.

—Si eso llega a nuestras tierras, sembrará el caos en los rebaños.

—Ha venido a marcar su territorio.

—Si pudiera, eliminaría a los otros machos.

—Peor, se mezclaría con las hembras para preñarlas.

—Hacerles bastardos que no son buenos ni para la ganadería ni para la charcutería.

—Buf, la becerra que monta tampoco es muy fértil.

—Nunca ha dado becerros.

—Habrá que decidirse a llevarlo al matadero.

—Convertirlo en comida para gatos.

—Pero ese bicho no tiene que mezclarse con los otros rebaños.

—Con su gran rabo de bestia salvaje.

Hasta el momento, las bromas no eran de lo más fino, pero Luther habría podido pensar que solo se trataba de acosarlo con palabras. Los cazadores se mostraban mucho más explícitos después de algunas réplicas. Luther seguía al coro griego que intercambiaba metáforas poco inspiradas pero muy claras sobre sus intenciones, apoyadas por los gruñidos de los perros, y sentía que se acercaba el linchamiento.

Esperaba el pistoletazo de salida.

—¡Chusma de la que hay que librarse!

Los cazadores hablaban con una misma voz. Con una intención común. La de cargarse a un negro. Sus cuerpos, en cambio, seguían sin ser amenazadores. Las carabinas colgaban, con las culatas abiertas, lo cual daría tiempo a Luther a sumergirse y nadar lo más lejos posible en apnea. Pero una carabina de ese calibre tiene un gran alcance de tiro. Incluso con la resistencia del agua, Luther no tenía ninguna seguridad de que no le agujerearía la espalda. Había sido testigo, durante el desembarco, de la masacre de sus compañeros, que se tiraban fuera de los pontones, esperando escapar de los disparos graneados de los búnkeres. El mar de sangre hasta perderse de vista había sido una mórbida ilustración de su error.

—Solo quiero volver a mi casa.

—¿A tu casa? ¿Dónde está eso? ¿Con tu extraño acento? ¿En Estados Unidos de América?

—¿O en África?

—¡Con los otros monos de tu especie!

Por primera vez, los hombres se dirigían directamente a él. Era difícil decir si la situación tendía a mejorar, visto el tono que adquiría la conversación cuando los mentecatos se hundían en sus metáforas animalistas.

—Vivo en casa de Berthe Gavignol, lo saben ustedes muy bien.

—¿En casa de quién?

—¡La becerra!

Los tres cazadores estallaron en una ordinaria carcajada común. Luther dudó en sumergirse. Después pensó en el silbido de las balas alemanas en la playa normanda y volvió al diálogo, de manera más autoritaria:

—OK, es muy divertido, pero ya basta. ¿Qué piensan hacer? Hay leyes que castigan los homicidios, se lo recuerdo.

—¿Los qué?

—Ha dicho los homicidios.

—¿Qué es?

—No sé. Hay «hombre» dentro. Así que no nos concierne.

—Nosotros estamos aquí por el mono.

El bubonoso cerró la culata. Luther ya contraía los músculos de los muslos, listo para sus cuatrocientos metros en apnea, cuando se oyó un disparo. Pero a su izquierda. Mientras que los tres agresores estaban frente a él.

¿Un cuarto cazador? No, más bien un disparo de advertencia.

—Quita el dedo del gatillo, Ranvignac, si no quieres que la próxima bala te haga estallar la fruta podrida que vegeta entre tus orejas.

«Dam', I love that woman!».[28]

Berthe se encontraba sobre una roca, con los rizos indomables al viento, la larga falda ondulando detrás de ella y la carabina de Nana apuntando a los tres cazadores.

La guerrera.

Luther se extasiaba ante la fuerza de aquella imagen, olvidando por un instante el peligro inminente.

—¿Qué estás haciendo, Berthe? ¿Nos amenazas? —exclamó el cazador de los dientes podridos.

—Por ahora, lo que estoy viendo, Ranvignac, es que vosotros sois los que amenazáis —replicó Berthe.

—Nada de eso. Cazamos jabalíes.

—Y resulta que tu... compañero... se baña en un terreno de caza.

—¿Y? —preguntó Berthe, con el dedo en el gatillo.

—Y eso se presta a confusión —añadió el bubonoso.

—¿Me tomas el pelo, Léon?

—No me atrevería.

28. ¡Amo a esta mujer!

—Así me gusta. ¿Y usted, señor Thuillier? ¿También ha confundido a mi hombre con un jabalí?

«¡Señor Thuillier! ¡Mira por dónde!». Durante los diez minutos que hacía que Luther se encontraba con tres carabinas delante, se decía que el hombre de la postura más burguesa le recordaba a alguien. Un día que pasó por la droguería, Berthe le había dicho que era el padre de Rose. Entre la muerte de Riton, el aborto y después la marcha de su hija, Thuillier siempre mostraba los dientes a Berthe. Unos dientes como cuchillos de caza. Mellados.

—Lo tenía por un hombre con educación, pero ya veo que es tan gilipollas como los demás.

Aquel gilipollas de Thuillier ya hacía tiempo que la sacaba de quicio; si le daba la menor excusa, Berthe le perforaría con gusto los pulmones para alimentar a los lucios.

—Debería cambiar de tono, Berthe. Empeora su caso —dijo Thuillier, con esa calma arrogante de los políticos pillados con las manos en la masa.

—¿Mi caso?

—Nos está apuntando con un arma.

—¿Y vosotros qué hacéis entonces?

—Cazamos —replicó Léon.

—¿Vas de duro, Léon? ¿Te han vuelto a crecer los cojones desde que te los arranqué?

Ofendido, el bubonoso enrojeció y empuñó el arma con más firmeza.

—No juegues a eso conmigo, cara de pastel de cerezas. De lo contrario, a tu careto perforado lo llamaré Legítima Defensa ante mi amigo Robert —lo amenazó Berthe.

—Te acuestas también con la bofia, ¿eh, jodida vendida?

—Con tus insultos me limpio el culo, Thuillier, así ahorraré papel de váter.

Berthe había dejado atrás el refinamiento. Pero su labia florida encantaba a Luther, que seguía chapoteando con el culo en el agua y se sentía un poco idiota. Por fortuna, algo menos ahora que Berthe hacía las presentaciones.

—¿De qué va esta historia? —le preguntó Ranvignac a Léon, con la curiosidad despierta, contrariamente a su aspecto.

—No es nada.

Léon no quería responder y mostraba signos de un nerviosismo contagioso. Pero Berthe quiso darse una vuelta por el sendero de la humillación:

—Yo tenía ocho años y él apaleaba a un pobre perro, así que lo agarré de las pelotas con mis pequeñas manitas. Ahora tengo una carabina entre las manos, así que imaginad los estragos que podría causar a todos vuestros atributos juntos.

Las amenazas de Berthe hicieron su efecto. Corrían leyendas sobre la Viuda Negra y los tres cazadores sentían con claridad que no bromeaba detrás de su doble cañón.

—Y decid a vuestros chuchos que cierren la boca. No se oyen los insultos, desde aquí.

Los perros, que no habían seguido la evolución de las lindezas intercambiadas, continuaban ladrando mientras iban y venían nerviosos a lo largo de la orilla.

—Están excitados por la caza, no se los puede acusar por ello —bromeó el cazador de los dientes podridos.

—¿Juegas a hacerte el gracioso conmigo, Ranvignac?

¡BANG! Berthe disparó una carga a las patas de uno de los perros, que se largó como el conejo que había perseguido hacía un rato.

—No haré daño a ningún animal, excepto si no tengo más remedio. Pero no necesitaré que tres gilipollas de vuestra especie me fastidien mucho tiempo.

—No has debido disparar tu segunda posta, Berthe —la amenazó Ranvignac.

—¿Y eso por qué? ¿Me vas a dar una azotaina?

—No. Pero estás vacía.

Risa burlona de Léon. Mirada de reojo de Thuillier. Sudores fríos en el cuello de Luther. Ranvignac fue a armar su carabina, pero Berthe ya lo apuntaba con la Luger en la nariz.

—*Luger Parabellum. Deutsche Fabrikation!* Muy buena calidad. Tiene menos alcance que una carabina, pero hace agujeros más grandes y, a esta distancia, ¡no necesito un cañón largo para airearte la jeta!

«*Dam', that woman's fine!*».[29]

Los cazadores estaban acojonados y desarmaron las culatas.

—Sería mejor que regresaras a tu casa a atizar a tus retoños en lugar de tomarla con mi hombre.

—Yo no pego a mis hijos —se quejó Ranvignac.

—A mí no me la das. Te he visto y conozco a los tipos como tú. En cambio, te lo advierto, el día que tu chiquillo tenga la edad de sujetar una pistola para vengarse, cosa que no debería tardar, y venga a comprarme cartuchos, será un placer para mí hacerle un descuento.

—Bruja.

¡BANG! La bala de la Luger cortó en dos la pipa que tenía Ranvignac entre los dientes. Berthe había mejorado la puntería con los años. Sabía que el disparo a la pipa haría su efecto, aunque se decía que era presuntuoso por su parte intentar un disparo tan preciso. También habría podido arrancarle la cabeza. Pero el riesgo la excitaba y abrirle el careto a Ranvignac la tentaba. Tanto en un caso como en el otro, salía ganando.

29. ¡Joder, esta mujer es excepcional!

«*What a shot!*».[30]

Los cazadores estaban menos admirados que Luther. Sentían que la situación se les escapaba, como el producto de la digestión de Ranvignac en su pantalón.

—¡Venga, ahora largaos! Ya hemos discutido bastante y tengo una gallina en el fuego.

Los tres cazadores, avergonzados, intercambiaron signos de aprobación y silbaron a sus perros. Ranvignac miraba fijamente el suelo. No se atrevía a darse la vuelta y revelar la humillación.

—Será muy gracioso contar tu historia, cuando le pidas a tu mamá que te limpie los calzones —se guaseó Berthe—. ¿Verdad, Ranvignac?

Ranvignac no respondió. Se tragó la vergüenza y se alejó, exponiendo su trasero de tela gruesa manchado. Sus compañeros no dijeron nada. Ya se burlarían más tarde.

—¡Eh, paletos! Si os vuelvo a pillar rondando a nuestro alrededor, no voy a apuntar a la pipa.

¡BANG! Disparó entre las piernas de Léon y le agujereó el pantalón. Tenía buena puntería, mamá Luger.

Mensaje bien recibido, los tres cretinos se marcharon, unos con el pelo chamuscado y todos con la cola entre las piernas. Ya estaba bien.

Calma de nuevo.

Berthe, con la Luger preparada, esperó a que los cazadores desaparecieran detrás de la línea del horizonte para recuperar la respiración y volverse hacia Luther.

—Estás loca —dijo el amante con cariño.

—Gracias.

—No..., gracias a ti.

30. ¡Menudo disparo!

Luther sabía lo cerca que había estado de la muerte y que le debía la vida a su salvajina. Se levantó para salir del agua. ¡Por fin!

—¡Espera!

Luther se detuvo, al acecho.

—¿Han vuelto?

—¡No! ¡Pero todo esto me ha excitado un montón!

Luther no tuvo tiempo de comprender cuando ya Berthe estaba desnuda y se tiraba al agua a su encuentro. Le cogió la polla, que no se hizo rogar para lucirse, y celebró la victoria con grandes embestidas.

De todos modos, por prudencia, Berthe sujetaba con firmeza la Luger.

—No podemos tardar mucho. ¡Tengo una gallina en el fuego!

De regreso a su choza, Berthe apagó el horno. La gallina estaba quemada, pero no importaba, su orgasmo había resonado por todo el valle. Haría calabacines.

—¿Cómo has sabido que estaba en peligro? —le preguntó Luther.

Berthe se señaló el vientre.

—Lo he sentido. Aquí.

Empezó a cortar los calabacines silbando.

—¿Cómo puedes seguir tan tranquila?

—¿Qué? Tres gilipollas que quieren tu piel no es ninguna sorpresa.

—No, pero es peligroso.

—Estoy acostumbrada.

Luther echó una ojeada a la Luger en su cintura. La historia de Berthe nunca había estado tan presente en él.

—*Gotcha!*[31]

31. ¡Comprendido!

Luther subió a su habitación. Cuando bajó, depositó un beso en la sien de su salvajina, a la que amaba con más pasión cada día, sacó la sartén y puso los calabacines a freír mientras silbaba también.

Berthe saboreaba el momento de calma después de la tormenta. Al pasar por detrás de Luther para buscar el ajo, detectó un bulto detrás del pantalón pitillo. Allí metido, bien caliente, un compañero fiel del ejército: el viejo colt de Luther.

Se entendería a la perfección con su Luger.

—Maneja muy bien sus efectos, no cabe duda.

—Te he dicho que no me interrumpas, Lino.

Ventura no pestañea, más bien se ha tranquilizado ante el desenlace del duelo al sol. Por más que quiera terminar con la investigación, le cae bien Berthe, y la lección que dio a aquellos tres cazadores gilipollas le dan ganas de aplaudirla.

Desde su lugar retirado, Beyoun rezuma admiración por la abuela. Desde lo alto de su metro veintidós, más retorcida que un bonsái, ¡cómo impone la anciana!

Harry el Sucio se ha camuflado en la alfombra a los pies de la anciana y mantiene calientes sus sabañones.

—Perdone, Berthe, no era mi intención interrumpirla. Continúe.

—Estoy un poco cansada, Lino, ¿sabes?

La inculpada está hecha polvo. Tiembla. Aunque hace calor en la oficina. Incluso asfixiante. El agotamiento influye. Pero el inspector sabe que esta no es la única razón. Berthe tiene miedo. De su propia historia.

—Comprendo. No tenemos que terminar esta noche a la fuerza. Podemos continuar mañana, si lo prefiere. Incluso sería lo más razonable.

—No —murmura Berthe, sin fuerzas.

—Está agotada. Y yo mismo no estoy en muy buenas condiciones. Continuemos mañ...

—Tengo que ir al baño.

Vuelta a la trivial realidad. Berthe ha hecho sus diez buenas pausas desde el inicio de la detención; la incontinencia obliga. Ventura se muestra paciente y hace una señal a Beyoun, que pasa el brazo por debajo de las axilas de la abuela.

—Déjeme ayudarla.

—Tiene usted un pelo realmente magnífico —le dice Berthe al oído, embriagada por el perfume que desprende.

Las dos generaciones salen al ralentí.

Harry el Sucio levanta el hocico y se pregunta si tiene que seguirlas o quedarse. Y, no más dinámico que la abuela, prefiere optar por la posición tumbada.

Ventura mira el reloj.

Al salir del lavabo, Berthe y la policía pasan por delante de un televisor encendido. Un periodista habla de unos fugados llamados Raymond Truchaud y Guillemette Desmoulins.

«Roy y Guillemette», piensa Berthe. «Qué encantadores eran, esos dos».

Se detiene un instante.

—¿Está bien, señora Gavignol? —se inquieta Beyoun.

—Un pequeño ataque de fatiga.

—¿Quiere que nos sentemos un minuto?

—Sería muy amable por su parte, sí.

La estratagema de Berthe funciona. Le gustaría saber más sobre sus pequeños protegidos y esta tele le tiende los brazos. No está segura de que ese gruñón de inspector le permita saber algo, pero la bonita policía morena es lo suficientemente servicial como para dejarse engañar.

La cadena pasa las mismas imágenes en continuo. El cuerpo

de la víctima, Xavier Desmoulins, el exmarido de Guillemette, salvajemente asesinado por Roy, como atestigua la madre de la pequeña, que ha lanzado un aviso de búsqueda por el rapto de su hija. ¡Como si Roy hubiera secuestrado a Guillemette! Los enamorados han huido porque, como siempre, las apariencias engañan. El ex está muerto, vale, pero hay que comprender bien que Roy protegía a su luciérnaga. Que en realidad la ha salvado. Que Xavier habría acabado por matarla. No obstante, los hechos acusan al salvador. Y la ley se dispone a condenarlo. Así que los amantes han huido. Y, por más que Berthe esté inculpada por siete asesinatos, se preocupa por sus fugitivos queridos. Sin embargo, ahora se ha tranquilizado al saber que no los han pillado.

El periodista pasa entonces el micro al otro pedazo de imbécil que está delante de su choza y se complace con el mórbido suceso de una tal Berthe Gavignol, también apodada la Viuda Negra.

—¿Quizá podríamos volver? —propone la policía, atenta, que preferiría no ver a la centenaria más vapuleada por aquellas rapaces.

—Espera, cielo. Esto me interesa.

La pantalla difunde unas fotos amarillentas de Berthe. Sola o en compañía de sus diferentes maridos. Decenios resumidos en unas fotos juntadas sin coherencia cronológica. Superpuesto, el comentario corea alegaciones con esa forma de hablar entrecortada propia de los reporteros que se divierten con los efectos de énfasis: «¡Y ahí viene el drama!».

—Los vecinos describen a una mujer tranquila, pero algunos sugieren que se cuentan historias sobre esta abuela de aspecto inofensivo.

Inserto del testimonio de un vecino, con boina y colilla en la boca, con el subtítulo: Gaston Ranvignac, vecino de Berthe Gavignol.

«Vaya, el hijo de Ranvignac. Era de esperar...», piensa Berthe.

—Bah, es cierto que la señora Gavignol tiene una extraña reputación. Ha cambiado a menudo de nombre y, peor, de marido. Una vez incluso nos trajo un negro. Chúpate esa. Tenía una Luger, cierto, eso se sabía en la región. Pero también oí hablar de cianuro. Peor, de matarratas. De ahí a hablar de asesinatos... En fin, lo cierto es que todo el mundo desconfiaba de ella por aquí y que, si acaba en prisión, no está mal.

«La misma jodida estirpe de su padre, este».

La periodista vuelve a antena.

—Las sospechas difieren según los testimonios, pero la sensación es unánime: la señora Gavignol ocultaba grandes secretos. La investigación revela hoy que estaban enterrados en el sótano. Entonces, ¿mito o realidad? ¿Abuela simpática o asesina en serie? Los próximos días, la investigación lo descubrirá. Pero, en el pueblo, se han desatado las lenguas y el veredicto es inapelable: ¡culpable!

—Y viva Francia —exclama Berthe.

—No hay que escuchar estas informaciones, señora Gavignol. Solo buscan el sensacionalismo.

—No son los periodistas los que me sorprenden. Es el vecindario. Esos buitres ni siquiera esperan que esté fría para echarse sobre mis despojos.

Beyoun apaga la tele.

—No se torture, señora Gavignol.

—Puedes llamarme Berthe, ¿sabes?

—No me atrevería.

—No hace falta que seas educada conmigo, parece que soy un monstruo.

—No diga eso.

—Pues es lo que dicen en la tele. Así que debe de ser cierto.

—No. La prueba es que usted no es un monstruo, Berthe. Bajo los fluorescentes macilentos de la comisaría moribunda a aquella hora tardía, se propaga un respeto mutuo entre las dos mujeres. Berthe se recupera del momento. Una tregua en la batalla.

—¿Y cuál es tu nombre de pila, cielo?

—Yasmina.

—Yasmina —repite Berthe, como silbaría una tonada que le gustara—. Es cantarín. Y picante.

Da golpecitos en la mano de la policía.

—Me gusta mucho.

—¿Volvemos, Berthe?

Llamada al orden. De repente, todo regresa. La comisaría. Los fluorescentes. La declaración.

—Ah..., sí...

La tristeza de la vieja llega al corazón de Yasmina de rebote. A veces, la policía Beyoun maldice su oficio.

—¡Hola, chucho!

Berthe se deleita con los arrumacos babosos de Harry el Sucio, que se alegra de su regreso.

—Bueno, se ha tomado su tiempo.

Ventura golpea la pantalla del reloj para acompañar su impaciencia.

—Te deseo que llegues a los cien tacos; ya me dirás cómo te las arreglas con la próstata. Venga, sírveme otro vaso.

Esta viejecita tiene el don de pasar de un humor a otro, una auténtica ducha escocesa. «Aunque, si estuviéramos en Escocia, empalmaríamos con un buen *whisky* escocés», se dice Ventura. Abre el cajón y esta vez saca una botella. Su cosecha de prestigio, para los golpes duros. Y este lo es. Sirve dos vasos.

De un trago.

Berthe deja de temblar. Por el momento.

Y continúa su relato.

−¡Eso es!

Berthe pinchaba las sesenta velas, que se amontonaban en el pastel de cerezas. Le gustaban las celebraciones y mostraba su edad con orgullo. La piel se le ponía flácida y había perdido sus magníficas formas, pero la expresión enamorada de Luther no había cambiado. Cuando pasaba cerca de él por la noche, con su salto de cama de seda, para reunirse los dos bajo el nórdico que él había calentado para ella, Luther emitía un ruidito que le indicaba que mordería con gusto un pedacito. Parecía que no pasaban los años, no se cansaba de ese juego que había establecido en la época en que hacían el amor una noche de cada dos.

Después, el apetito había disminuido, pero la ternura y la mirada concupiscente seguían vivas y eso era todo lo que importaba. A Berthe le gustaba sentir el deseo sincero en los ojos de Luther, pero, más que todo, le gustaba dormirse contra su piel. Tanto al acostarse como al despertar, se encajaban, deseosos de un contacto con el otro, una planta del pie contra una pantorrilla, un pecho contra la espalda, una mejilla contra un pecho; no importaba, necesitaban estar pegados el uno al otro.

Berthe elaboraba el pastel canturreando con Janis Joplin su versión febril de *Summertime*, que había descubierto rebuscando en una chamarilería. Bechet había sustituido el clarinete por el grito rabioso de Joplin, pero la canción que sonaba en la choza seguía siendo la misma.

Berthe gritaba la canción en un galimatías que sonaba vagamente a inglés, al menos el sentido, cuando sintió algo que le golpeaba el vientre. Un vacío frío. En el fondo de las tripas.

Un mal presentimiento.

Absorta en la confección del pastel, Berthe había perdido la noción del tiempo. Echó una ojeada al reloj que había encima del horno. Luther se había marchado a correr, como todas las mañanas. Ya no tenía los músculos de la juventud, lo cual hacía más laboriosa la carrera y más largo el baño en el lago. De todos modos... Tardaba en volver.

Tardaba demasiado.

Berthe corría por el bosque. Sin aliento. Empapada en sudor. La solana del verano del 74 le abrasaba los pulmones, pero corría. Descalza. No se había tomado el tiempo de calzarse. Se destrozaba las plantas de los pies en los senderos pedregosos.

Pero corría.

—¡¡Luther!! ¡¡Luther!!

Su grito se perdía en el bosque, sin respuesta. ¿Por qué no respondía?

Las lágrimas le corrían por la cara enrojecida por el esfuerzo. No gesticulaba, sus ojos desorbitados escrutaban el bosque, en busca del ser amado. Que vendría a su encuentro. Con zancadas pequeñas. Después de una carrera vivificante y un baño vigorizante. Luther volvería a ella. Y le diría como hacía a menudo: «Te preocupas por nada», mientras le quitaba la Luger de las manos. A veces, Berthe todavía se sobresaltaba por la noche y se echaba sobre el arma. No se eliminan unos años de terror con unas caricias. Por dulces que sean.

Berthe corría. Y gritaba. Sola en el bosque.

Luther le había enseñado el recorrido que hacía durante la carrera, con el pecho hinchado de orgullo del hombre que cuida su cuerpo para continuar gustando a su amada a pesar de las setenta primaveras.

Berthe lo recorría jadeando cada vez más fuerte. Tropezaba, se agarraba a las ramas, los músculos se le habían fundido con la edad y obligaba a su cuerpo a un esfuerzo más allá de sus capacidades. Pero le daba igual. Corría hasta reventar. Si Luther no la tomaba en sus brazos muy pronto, eso le ocurriría, reventaría.

Los pies, heridos, dejaban rastros de sangre detrás de ella. Los gritos ya no resonaban en su seca garganta. Los ojos, agotados, veían borroso. El cuerpo estaba a punto de claudicar.

«¡No! ¡No me dejes tirada, jodido! ¡No me dejes tirada!».

Y Berthe encontró un suplemento de fuerzas que solo la desesperación sabe buscar y continuó corriendo.

—¡Luther! ¡Luther! Lut...

Por fin, Berthe se detuvo, extenuada. Se dejó caer de rodillas. Partida en dos. Ya no podía respirar.

Por encima de ella, colgaba una fruta extraña.

El hombre que tanto había amado.

Berthe se quedó aturdida durante largos minutos. Después, el ruido de la cuerda que chirriaba contra la rama la devolvió a la realidad. Tenía que bajarlo de allí. No podía estar allí arriba colgado ni un segundo más.

Berthe se precipitó hacia la cuerda. El nudo demasiado apretado le dificultaba la tarea. Lo mordió, se rompió las uñas intentando deshacerlo y acabó por coger una piedra para cortar la cuerda.

El cuerpo de Luther cayó pesadamente sobre los helechos. Berthe se echó sobre él y lo abrazó.

Apretó. Apretó. Apretó.

Susurró en un oído que ya no podía oírla:

—Luther..., mi amor... Respóndeme... Luther...

Tomó la desfigurada cara de su hombre con la mano, dirigió la boca hacia la suya, deformándola de manera antiestética, y puso los labios en ella.

Los de Luther estaban fríos. Como una piedra de sepulcro.

Berthe utilizó la cuerda que había servido para colgarlo para arrastrar a Luther a través del bosque. El llanto le laceraba las venas, el vientre, la garganta. Berthe pensaba que conocía el sufrimiento, pero solo lo había rozado. La pérdida de Luther la despedazaba viva.

Aunque, viva, no sabía si todavía lo estaba.

Llegó al pueblo tarde, por la noche. Curiosamente, no había ni un alma por la calle. No brillaba ni una luz en las casas.

Curiosamente...

Consiguió arrastrar el cadáver hasta el jardín. Su cuerpo no era más que dolor. Le ardían los riñones, tenía la espalda destrozada y el alma desgarrada. No sabía si sobreviviría a aquella noche y quizá sería mejor así, pero, antes de entregar el alma, quería decirle adiós a su amor, con decencia.

Colocó el cuerpo de Luther debajo del árbol del jardín. Después fue a hacer algo que ya no pensaba tener que volver a hacer.

Fue a buscar la pala.

Berthe cavó durante buena parte de la noche. Quedaba lejos el tiempo en que enterraba a sus maridos con los pechos al aire y partiéndose de risa. Berthe cavaba la tierra, con el terror en los ojos. No se lo podía creer. No quería.

Cuando el agujero fue lo suficientemente profundo, se volvió hacia Luther, esperando verlo moverse, levantarse, cogerla entre sus brazos y susurrarle: «No te preocupes, estoy aquí».

Pero solo el viento emitía todavía un vago sonido a aquella hora tardía. Nada en el cuerpo de su hombre se movía. Ni el pulso, ni el corazón, ni el alma.

—Por favor..., mi amor..., por favor.

Berthe farfullaba una última súplica. Desesperada. Tenía la helada mano de Luther contra la mejilla.

Después volvió a ver a su amante tal como era todavía aquella mañana. Radiante como el sol. Habría comprendido su dolor, pero no habría querido conmiseración. Entonces Berthe se tragó las lágrimas, reunió el valor que le quedaba, abrazó largo rato al hombre de su vida y después deslizó el cuerpo con el mayor cuidado posible al agujero.

—Adiós..., mi amor.

Berthe cogió una paletada de tierra y cubrió la cara de Luther.

Ventura no consigue apartar la mirada de las manos de la abuela, aferradas a la tela del vestido con tanta fuerza que las venas, azules, laten en la superficie de la piel como un terremoto. Harry el Sucio está encogido debajo de la silla, esperando que pase la sacudida. Berthe aprieta, para no llorar. Para no gritar. Si abre las compuertas, tiene miedo de que todo se desborde. Su tristeza, su cólera, su último aliento. Ahora no. Tiene que aguantar.

Detrás de ella, Yasmina se seca las lágrimas que no ha podido contener. La policía se esfuerza por mantenerse a la altura profesional de rigor y continúa tecleando la declaración entre dos hipos.

—¿Necesita que hagamos una pausa, Beyoun? —pregunta el inspector sin empatía.

—Estoy bien, jefe.

—Entonces, continúe.

El inspector hace un torniquete a las efusiones antes de la hemorragia. Se levanta. Sus talones emiten un golpe amortiguado sobre el linóleo cuando se acerca a Berthe. Se sienta en la mesa y pone la manaza, velluda, en el endeble hombro de la centenaria. Ventura nunca ha estado muy dotado para las palabras en las situaciones delicadas. Una de las razones por las que ninguno de sus matrimonios ha funcionado. Espera que la mano sea lo suficientemente reconfortante para evitarle grandes declaraciones.

—No te canses con tu compasión, Colombo.

La mano reconfortante ha fracasado.

—No te cuento todo esto por tu piedad. Te cuento todo esto por la justicia.

—¿La justicia?

—Desde el inicio de nuestra sesión de psicoanálisis, quieres aplicármela. Quieres que la ley me castigue por mis crímenes.

—Yo no he dicho eso, Berthe.

—Todo lo que anotas es para llevarme más deprisa al patíbulo. Pero, ya que hablamos de justicia, entonces vayamos hasta el final. Y que los culpables sean castigados.

—¿Quiere decir que la policía no los encontró?

—¿La policía? No, no hizo nada.

—¿Y usted?

La vieja deja la duda en el aire.

—Yo reclamo justicia. Quiero que sus nombres se hagan públicos.

—Así se hará, Berthe. Si los hechos se corroboran. Así se hará.

Berthe levanta unos ojos centelleantes de esperanza detrás de sus lágrimas opacas.

—¿Me lo prometes, André?

Ventura se dispone a responder, pero la lengua se queda en suspenso en su boca, pasmada. Por primera vez, Berthe ha pronunciado su nombre. El verdadero. No Lino. André. Se acabó el distanciamiento, la mordacidad, el juego de víctima. Berthe retiene el aliento, en espera de una promesa.

—Se lo prometo, Berthe.

—Bien.

Silencio total. Después, pico para hielo para romperlo.

—¿Identificó usted a esos hombres? —pregunta el inspector—. ¿Sabe quiénes son?

—Claro que lo sé. Todo el pueblo lo sabía. Y todo el pueblo lo sabe todavía.

—¿Entonces? ¿Quiénes?

—¿Qué crees tú..., Colombo?

Thuillier llegó al umbral de su casa en mangas de camisa, con manchas en las axilas, echando pestes contra aquella canícula infernal, cuando sintió algo frío en la nuca.

—¿Te acuerdas de ella? *Deutsche Fabrikation.*

Berthe se encontraba detrás de Thuillier y le hundía el cañón de la Luger en las cervicales.

—Me vas a seguir con mucha tranquilidad.

El 4L petroleaba con su motor asmático. Berthe conducía con una mano y, con la otra, sujetaba con firmeza el arma contra el muslo de su rehén.

—Reza para que no haya baches en la carretera. Parece que la arteria femoral mea más que una vaca Salers.

—¿Adónde me lleva, Berthe?

—No te esfuerces por hablarme de usted. Hay desprecio en tu cortesía.

—Es que yo soy educado. Y usted es y siempre ha sido una guarra.

—Y tú eres un asesino, y sería mejor que cambiaras de tono.

Un leño en la carretera hizo derrapar al 4L. El disparo estuvo a punto de salir.

—¡Mierda, el diablo me tienta! —dijo la viuda con un rictus tan negro como su apodo.

El rehén no se atrevió a chistar.

—Bueno, ¿así que ahora no dices nada, Thuillier? ¿Tienes miedo de que pierda el control?

Silencio del rehén, cada vez menos tranquilo.

—Haces bien en tener miedo.

Cuando Thuillier entró en el edificio en desuso, no sabía dónde metía los pies.

Dos hombres yacían arrodillados en medio de la fábrica en construcción, amordazados y con los ojos vendados. Berthe no quería que apareciera todo el pueblo y lo que iba a pasar allí no sería muy católico. Igual que aquellos tres hipócritas, que a pesar de ello se jactaban de ir todos los domingos a la iglesia.

Léon, Ranvignac y ahora Thuillier temblaban con todos los miembros bajo la amenaza de la sexagenaria que los apuntaba con un arma nazi.

—¿Sabéis lo que están construyendo aquí?

Berthe quitó la mordaza a los prisioneros y después les liberó la vista.

—¿Émile? ¿Hubert? ¿También os ha pillado? —exclamó un Léon no muy listo, traicionando a sus cómplices a la vez.

—Cállate la boca —masculló Thuillier entre dientes.

—Una fábrica de descuartizamiento —dijo Berthe para sí—. Gracioso, ¿no? La simbología.

—Secuestro y amenaza con arma prohibida. Le caerá la perpetua, Berthe —predijo Thuillier.

—Te encuentro muy arrogante para un tipo que dentro de poco recibirá un balazo entre los dientes.

—¿No te atreverás?

Léon lanzó la frase como una interrogación y no con la seguridad resuelta tras la que seguía ocultándose Thuillier, con la fuerza del patriarca. Léon, aunque siempre se había considerado un cabecilla, no era más que un cobarde. Lo había demostrado cuando la niña lo había cogido por los huevos, de nuevo cuando la mujer lo había apuntado en el lago y no las tenía todas consigo ante la vieja sedienta de venganza.

Ranvignac se lanzó a una serie de justificaciones que, según él, esclarecerían el caso y los exculparían:

—¡No hemos hecho nada, Berthe! ¡No fuimos nosotros los que matamos a tu negro!

—¿Quién te ha dicho que Luther está muerto? —preguntó Berthe con calma.

El pobre Ranvignac era todavía más gilipollas que malvado.

—Hay confusión, Berthe. Sea lo que sea lo que tú creas, no es culpa nuestra, te equivocas —dijo Ranvignac, bastante orgulloso de su argumentación.

—No os voy a denunciar a la policía. Podría dejar que la justicia actuara, pero un negro linchado frente a tres figuras tan respetables como las vuestras, sobre todo la del padre Thuillier, estancarían la investigación. Y el sobreseimiento no es una opción.

—Estás montando un numerito. Es tu negro el que te ha dejado, así que estás de los nervios y quieres echarnos la culpa a nosotros.

Ranvignac cambió de estrategia. El cinismo quizá sería más eficaz. Error de juicio.

—¿Estás atado, con una pistola en la sien y todavía me provocas? Nunca has sido muy ladino, Ranvignac, pero ahora confieso que me sorprendes.

—Sí. Tienes una penita en el corazón, solo son sentimientos color de rosa. Un asunto de tías —replicó Léon, imitando la actitud de fanfarrón de su cómplice.

¡Bang! Léon lanzó un grito. La bala de la Luger le arrancó el pie.

—Cuando te hacen daño, gritas. Yo disparo.

Berthe tenía el colt de Luther en la otra mano.

—He encontrado esto en la orilla del lago. Percutor encasquillado. Ni siquiera pudo defenderse. Baratija americana. Se puede decir lo que se quiera de los alemanes, pero, en cuestión de armas mortíferas, sabían trabajar.

Apuntó con la Luger a Léon, que se deshacía en lágrimas.

—No, no dispares, Berthe.

—Eso no lo hará volver. Ni siquiera me aliviará.

—¡Perdón! ¡Te pido perdón! —suplicaba Léon, con los ojos inyectados de espanto.

—Vosotros no habéis ganado nada matándolo. Yo lo he perdido todo.

Las palabras salieron de su boca, vacías y frías. Palabras fantasma.

¡Bang!

—No hemos sido nosotros, Berthe —probó Ranvignac, con un temblor en la garganta y los ojos fijos en Léon, que se bañaba en un charco de sangre.

—Habría tenido que liquidaros en el lago, cuando todavía podía alegar legítima defensa. Él aún estaría aquí.

—No tienes ninguna prueba contra nosotros —insistió Thuillier, con el coraje ciego del odio.

—Podemos hablar de fuertes presunciones.

Berthe se sacó del bolsillo un colgante que le tiró a las rodillas. Un Cristo. De marfil.

—Estaba sobre los helechos, a sus pies. Auténticos Pulgarcitos. Se diría que queríais que os descubriera para castigaros.

Thuillier miró a Berthe con desdén y repugnancia, pero no

replicó. Cada palabra podía precipitarlo al barranco, así que las medía.

—¡Quince años! ¿Lo planeaste durante quince años? ¿Tan insoportable se os hacía nuestra felicidad? ¿No podíais mirar hacia otra parte?

Thuillier no decía nada. Sabía que no era necesario.

Ranvignac estaba pendiente de sus labios, como Luther pendía de la cuerda la víspera, en espera de que el culto cerebro de Thuillier los sacara del apuro con un alegato marcial.

Berthe también esperaba. Una justificación. Remordimientos. Al menos excusas. No para expiar sus pecados, sino para reconocer su falta de humanidad.

Silencio... Oxidado... Para pillar el tétanos.

En la febril mirada de odio de Thuillier, Berthe leyó una diatriba muy diferente: no, no lo había digerido. Sí, la visión de aquella guarra y aquel negro lo hacía vomitar. La venganza es un plato que se sirve frío. Quince años más tarde, el plato no solamente estaba helado, también se había vuelto pútrido. Como el alma de Thuillier. Un alma de cazador al que le gusta la batida. Hasta adormecer la vigilancia de su presa. Armado de paciencia. Y de una buena cuerda. Todo en su energía vomitaba este asco: «¡Negro asqueroso!».

En lugar de eso, Thuillier replicó con calma:

—Esta cruz podría pertenecer a cualquiera.

—Sí. Pero es la tuya.

Berthe ya no tenía ganas de justificarse.

¡Bang!

—¡No hemos sido nosotros, Berthe, te lo juro! No hemos sido nosotros... —insistía Ranvignac, con una desesperación que solo lo engañaba a él.

—Bueno, si me equivoco, nos encontraremos en el infierno.

¡Bang!

Berthe los enterró allí mismo. Al día siguiente, los trabajadores colocarían encima una capa de hormigón sin sospechar nada.

Nunca los encontraron.

Berthe se arrodilló en el suelo recién removido.

Puso la mano encima.

Se recogió.

Bajo el árbol de su jardín.

Respiraba con calma. No se sentía aliviada, pero la cólera se había evaporado.

Unos ojos felinos atravesaron la oscuridad. Un gato negro se acercaba con pasos silenciosos. Se situó a una distancia respetuosa y la observó de lejos.

—Se acabó, Luther.

Berthe aplastó una lágrima entre los párpados apretados. Muy apretados. Después se relajó. A la escucha de los latidos de su corazón. Que quería moderar a toda costa. Porque era lo que Luther habría querido. Y nunca haría nada que pudiera herirlo.

El dolor nunca la abandonaría. Pero el rencor, sí.

—Sé lo que me vas a decir, así que sí, mi amor, te lo prometo...

Hizo una inspiración profunda, sacudida por ligeros espasmos, secuelas de las horas pasadas llorando, y después espiró largamente entre los labios contraídos, ahogando los últimos sollozos.

—¡Voy a continuar viviendo!

Los ojos de Ventura se desvían hacia la foto de su esposa que tiene sobre la mesa. ¿Por qué de repente tiene la sensación de que la echa de menos? Desde hace varios meses, se ha instalado entre ellos cierta frialdad. Primero en la mesa. Después bajo las sábanas. Entre sus brazos. Y por último en sus frases. Al llegar a la saturación, han expresado su frustración. Pero demasiado tarde. Cuando el resentimiento es demasiado agudo. Y la válvula estalla. Entonces se dicen cosas horribles. Con frases cortantes. Se establece la monotonía. Con ella, el aburrimiento. Y al final el desprecio.

Sin embargo, esta noche, cuando su mujer ya hace dos meses que se ha ido de casa y han empezado su *break*, la echa de menos. Mierda, ¿y si hace una tontería?, se pregunta, fulminado por la evidencia repentina de su sentimiento.

Berthe ha intentado tragárselas desde que ha empezado su confesión, pero el dolor reavivado ha derribado sus últimas barreras, así que las lágrimas se derraman. Al ralentí. Agotadas por los años de retención. Toman atajos a lo largo de los senderos de amargura excavados en sus arrugas. Y el vestido de franela azul cielo se oscurece con lágrimas centenarias.

—Lo has..., lo has..., lo has...

Las palabras buscan su camino entre los sollozos.

La policía, que ya no puede más, saca un pañuelo del bolsillo y se seca con él la cara, brillante de llanto.

Ventura sigue sin creer en el consuelo de sus palabras, pero, en el del *whisky*, sí. Después de un trago doble, Berthe consigue articular:

—Lo has prometido, André.

Ventura asiente y descuelga el teléfono.

—¿Sí, Bernier...? Sí, ya sé que es la una de la madrugada, pero algunos todavía curran... Y sí, amigo, nosotros no somos de los de treinta y cinco horas... Bueno, deja de quejarte y escúchame bien. Envíame un equipo a la antigua fábrica de descuartizamiento... Sí, la fábrica abandonada que ha comprado Novotel... Sí... Pues eso justamente, vas a empezar las obras por ellos y vas a quitar la losa de hormigón. Buscamos otros tres cuerpos... Sí, me has oído bien. Tres. Y, cuando los encuentres, me pides pruebas de ADN para que podamos identificarlos... Sí... ¡Y es urgente!

Ventura cuelga.

—Gracias —susurra Berthe.

Sin embargo, el inspector siente el deber de aclarar las cosas.

—Tampoco quiero darle falsas esperanzas —dice—. Su testimonio se considerará como alegaciones. Sin pruebas, no tiene ningún valor jurídico.

—Mi palabra contra la suya, ¿verdad? —ironiza Berthe—. Y como están muertos...

—Aunque estuvieran vivos. Vamos a identificar sus cuerpos, pero por desgracia no tengo ningún elemento tangible para demostrar que fueron ellos los que lincharon a Luther.

—No me dejas atónita, el problema era el mismo en aquella época. Pero he sido escuchada, es todo lo que me importa. Si tu ley no condena a los culpables, me da igual, ya que también es capaz de condenar a los inocentes.

—Usted no es inocente, Berthe.

—Ya me has entendido, André. Ahora los periódicos expondrán mi versión de los hechos. A plena luz. Y yo sé cuál es la verdad.

Berthe saca un crucifijo que guarda valiosamente en el bolsillo desde la muerte de Luther. Una cruz de marfil. Durante el cacheo, el policía pensó que la vieja era una santurrona. Nada de eso. Esa cruz la lleva como trofeo de guerra. Le habría gustado exhibirla como los indios con la cabellera de sus enemigos vencidos, pero tenía que ser discreta para no comprometerse. Ahora que está condenada, puede hacerlo. Así que la muestra con orgullo. Como una guerrera.

Ventura observa la cruz de Thuillier, sensible al símbolo, aunque aquel elemento del expediente no demuestra nada.

—¿Eres creyente, André?

—Sí.

—Si tú no lo consigues, quizá Él los juzgará. Quédatela. Yo ya no la necesito.

Berthe se libra del crucifijo. Un peso desaparece de su pecho, como si un SS Panzer se decidiera por fin a salir del tanque después de haber estado allí sentado durante años. Liberada, Berthe hace una inmensa inspiración. El aire fresco le llena los pulmones y le sube de inmediato a la cabeza. Los glóbulos rojos repletos de oxígeno son como un golpe de acelerador en sus arterias que le llega de lleno al corazón.

Y la vieja se cae redonda al suelo.

Sin conocimiento.

Berthe se despierta, con la cabeza en las rodillas de Ventura, que le pasa por la frente un pañuelo empapado con agua.

—¿Y por la muerte de mis ocho gatos no me tomas declaración? —consigue susurrar.

—No, no será necesario.

El inspector levanta una ceja, impresionado de que la vieja todavía consiga reír.

Una hora más tarde, Beyoun toca en su teclado una partitura con aires de marcha fúnebre. Ventura acaba de dictarle su informe con gran refuerzo de *whisky*. Berthe acaricia al sabueso, con aspecto ausente.

—Ahora que me habéis desenmascarado, ¿cómo sigue la fiesta para mí?

Dividido, Ventura no puede hacer más que enumerar las etapas judiciales que vendrán:

—Pues, bien, comparecerá ante un juez de instrucción. Tendrá la oportunidad de consultar a un abogado antes de disponer de sus servicios; bueno, si lo desea. Pero primero tendrá que pasar por un examen psiquiátrico. Y es probable que el juez solicite un examen médico para establecer las condiciones de su encarcelamiento.

—Me he perdido después de «comparecerá». Lo que comprendo es que todo eso va a llevar mucho tiempo, pero que la finalidad es la misma.

—Sí, Berthe. Irá a prisión.

La sentencia.

Para Beyoun, imaginar a esta abuela en el trullo, después de todo lo que le ha pasado, parece inhumano. «Ya ha sufrido bastante, esta mujer, ¿no? ¿Acaso la ley no podría cerrar los ojos? ¿Por una vez? ¿Y... comprender?».

Berthe conoce la sentencia desde el primer disparo de carabinucha por la mañana, así que se lanza a una diatriba sin patetismo:

—La prisión no me alegra, ni de lejos, pero tampoco será un castigo espectacular, incluso a la luz de tu querida ley. Para mí, la perpetua termina mañana. O dentro de ocho días. Cada minuto con vida es un extra desde hace veinte años y no me engaño, no voy a tener mucha cuerda de la que tirar, a menos que sea una cuerda de colgado. Así que me gustaría pedirte un favor.

—La escucho, Berthe.

—A lo largo de todos estos maravillosos años que vivimos juntos, Luther me escribió. Cartas de amor. No quiero ir a la cárcel sin ellas. Es todo lo que me queda de él.

—Muy bien. Mandaré a alguien a buscarlas a su casa mañana.

—No las encontrarán. Están escondidas.

—Dígame dónde y se lo explicaré al policía...

—No me has escuchado. Están escondidas justamente para que no las encuentren tan fácilmente.

—¿Por qué ha escondido las cartas?

Pizca de sospecha de Ventura. Esta petición no le parece nada clara.

—Pues porque me importan, por eso. Así que las he puesto con mis ahorros, y estos comprenderás que no quiero que me los choricen, así que están bien ocultos.

—Creo que un policía será capaz de encontrarlas si les describe el lugar.

—Se nota que no has pasado la guerra. Cuando tienes a los nazis a la puerta, haces lo posible para que no metan la mano en lo más valioso que tienes. Tu quepis no encontrará nada, y a mí me pasearán del juez al psiquiatra y la voy a palmar en una camilla en chirona sin mis cartas. Las tengo que ir a buscar yo misma... Por favor... André...

Ventura se pregunta qué oculta Berthe, además de sus ahorros. Aquí hay gato encerrado, su úlcera no lo engaña. Harry el Sucio lame la mano de Berthe y menea el rabo. Su instinto le ha advertido que va a salir de paseo.

«Menudo gilipollas, este perro».

—Nada de jugarretas, ¿eh, Berthe?

—Me has birlado la Luger y la carabina, ¿de qué tienes miedo? ¿De que me marche corriendo? Aunque me dieras una hora de ventaja, no me perderías de vista ni cien metros. Además, ¿adónde quieres que vaya? ¿A México? No corres el riesgo de que me fugue. Solo tienes que ponerme las esposas, si no te fías. Pero, por favor, no me metas en el trullo sin mis cartas.

Ventura valora, Harry olisquea, Beyoun patalea.

—No me digas otra vez que tu proctólogo no estará contento.

—Exactamente.

—Bueno, entonces dame su dirección, le enviaré unos crisantemos.

Ventura se pone el impermeable de poli. Harry el Sucio da un pesado salto, listo para su paseo. Berthe está menos saltarina, pero se alegra tanto como el canino de tomar el aire.

Antes de salir, toma la mano de la policía en la suya. Le acaricia esos dedos gráciles, el tiempo de una respiración. Como se toma una bocanada de oxígeno antes de una larga apnea.

—Adiós, Yasmina.

—Adiós, Berthe. Le traeré aceite de argán.

La policía se ha abstenido de especificar «a la cárcel». Demasiado cruel. Para Berthe. Demasiado insoportable. Para ella misma.

—No te preocupes, preciosa. Ya he pasado la edad de acicalarme. Y tú no tienes por qué ocuparte de una pobre vieja que se aburre en chirona. Vive tu vida, cielo. Es corta..., incluso cuando es larga...

—Prometido, Berthe.

La abuela suelta los delicados dedos de la policía, asiente a modo de despedida y se reúne con Ventura, que la espera en el pasillo pasando el collar por el cuello del sabueso. Berthe se imagina a un verdugo que pasa la cuerda por el cuello del condenado. No se va a preguntar por qué.

En el televisor del pasillo, continúan desfilando las mismas informaciones en bucle. El embrutecimiento de las masas por la repetición. En medio de las catástrofes ferroviarias, las amenazas del Estado Islámico, los descubrimientos de corrupciones políticas y los pronósticos hípicos, siempre el mismo vídeo de Roy y Guillemette fugados. El vídeo es cada vez más corto, la noticia es cada vez menos fresca.

—Deben de estar lejos, a la hora que es —se alegra Berthe.

—¿Se alegra de que unos criminales en fuga corran por las carreteras de Francia? —se irrita Ventura, como buen justiciero.

—No son criminales.

—Dígaselo a Xavier Desmoulins.

—Roy protegía a la pequeña. Puso una denuncia contra su marido. Mujer apaleada durante tres años. Pero eso no es un crimen, ¿verdad?

—Sí. La violencia conyugal...

—¿Qué? ¿La ley la castiga? Ahórrame tu perorata. Lo que yo veo es que es la pequeña la que huye. Si hubierais hecho vuestro trabajo, nada de todo esto habría ocurrido. A fuerza de sentirse acorralada, la gente muerde. Es la supervivencia. Así que, si esos chicos lo consiguen, tienes toda la razón, me alegro mucho.

—Es extraño, pero he acabado por acostumbrarme a sus razonamientos. No los respaldo, pero los comprendo.

Ventura le abre la puerta. Cuando se dispone a salir, Berthe se da cuenta de que la cadena de información ahora se regodea con la sensación del día. Las revelaciones sobre la Viuda Negra ocupan cada vez más la antena. Es suculento, una centenaria asesina en serie. La noticia generará grandes titulares mañana y eso está bien. La justicia hablará de su confesión, aunque ella prefiere «el relato de su vida». Pero, si su testimonio puede incitar a las chicas a no hacer tonterías y a los hombres a ser un poco menos gilipollas, será la piedrecita que ella dejará en atención a la humanidad. Que haga lo que quiera con ella. Berthe se marcha con la mente tranquila y la conciencia ligera.

Mientras conduce, los pensamientos se atropellan en la cabeza del inspector Ventura. Se dice que le quedan quince años para la jubilación. No es que tenga prisa por colgar las botas, pero probablemente nunca volverá a tener un caso tan espectacular como el de Berthe. El interrogatorio de una vida. Los que le sigan le parecerán muy ordinarios en comparación. En cierto modo, así lo espera. No quiere encontrarse con una plétora de asesinos en serie para dar chispa a su vida cotidiana, pero la idea de que ya ha vivido el clímax de su carrera le produce una sensación de vacío.

Sentada en el asiento del copiloto, Berthe acaricia a Harry el Sucio, que babea en sus muslos. Todos esos retos morales superan al perro. Tiene mucha suerte, se dice su amo. A él, esos retos le producen nudos en el cerebro.

—Una pregunta me mortifica desde esta mañana, Berthe.

—Hazla entonces.

—De Gore. Habría podido apuntar al aire, pero le ha disparado. Habría podido abatirlo hace años, no le venía de un asesinato más o menos. Pero también habría podido dejar marchar a los fugitivos al volante de su Audi sin disparar contra él y nunca la habríamos inculpado. No habríamos encontrado los cadáveres en el sótano y esta noche estaría libre.

—¿Cuál es la pregunta, Colombo?

—¿Por qué?

—A tu frase le falta el verbo.

—¿Por qué disparar? ¿Por qué arriesgarse?

—¿Habéis encontrado a Roy y Guillemette?

—No.

—¿Quién va a la cárcel mañana? ¿Ellos o yo?

¡Muy lista, la abuela! Desde que la ha esposado por la mañana, Ventura no deja de repetírselo una y otra vez.

—Solo quería... ¿Cómo lo dicen en las películas de polis de la tele? —pregunta Berthe, burlona.

—Crear distracción —le sopla el inspector, entregando las armas ante el descaro de la abuela.

—¡Eso es! Entre criminales, hay que ayudarse.

Acabar su vida con ese sacrificio; Ventura no sabe si eso debe parecerle hermoso o una hermosa gilipollez. Pero, ante el aura de serenidad que emana de la centenaria, se inclina por la segunda opción.

El silencio vuelve a reinar. Algodonoso. Mientras el zumbido del motor acompaña el cruce de la laguna Estigia, Berthe se pierde en sus últimos recuerdos después de Luther. Se dice que, durante los segundos antes de morir, desfila la vida entera delante de los ojos. Esa es la sensación que tiene Berthe desde la mañana. Así que una vida puede resumirse en una jornada.

O en una detención.

El chirrido del freno de mano saca a Berthe de su ensimismamiento. Los faros iluminan su choza. Han llegado. Sensación extraña de haberse marchado hace semanas, años, toda una vida. Su casita le parece muy familiar y, sin embargo, muy lejana. Otra época. Aquella en la que todavía era libre.

—Pareces más jodido que yo, André. ¿Te sientes culpable por meter a una vieja desabrida en chirona?

—No le voy a mentir, no me alegra, no.

—Ya tengo un pie en la tumba, con un poco de suerte resbalaré con una piel de plátano de camino a la prisión.

—Tiene el valor de reírse de eso.

—A mi edad, te interesa estar en paz con la perspectiva de palmarla si no quieres que la angustia te acelere el infarto.

Harry el Sucio rasca la puerta. Un deseo apremiante le hace romper el tacto que requiere la situación.

—Si abro, ¿se pulirá a mi gato?

—Creo que su gato será más listo que él. Los sabuesos no son famosos por su rapidez.

—Venga, ven, te invito a un calvados.

—Berthe, hemos venido a por sus cartas. No abuse de la situación.

—¿Qué? ¿Rechazas mi hospitalidad? ¿Esas son tus buenas maneras? Venga, André, relájate, nos metemos la última, yo recupero mis cartas, tú me enchironas y puedes ir a acostarte bien calentito en tu casa.

Berthe maneja la culpabilidad con una destreza de esgrimidora. *Touché*. Ventura vacila.

—Vale por un calvaditos.

Berthe asiente y abre el portón. Harry el Sucio se precipita con un impulso flojo sobre el césped y se relaja. La vieja le sigue los pasos sin desafiar su vivacidad.

En toda la choza, Berthe encuentra las señales del paso de los polis. La puerta de entrada derribada con ariete, baldosas rotas por la carabina, hortensias del papel pintado salpicadas de polvo y residuos. La puerta del sótano está abierta. Berthe se imagina su aspecto macabro, pero prefiere no ir a ver. Ahora todo esto pertenece al pasado.

—Los marranos lo han ensuciado todo.

Ventura se mantiene de pie en medio de la cocina, que le parece familiar después de todas las anécdotas de Berthe.

—No te quedes ahí plantado. Coge una silla —lo invita la abuela, mientras saca vasos y el calvados del aparador.

—Estoy bien de pie, gracias —dice el inspector, que empieza a sentir la fatiga.

—Como prefieras. Tengo una última petición para ti.

—No se pase de la raya, Berthe.

—Espera, antes de ponerte nervioso, no es lo que crees. Solo quisiera..., bueno..., ¿vendrás a verme cuando esté en el agujero?

Un vórtice se abre a los pies de Ventura. Y la abuela solo tiene que empujarlo.

—Los días ya son largos aquí, así que no me los imagino entre rejas. Ya no tengo familia y nunca he tenido verdaderos amigos. Así que, de vez en cuando, al regresar a tu casa, si puedes dar un pequeño rodeo y hacerme una visita le darás gusto a una viejecita.

—Claro, Berthe. Pasaré. Prometido.

—Te creo, André. Eres un buen muchacho. Además, no te preocupes, dado mi estado, la tarea no será muy larga.

El inspector se pregunta si el protocolo le prohíbe abrazar a una asesina. Después se dice que le da igual. Así que abre los brazos. Berthe inicia un movimiento de retroceso. Viejo reflejo ante el intruso masculino. Se repone y acoge este último regalo, el más bonito que le han hecho estos últimos decenios. Se acerca al ancho pecho del inspector, cierra los ojos y se acurruca, un instante que se extiende a una eternidad.

Ventura cierra los brazos. Lejos de la mirada de la ley y del juicio moral, abraza a la asesina, le ofrece la ración de calor humano que necesitará para acompañarla al final del pasillo de su muerte.

Berthe inspira ese viento de paz y da golpecitos en la mano del inspector. Después, para no caer en las lágrimas, dice:

—Toma, prueba esto, ya me dirás qué te parece.

Berthe llena los dos vasos y le tiende uno a Ventura.

—Venga, chinchín —dice Berthe—. Y sin rencor.

—Realmente es usted una mujer sorprendente.

—Gracias, grandullón. Yo también te aprecio.

Tintineo de vasos.

De un trago.

Y a Ventura se le encienden las entrañas, desencajado por el aguardiente de Nana. Tumbado por la quemazón de sesenta y cinco grados, el inspector se dobla en dos con una quinta de tos, de inmediato acompañada por un sartenazo de fundición. La sartén de trufada, la más maciza. La viuda no ha perdido los reflejos. Aunque la sartén es más pesada que la pala, Berthe ha conservado el *swing* eficaz cuando se trata de dejar inconsciente a un hombre.

«Gracias, Nana», piensa, cuando la poción mágica de su abuela la saca del apuro, una vez más.

—No te lo tomes personalmente, André. No es contra ti.

Encontrarse con un cuerpo tumbado a sus pies y una sartén en la mano proyecta a Berthe al pasado. Aunque a este no tiene ningunas ganas de enterrarlo.

Siempre tan perspicaz, Harry el Sucio acude a lamer la cara del inspector.

—Menudo perro de policía. Bueno, ¿me ayudas a sacar a tu amo?

Berthe busca sus últimas fuerzas, ata a Ventura, de pies y manos, después lo amordaza, por si se despierta y le entran ganas de detenerla. Desenrolla la manguera de riego, la sujeta al parachoques del 4L y luego a la cintura del coloso. Pone el coche en marcha, mete la primera, acciona suavemente el acelerador y arrastra a Ventura con la mayor precaución del mundo hasta el jardín.

Una vez que está arropado en su cama de césped, Berthe se inclina hacia el inspector, que duerme el sueño de los justos, y le deposita un beso maternal en la frente.

—Buenas noches, grandullón.

Mañana se despertará con un dolor de cabeza de aúpa, mezcla explosiva de resaca escocesa y chichón de sartén. En cuanto consiga ponerse el cerebro del derecho, recordará la última parte de la noche. Se acordará de que había visto venir el sartenazo. Mejor, lo esperaba. Anticipó la trampa de Berthe, esperando en un rincón de su cabeza, lejos de la influencia de su conciencia profesional, que la abuela encontrara una estratagema de su estilo para salir del paso. Esperando también no dejar la piel en ello. Pero confiaba en el ingenio de la vieja. Y en su humanidad.

Berthe coge la correa de Harry el Sucio y lo ata a la caseta del perro del vecino. La misma donde De Gore se había metido por la mañana para evitar los disparos antes de que le apuntara a las nalgas.

Harry el Sucio, que sigue sin comprender nada, lame la mano que le tiende Berthe.

—No, tú te quedas aquí. Es mejor para ti.

El sabueso gimotea con sus morros bamboleantes, como para estipular que ha comprendido.

Y Berthe vuelve a su casa.

¡Por fin!

En el silencio recuperado, Berthe, calmada, echa una última ojeada a su choza. Después esparce gasolina por el parqué de la cocina, enciende el gas y sube a acostarse.

Caliente en su fría cama, contempla el techo desconchado.

Un gato negro salta al nórdico y se coloca sobre su vientre. El mismo gato que vino a visitarla la noche que enterró a Luther y que nunca se marchó. Lo llama King.

—Ah, estás aquí.

Berthe esperaba a King para decirle adiós. Es extraño, pero este gato no envejece. Debería haber muerto hace mucho tiempo. Se diría que surge de su imaginación.

También parece que tenga nueve vidas.

Berthe lo acaricia por última vez. Se mete una caja de somníferos y los hace pasar con un trago de aguardiente de Nana. Hace mucho tiempo que ya no tiene energía para hacer funcionar a la Gran Frida. Solo le quedaba una botella y se la guardaba para una gran ocasión. Es esta.

—A tu salud, Nana.

Coloca el vaso vacío sobre la mesita de noche, también fatigada, y después da un golpe al trasero de King.

—Venga, ahora lárgate. Va a hacer un calor infernal dentro de poco.

Berthe se siente ligera, pronto se va a encontrar con su Luther.

—Mi amor…, prepara la tisana y el *whisky*. Ya vengo.

Berthe saca una cerilla, enciende una vela y cierra los ojos. En espera del sueño.

Y la liberación.

King salta de la cama a la ventana y de la ventana al árbol del jardín. Se desliza a lo largo del tronco y se queda en el montón de tierra donde descansa Luther.

Cuando la choza se incendió, la fogata iluminó todo el pueblo. Desde lo alto de la planicie, se la podía ver arder a kilómetros.

El árbol del jardín brillaba con un bonito tono anaranjado.

El reflejo de las llamas lamía el dormido rostro del inspector Ventura.

King ronroneaba.

Esta edición de *La abuela que encontró una pistola y disparó*, de
Benoît Philippon, se terminó de imprimir en Grafica Veneta S.p.A.
de Trebaseleghe (PD) de Italia en septiembre de 2024.
Para la composición del texto se ha utilizado
la tipografía Celeste diseñada por Chris Burke
en 1994 para la fundición FontFont.

Duomo ediciones es una empresa comprometida
con el medio ambiente. El papel utilizado para
la impresión de este libro procede de bosques
gestionados sosteniblemente.

PEFC/18-31-226

Este libro está impreso con el sol. La energía
que ha hecho posible su impresión procede
exclusivamente de paneles solares. Grafica
Veneta es la primera imprenta en el
mundo que no utiliza carbón.